The Strange Last Voyage of
Donald Crowhurst

孤旅

[英] 尼古拉斯·托马林

罗恩·霍尔

著

丁宇岚 译

中信出版集团

图书在版编目（CIP）数据

孤旅／（英）尼古拉斯·托马林，（英）罗恩·霍尔
著；丁宇岚译. -- 北京：中信出版社，2017.10
书名原文：The Strange Last Voyage of Donald Crowhurst
ISBN 978 - 7 - 5086 - 8017 - 0

Ⅰ.①孤… Ⅱ.①尼…②罗…③丁… Ⅲ.①长篇小
说－英国－现代 Ⅳ.①I561.45

中国版本图书馆 CIP 数据核字（2017）第 198814 号

孤旅

著　　者：〔英〕尼古拉斯·托马林　〔英〕罗恩·霍尔
译　　者：丁宇岚
出版发行：中信出版集团股份有限公司
　　　　　（北京市朝阳区惠新东街甲 4 号富盛大厦 2 座　邮编　100029）
　　　　　（CITIC Publishing Group）
承 印 者：上海盛通时代印刷有限公司

开　　本：890 mm×1240 mm　1/32　印　　张：11.5　字　　数：238 千字
版　　次：2017 年 10 月第 1 版　　　印　　次：2017 年 10 月第 1 次印刷
京权图字：01 - 2017 - 5445　　　　　广告经营许可证：京朝工商广字第 8087 号
书　　号：ISBN 978 - 7 - 5086 - 8017 - 0
定　　价：45.00 元

这位年轻的使徒……在一次令人伤心欲绝的事故中，为了他的理想死去。但实情是，他死于孤独，而在这个世界上，只有极少数人了解孤独这位敌手，也唯有我们中间最单纯的人能够抵御它……

外在的孤独的生存状态，很快会内化为灵魂的寂寞，矫揉造作的反讽与怀疑都无处藏身。孤独会占据人的头脑，将思绪逐向彻底怀疑的流放之地。他等了整整三天，都没有看到一张人的脸孔，他开始怀疑自己的个体存在。他整个人仿佛融入了白云和海水之间，融入了大自然的力量和自然的各种形态之间。在我们独自的活动中，我们是否发现一个独立存在的持续幻影，抵抗着我们作为无助的一部分的整个体制。他失去了对自己行动的真实性的信心，无论是过去，还是将来……

他的视野中，没有出现一个活物，甚至没有一片遥远的帆影；他沉浸在自己的忧郁中，仿佛要逃避孤独……然而，他也并没有后悔。他应该懊悔什么呢？他认识到，除了智慧别无美德，他把激情投入到责任之中。但是，在没有信念的等待中，他的智慧和激情都被无边无际的孤独吞噬了……

他的悲哀是一颗充满怀疑的头脑的悲哀。

——约瑟夫·康拉德*《诺斯托罗莫》

---

* 约瑟夫·康拉德，英国作家，1857 年 12 月生于波兰，有"海洋小说大师"之称。

目 录

自 序

要把小说家和新闻记者的技巧糅合起来,真是让人觉得如履薄冰。亨利·詹姆斯写到过"致命的无用事实"对小说家如何危险;新闻记者受到诱惑,使用戏剧性的虚构手法就更是一种冒险。我们容易倾向于省略冗余的事实,仅仅因为这些细枝末节会打乱叙事的节奏,我们会根据想象重新创作出主人公的想法和态度,因为这些内容从来没有被确切地证实过(我们怎么能丝毫不差地知道海上独自航行的水手头脑中的想法?)。

我们尽可能避免受到这些倾向的诱惑。我们记录了所有的证据,因此,假如读者不同意我们的判断,可以由此形成自己的判断。我们依据唐纳德·克劳赫斯特自己写下的大量材料,严格按照时间顺序来展开故事的叙述。有时为了使一系列事件变得清晰,我们不得不猜测克劳赫斯特的想法,甚至他的一些行动,但是,我们一定会明确地说明猜测的成分,尽量避免得出肯定的结论,除非事实确凿无疑。

尽管如此贴近事实,本书依然有一些小说的风味,那仅仅是因为事实的发展无可避免地形成了一部悲剧性的小说。1969年7月27日的《星期日泰晤士报》首次披露了故事的梗概,当时是被当作一场轰动的事故以及错综复杂的心理学案例来报道的。报道在很多天内引发了媒体的想象,弗朗西斯·奇切斯特爵士称其为"本世纪最富戏剧性的海洋事故"。然而,当时我们对克劳赫斯特其人所知甚少,阅读他的航海日志只是为了寻找外部的细节。随着调查的深入,我们发现作为新闻记者,这是我们写下的关于人类的追求与失败的最精彩绝伦的故事之一。

尽管这是一个关于英雄壮举的故事,故事中却没有英雄——但也没有坏蛋。尽管克劳赫斯特有着欺诈行为,他仍然是一个充满勇气和智慧的人,他是因为无法忍受环境而做出那些事情。他付出了远远超过需要的代价,这证明了他的个人品质。我们充分相信这场冒险中两位主要的帮手——经纪人罗德尼·霍尔沃思和赞助人斯坦利·贝斯特——都不是克劳赫斯特欺诈行为的知情人。(没有任何其他人参与这场欺诈。)他们俩在讨论对这件事情的参与时,都特别坦诚,他们都打开了自己的档案,为我们提供了许多有价值的原始资料。

我们也同样得到了造船商约翰·伊斯特伍德和约翰·埃利奥特的热情帮助。尽管所有人都承认,克劳赫斯特没有准备好就开始环球航行，但这并不是伊斯特伍德的错误，而是由于航行开始之前所有的匆忙和混乱（很少有造船商会接受工期这么短的造船任务）。伊斯特伍德说，克劳赫斯特经常突然发火，反对船艇的设计，为了保存历史的完整性，他慷慨地同意这些事情应该记录在书中，尽管他们更多提到的是他的精神状况，而不是船艇本身的状况。假如他们有正常的建造和试航时间，大部分错误都是可以避免的。

唐纳德·克劳赫斯特的许多朋友和熟人牺牲了时间来讲述他的生活，以及他为航行所作的准备，为此我们欠下了许多人情，尤其是彼得·比尔德、罗纳德·温斯皮尔、爱德华·朗曼、比尔·哈维、埃里克·内勒以及指挥官彼得·伊登。在许多事务上，我们也受到克劳赫斯特家族律师 T.J.M.巴林顿明智的帮助。

我们感谢卡斯尔出版社允许引用罗宾·诺克斯-约翰斯顿《我自己的世界》的片段；感谢巴黎的阿尔托出版社允许引述伯纳德·穆瓦特西耶的某些作品；感谢魏登费尔德和尼科尔森出版社允许引用丹尼尔·布尔斯廷的《形象》。我们特别要感谢 BBC 提供克劳赫斯特的录音的副本，还要感谢"BBC 西南地区频道"的唐纳德·克尔和约翰·诺曼，他们作为事件亲历者自愿提供了证词。

在航行后检查船只的过程中，牙买加金斯敦的遇难船舶管理人鲁珀特·安德森给了我们热情的帮助，还有他的船工埃格伯特·奈特，他冒着酷暑花了两天时间跟我们一起工作。发现克劳赫斯特帆船的毕卡第号皇家邮轮的理查德·博克斯船长也为我们也提供了有价值的信息。

本书的写作过程中，给予我们帮助最多的是克雷格·里奇上校，他花了好几个星期调查克劳赫斯特航海记录的方方面面，得出了许多重要的结论。彼得·沙利文负责廷茅斯电子号的精细绘制，迈克尔·伍兹负责地图绘制。《星期日泰晤士报》驻布宜诺斯艾利斯记者罗伯特·林德利调查了克劳赫斯特在南美的秘密登陆，本书第十三章根据他的叙述完成。鲁思·霍尔担负了破译和抄录克劳赫斯特航海日志的艰巨任务，并且提供了许多有价值的建议，克莱尔·托马林也作出了同样的贡献。

我们在《星期日泰晤士报》的同事中，首先要感谢的是总编哈罗德·埃文斯，是他提出撰写本书，并且在筹备期间让我们免除了日常工作。环球帆船竞赛的秘书罗伯特·里德尔向我们提供了他的档案材料。丹尼斯·赫布斯坦、威廉·埃尔斯沃思·琼斯、菲利普·诺曼、默里·塞尔、雅凯·维希克向我们回忆了采访那次比赛的经历。《星期日泰晤士报》美术部门的埃德温·泰勒和戴维·吉本斯设计了图片版面。帕梅拉·戈登和卡罗琳·里奇孜孜不倦地准确核实和打印了本书的文字。

我们得到了许多相关领域的专家无偿的帮助。环球帆船竞赛的裁判之一迈克尔·里奇审阅了书稿，并且从技术上提出了有益的批评。布里斯托大学精神健康系的格林·贝内特博士同样提出了不少意见。当然，本书的结论完全是我们自己得出的。涉及航海和精神病学专业的内容,我们尽可能在严格准确的术语和普通读者能够理解的文字之间取得平衡。

最后,我们必须感谢克莱尔·克劳赫斯特。记者几个月来对每段描述的询问,对她不啻是一种痛苦折磨,但她依然诚实并且充满智慧地复述了她和丈夫生活的所有细节,以及他在航行中的所有情境。对于一个注定会给她带来巨大痛苦的故事,她本不必如此坦诚。她清楚地意识到唐纳德·克劳赫斯特是一个非常重要的人物,既不能虚伪地被塑造成英雄形象,也不能像通常的新闻写作那样对他冷嘲热讽。他需要的是全部的真相,他需要得到应有的理解。她审阅了书稿,以核实事实准确与否。尽管她并不认同我们对她丈夫某些个性和行为的诠释,她还是同意了书稿的出版。我们说过,这是一个没有英雄的故事。然而,女主人公①毫无疑问是克莱尔·克劳赫斯特。

①　英文中的"女主人公"一词为"heroine",与"英雄"(hero)一词相对应。——编者注

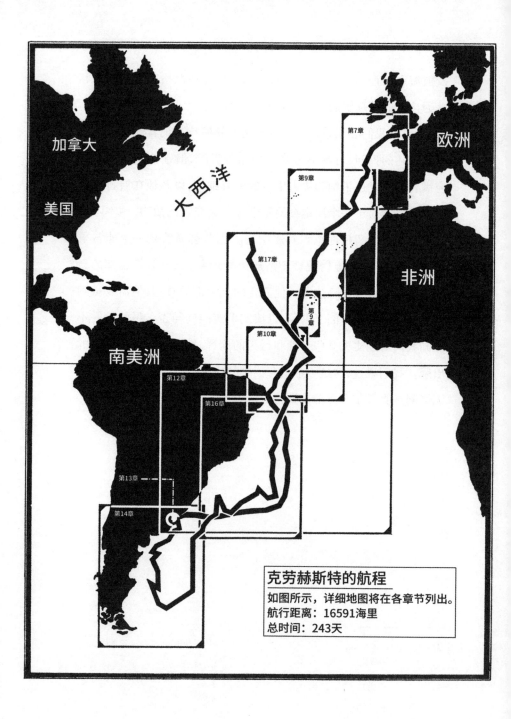

加拿大

美国

大西洋

欧洲

非洲

南美洲

第7章

第9章

第17章

第9章

第10章

第12章

第16章

第13章

第14章

克劳赫斯特的航程

如图所示，详细地图将在各章节列出。
航行距离：16591海里
总时间：243天

序　幕

理查德·博克斯船长一大早就被人从床铺上唤醒,他是毕卡第号皇家邮轮的负责人,正从伦敦开往加勒比海,目前身处大西洋中部。海上发现了一艘小帆船,此地发现这样的帆船很不寻常,所以大副认为船长应该看一眼。当时是 1969 年 7 月 10 日上午 7 点 50 分,地理位置是北纬 33°11′,西经 40°28′,距离英国约 1 800 英里。

毕卡第号驶近后,博克斯船长发现这是一艘三体帆船,正以不到两节的航速鬼影般漂荡,只有后桅升起了一片帆。甲板上没有人,也许船员在船舱内休息或睡觉。博克斯船长掉了头,这样他的邮轮就能绕过帆船的船尾,他决定叫醒帆船上的人,无论是谁。他三次按响了雾角,声音大到无论怎样熟睡都会被吵醒。然而,依然没有回音。他现在可以看到三体帆船的名字是"廷茅斯电子号",依然平稳地、无声地航行着。

博克斯船长不知所措地关掉了引擎，叫人放下一艘小船。这种情况需要好好调查一下，驾驶廷茅斯电子号的人也许病了，没办法上甲板来。大副约瑟夫·克拉克和三名船员中的一个坐着小船，从毕卡第号的一侧放下去，然后"突突"地开了几百码抵达那艘三体帆船。克拉克踏上帆船宽大的甲板，把头探进船舱，然后消失了两分钟。小船完全没人看管。他又从船舱里爬了出来，拇指朝下给船长做了一个手势。

克拉克马上意识到廷茅斯电子号被遗弃了，尽管表面上看起来井然有序，这也许会成为一个谜。船舱里很凌乱。两天的脏盘子放在洗碗池里。那里有三台无线电接收机，两台被拆开了，放在桌上和架子上，无线电零件扔得到处都是，一片狼藉。船舱一侧，一块烙铁靠在旧牛奶罐旁边，摇摇欲坠——显然帆船没有受到海浪或者暴风雨的突然袭击。一条脏兮兮的旧睡袋放在前面的床铺上。食物和饮水看起来供应充分。船上的装备还算完善，但航海经线仪的箱子空着。有经验的海员能感觉到，船舱里的气味清楚地意味着，这里好几天没有人住过了。甲板上，救生筏依然牢牢地绑在原来的地方，船舵自由地转动着。降下来的帆折叠得很整齐，准备好升起，甲板上没有任何线索表明有事故发生。

克拉克翻了翻三本蓝色封面的航海日志，它们堆在海图桌上，仿佛正等待翻阅。航海日志的记录非常系统。他发现航行日志的最后一条是6月24日，那是两星期前了。无线电日志的最后一条是6月29日。显然，毕卡第号不仅撞见了一起神秘的悲剧，而且航海日志如此一丝不苟，加上失踪的航海经线仪、表面上十分平静的船只——这简直就是著名的神秘鬼船玛丽·西莱斯特号的离奇翻版。97 年前，人们发现玛丽·西莱斯特号同样难以解释地被遗弃在大西洋中——人们试图发现船员身上发生了什么，却一无所获。

毕卡第号上，有人想起了"廷茅斯电子号"这个名字。那不是金球杯单人环球帆船赛中的一艘帆船吗？另一个人有一张《星期日泰晤士报》的旧剪报，上面有所有参赛者的画像。剪报上有廷茅斯电子号，一艘双桅三体帆船。航行者是唐纳德·克劳赫斯特，萨默塞特郡布里奇沃特的一名电气工程师。1986 年 10 月 31 日，帆船从德文郡廷茅斯出发，出发最晚，却引人注目地绕过"咆哮西风带"，前往合恩角①。现在，它是比赛中仅剩的一艘帆船了，胜利在望地前往廷茅斯，即将赢得 5 000 英镑奖金。

他们花了一个半小时把这艘三体帆船吊上毕卡第号。水手要操作沉重的起重机，拿下小船的后桅，小心翼翼地把它抬到前面的货舱里。博克斯船长给他的老板们——伦敦弗内斯·威西公司的总部——拍了一封电报，报告自己扑朔迷离的发现。他们转告了劳合社②和海军，后者很快通知美国空军对该地区开展空中搜索，试图找到克劳赫斯特。

当时，大西洋中部时间是上午 10 点 30 分，伦敦时间是午后，尽管博克斯船长设定了搜寻航向，并且命令船员寻找游泳的人，他对找到那个神秘失踪的水手还是不抱什么希望。他亲自检查了航海日志。假如日志上的时间正是唐纳德·克劳赫斯特跳出

---

① Cape Horn，智利南部合恩岛上的陡峭岬角，位于南美洲最南端，是太平洋与大西洋分界线。——译者注
② Lloyd's，英国最大的保险组织。——译者注

船外的时间,那么他在茫茫大海上根本不可能活那么久。对所有来询问的人,包括唐纳德·克劳赫斯特的妻子克莱尔和他的经纪人罗德尼·霍尔沃思,博克斯船长仅仅发电报说整件事情完全是个谜。

第二天,毕卡第号放弃了搜救,美国人也放弃了。接下去一个星期,邮轮开往圣多明各,博克斯船长通读了克劳赫斯特的三本航海日志。除了航海和无线电的细节,日志里还有长篇个人沉思录。他肯定能从里面发现一些线索,告诉人们发生了什么事情吧?

他从未找到任何答案。事实上,他读得越多,就越发现整件事情难以解释。他没有找到任何灾难临近的迹象。航行记录似乎过于精确,一眼看去,数据显示了一次成功的常规航行。无线电信息记录得井井有条。但他确实发现,航海日志的最后三页,有迹象表明某些神秘而可怕的事情发生了。

还有,潦草涂写的哲学沉思中间隐藏着含义隐晦的奇怪句子:"天啊,我不会再见到我死去的父亲了……大自然没有允许上帝犯下任何罪孽,除了一种罪孽——那就是隐瞒的罪孽……我的竞赛结束了,真相被揭露了,我的家人要我怎么做,我就会怎么做……"事情变得更加复杂,说明这不是一起寻常的海上神秘事件,失踪的人也不是一个寻常的水手。调查他奇怪的航程,以及他为何决定环球航行,只是真相揭露的开始。也许解开发生在廷茅斯电子号上的神秘事件之谜,唯一的途径是从头讲述唐纳德·克劳赫斯特的一生。

1

他们中间最勇敢的男孩

1932 年,唐纳德·克劳赫斯特生于印度。他的母亲是小学老师,他的父亲是铁路指挥员,作为第二代殖民者,他们生活得并不容易,英国军人和官员有些瞧不起他们,但他们在印度有色人种面前又有明显的优越感。唐纳德的一张照片保存了下来,他身处德里附近的加济阿巴德,正坐在他父母花园里的一张柳条桌上,他的面孔活泼可爱,他的披肩长发与众不同。发型是爱丽丝·克劳赫斯特的主意,因为她曾经想要个女儿,而不是儿子。小时候,男孩跟母亲很亲密。她虔信宗教,他也一样。他在教堂里听见上帝的声音,跟他说起母亲,但他六岁的时候,上帝不再跟他说话。唐纳德充满愤恨地问道,为什么上帝不再跟我说起妈妈了?从那时起,他的宗教热情和他跟母亲的特殊亲密一起消退了。

八岁的时候,他的头发剪短了,他被送去一所印度寄宿制学校。当时的风俗是小男孩要离开父母度过九个月野蛮的学校生活,但他经受住了残酷的考验。他的第一份成绩报告称他度过了"优秀的第一学期",大部分科目他都得了一本正经的"优秀"、"优良"、"良好",特别是《旧约》神学课。小男孩并不认同这些寻常的评价。他在每个评语旁边潦草地写下自我贬损的评语:"差"、"很差"、"丢脸"、"很差"、"不及格"。

从一份教义问答中,能看出更多克劳赫斯特对神学解释的天性。"假如我们对别人做了坏事,或者伤害了别人,"他写道,"我们应该首先向受害人忏悔,然后再向上帝忏悔。任何其他忏悔都是不必要的。一旦我们在生活中体验过上帝的力量,我们就能跟上帝说话——上帝指引我们每一个人。"当时,他拍了另一张照片,抱着一艘帆船。这艘船只是件玩具,但他显然对航海很感兴趣。他有一本小人书叫《所有的英雄》,里面有一篇"孤身环游世界",讲述了早期单人帆船手阿兰·热尔博的故事。这段话跟教义问答一样清晰无疑:

> 冒险意味着面临危险。只有在冒险中,我们才能体会到生命是多么精彩,以及我们怎样才能精彩地过完一生……胆小的人成就不了大事业;不会冒险的人也永远不会成功。即便冒险失败,也好过活得像只躺在炉边地毯上,睡意蒙眬打呼噜的猫。只有傻瓜会嘲笑失败;聪明人只会嘲笑那些懒惰、太容易满足的人,嘲笑那些胆小怕事、不敢担当任何事情的人。

他的父亲约翰·克劳赫斯特是个沉默寡言的人,他在印度西北铁路上做事,工作不算出色,却也兢兢业业。爱丽丝·克劳赫斯特回忆起这段婚姻时,觉得生活是田园牧歌式的,她的丈夫温柔、和蔼,很会照顾她。其他人对他的回忆更加复杂。他们记得他有时候下班会去铁路酒吧,喝得醉醺醺的,气势汹汹地回家,也许充满暴力。他对儿子很疏远,扮演着一本正经的父亲的角色,却从不让人感到亲近;他偶尔会带唐纳德去远方钓鱼、扔球,有时也会教他打板球,但他们从来没有很多话可说。

唐纳德·克劳赫斯特十岁的时候,父母搬到了巴基斯坦西部的小城市木尔坦。当时唐纳德拍了另外一张照片:他穿着校服,面容还是胖得可爱,表情却带上了一种坚毅果敢。熟悉他的少年们说,他是他们认识的最倔强、最勇敢的男孩;他如此充满勇气,显得很特立独行。他总是带领他们,比赛爬上附近的水塔,沙漠中刮来的狂风把塔尖吹得咯咯作响,他总在塔顶六英寸宽的栈道上轻快地小跑,总是嘲笑他们梯子爬到一半就吓得发抖。假如失败了,他就会变得暴躁。在木尔坦的机车库里,有个印度看守发现他在猎鸟,突然间,这个十岁男孩就用气枪瞄准他。气枪没有上子弹,但是他的姿势吓住了看守。"好吧,好吧,阁下。你继续打猎吧。"

家里也吵得厉害。木尔坦的邻居们记得,年幼的唐纳德被匆匆带到花园墙边,因为他的父亲喝醉酒回家了。约翰·克劳赫斯特回到家里就开始折腾这座冷冰冰的房子。"我老婆去哪儿了?我儿子呢?"他大声喊道。唐纳德躺在隔壁的床上,得意地聆听这阵混乱,他绘声绘色地讲故事、模仿动作和说笑话,让朋友们直到半夜都睡不着。唐纳德热情洋溢、口齿伶俐,模仿别人也精彩绝伦。他情绪好的话,能以热情和机智迷住任何人。他不但勇敢,而且聪明。他动手能力尤其出色,总是能修好东西。

战后,唐纳德·克劳赫斯特被送回英国,成为拉夫伯勒学院的寄宿生。这位 14 岁的学生寄给父母的信很不寻常,仿佛只是为了安慰他的母亲。他在拼写两个单词时,总是辅音双写。唐纳德·克劳赫斯特从不擅长拼写;辅音双写的毛病①伴随了他的一生:

亲爱的爸爸妈妈:

谢谢你们来信,知道家里一切都好,我终于松了一口气。我收到了网球拍,真的很漂亮。你们看到了没有? ……

我记得你们教导我的日子,该死的,正如你们说的,我总是反抗。我不是针对你们,我只是反抗我自己。我是多么珍惜你们教给我的一切、你们教导我的一丝一毫,我如今依然受益匪浅。要是我当时很听话就好了,我知道你们教导我的一切……

如今,印度当局总要耗费大量时间处理你们的证件。假如你们当真乘船过来的话,我希望你们不会晕船!! 我想坐飞机的话会更糟糕! ……

好吧,再见

永远爱你们的儿子
唐纳德

① 一般情况下,我们在引用克劳赫斯特的信件和文章时,会改正他的拼写和标点错误。然而,他的典型错误通常是本书重构他的形象的有用线索:即便是打字的文稿,也很容易区别克劳赫斯特本人的文字和他的宣传代理人及其他人为他起草的材料。——原注

1947 年，印度独立和分治之后，约翰·克劳赫斯特带着妻子回到了英国。他把所有的退休金都投入了巴基斯坦新区的一家小型体育用品工厂，由一名巴基斯坦合伙人运作。

克劳赫斯特先生是爱丽丝的第二任丈夫，她很晚才嫁给他。她的第一任丈夫戴维·佩珀上尉是位冲劲十足的印度军官，现在，她只记得那个男人总是"喝得醉醺醺地追逐女人，让我的生活变得很悲惨"。她跟佩珀上尉生了第一个儿子德里克，克劳赫斯特夫妇回到英国后，先是跟这个儿子一起生活。德里克当时在英国军队服役，有一位俄国妻子和独子迈克尔。不久以后，老夫妻在雷丁附近的泰尔赫斯特买了一座小房子。爱丽丝·克劳赫斯特写给亲戚的一封信展现了她的情感个性，也流露出她在印度尽管厄运连连，但日子过得有头有脸，她在战后英国的生活贫穷、寒冷，没有仆人：

亲爱的弗洛伦斯：

收到你的来信就好像抹了镇痛香膏，我麻木眩晕的头脑和崩溃的精神终于舒缓了，我终于可以振作起精神面对问题，而不是像最近那样一直萎靡下去……我丈夫对我说："现在，我们布置好餐厅了，假如我找到工作，你一个人行吗？印度的一切都很糟糕，我恐怕不能指望体育用品的生意会出现奇迹。我没法搞到进口许可。"……

四天里，他在雷丁的合作社果酱工厂做搬运工（弗洛伦斯和罗伯特，你们怎么看？）——我都快发疯了，整整两个星期，我每天都担心他会死掉，除了祈祷什么都做不了，我只能祈求上帝让他健康、有力气。他每周带回家 3 英镑 10 先令到 5 英镑，每天六点起床，晚上七点回家，先坐公交车，然后走 20 分钟。他 51 岁，来到英国时心脏有病，灵魂疲惫。我们本以为他会找到一份职员的工作，现在想到他要学做搬运工真是残酷——他聪明、能干、诚实、真诚对待目标，他有组织能力，为人诚恳，很会管理下属——过去手下管着几百号人，而现在他是一组六个人中的一个，在一个领班手下干活！！！

想象一下家里的事情——我的心仿佛被捆了起来，我头晕目眩，好像有把老虎钳夹着我的脑袋——做自己想做的事——我一直——毫不夸张地——感到恶心，我心里也不舒服，因为所有的东西都要修补，缝缝补补，刷上油漆——尤其是厨房——我的胳膊和大腿害了风湿病，痛得几乎不能动弹，我的手腕和手指也痛，我唯一能做的就是拖着病体……

我俩都同意，即使没法让唐纳德如愿以偿地在拉夫伯勒学院上航空工程学课——我们也不能中断他的学业，无论发生什么事情，他必须在那里待到明年 7 月份。我给还在学校里的唐纳德写了封信（他会回来跟我们一起过圣诞节），把想法告诉他，他只说了他最好待在学校里，参加什么组织，获得资格进入英国皇家空军，这是他现在最好的选择，因为他已经通过了考试！亲爱的、可怜的、勇敢的孩子——上帝保佑他。

你亲爱的表妹
爱丽丝

这一年生活继续,巴基斯坦的体育用品工厂最终在分裂主义的暴乱中焚毁了,约翰·克劳赫斯特不得不接着做搬运工。到了圣诞节,他们决定让儿子通过学校考试后,就必须离开拉夫伯勒学院。1948 年 3 月 25 日,约翰·克劳赫斯特在他的花园里锄地时,冠状动脉血栓发作身亡。

家庭本来就矛盾重重,现在问题突然一下子爆发了。16 岁时,唐纳德·克劳赫斯特明智地缩短了学校生涯。他后来告诉妻子,他最大的遗憾是还没有来得及充分理解父亲,他就去世了。克劳赫斯特第一次了解,他的父亲尽管被环境压垮,却是一个头脑聪明的人。受到父亲亡故的打击,克劳赫斯特勉力应对即将到来的考试,那段时间,他在日记里谆谆告诫自己要更加努力地学习。他在拉夫伯勒学院,还跟一个女孩展开了认真的初恋。后来,他形成了一个人生信条:对任何人的一生来说,16 岁都是最关键的年纪——在这个年纪,就能看出一个孩子将来会是什么样子。

克劳赫斯特参加并通过了伦敦大学的考试(他的文科成绩很耀眼,理科成绩一般)。随后他进入法恩伯勒的皇家航空研究院技术学院,研习电气工程学。克劳赫斯特太太继续住在泰尔赫斯特,生活越来越不幸。1948 年 5 月,一位远房亲戚的来信,清晰而冷酷地描绘出她的境况:

亲爱的表妹:

根据承诺,我附上借给你的 5 英镑。

周六之前,我们都有访客,然后是周末,因此,下周后半周之前，我们都没有空接待你。

至于德里克，假如你在电话里说得没错的话，5 英镑是借给你的，还有他来伦敦的旅费，不过你告诉过我们他手头挺宽裕。我们无法理解情况有多糟糕。他不是能在离印度大楼不远的地方找到一家价格合理的旅馆吗？这样对他来说更方便，对我们来说也更合适。

请尽量写信，不要打电话，因为在电话里很难听懂你的话①，也许我全都理解错了。

最好你下周四能亲自来一趟，跟我们住几天，带上你的食物配给卡。我们希望你一切都好。我们等着你回信，希望知道你的情况……

很快，德里克离开了他的妻子。尽管后来克劳赫斯特的冒险故事传遍了全世界，他也从未联系过家人。

1953 年，唐纳德·克劳赫斯特加入皇家空军。三年参军期间，他很快乐。他通过了技术考试，学会了开飞机，并开始服役。作为一名新兵，他给教官写过一篇充满青春气息的文章——《论信仰的必要性》，也许他认为这篇文章很重要，所以一直小心地保存在个人档案里。这是一篇典型的课堂作文，他得出的结论虽然愤世嫉俗，却具有独创性："人们应该相信信仰毫无意义。"其中一段跟他后来在这个问题上的思考相映成趣：

① 爱丽丝·克劳赫斯特说话时印度英语的口音还是很重。——原注

比其他事情更困扰人们的两个问题也许是"我为什么活着"和"我死了以后会变成什么"……人们受着努力表现自己的快乐的驱使（无论如何，用他自己的眼睛），这种快乐激励他们为寻找人生意义而奋斗，这难道不跟指引他们的力量一样重要吗？人们能否依靠自身意志的努力，战胜引导他们的力量，做到自我驱动？

（教官一本正经地用红笔批注道："非常好。假如你坚持自己的观点，你会发现很难接受即将面临的批评，但是，你会避免落入其他人挣扎其中的陷阱。"）

但是，当时他主要关注的远远不是神学。他有足够的钱扮演年轻军官的角色，买了一辆二手的旧拉贡达①汽车到处比赛。他的朋友们说，他作为皇家空军军官有种狂妄的力量，人们喜欢他、效仿他，就像他孩提时在木尔坦一样。人们管他叫"克劳"。在任何团体中，他都是最狂野、最勇敢的一个，他不由自主地去冒险、反抗权威，他在法恩伯勒带领一帮子同学活跃于无拘无束的沙龙酒吧。总是克劳赫斯特提议完成一些壮举。只要他有钱，他总是第一轮买单的人。他比周围的人脑筋动得快，更有决心，他总是一刻不停：调情、击垮对手的机智辩论、疯狂的炫耀噱头，他能以惊人的速度一个接一个地讲笑话。他会用"傻瓜秀"②的腔调喊道："哈啰，伙计们！"每个无精打采的人都会咧嘴大笑，感到现场正在热闹起来。"我们去把电话亭漆成黄色（所有人都挤进他的

---

① Lagonda，英国豪华汽车品牌。——译者注
② Goon Show，英国上世纪50年代的广播喜剧节目。——译者注

拉贡达汽车）……谁能仰着脖子用啤酒杯喝最多的杜松子酒？……我刚刚造了一艘电摩托艇，谁想开船？……我听说嗅樟脑丸能增加潜能，我们来试试！"如果其他人对这些好玩的事情无动于衷，他会勃然大怒。他的朋友们带着崇拜跟随他。倒不是他做的事情有多么令人印象深刻，而是他的热情感染了他们，让他们的生活更加活泼有趣。

直至中年，那些人依然带着膜拜回忆起他。他跟其中一些人继续保持友谊，常常突然造访，（通常凌晨三点）开车直冲他们家的前门，通常是某次穿越整个国家的旅行，偶尔停下来歇个脚。"哈啰，伙计们！"他们会欢天喜地起来迎接他，端出咖啡或酒，让他开始表演。

他陷入了跟一个叫伊妮德的女孩的热恋，她的反复无常令他整个余生都深受折磨。克劳赫斯特为她写下了多情的诗歌：

伊妮德的克劳

人生与命运之书上，他们留下一页，
依次写下爱过伊妮德的人们的名字，
看啊！——谁的名字成了短短名单的韵脚？
羊皮纸上的墨迹尚未干透？

克劳！他曾经沉静的心底早已搅乱，
几个星期过去，他的恋人却只当作消遣，
然后，仿佛对待小狗一般，钟情也无法

再供娱乐。时间到了,受折磨的灵魂孤单凄冷。

深沉的情感,不断燃起又扑灭,
他的心灵,被头脑粗暴地撕碎,她唤起了
奇异而微妙的情感,混杂着
狂喜与悲伤,遮蔽了所有的感觉。

许多秋天过去了——死神之手抹去他的名字,
他加入了遗忘的众生,他们受尽人生跌宕的游戏,
万般拨弄;余生的漫长岁月,潮湿的羊皮纸上,
当初写下,他对她的温柔爱情——绵绵无尽。

伊妮德对克劳赫斯特并不像这首悲伤的诗里暗示的那样不屑一顾。

克劳赫斯特最终被开除出了皇家空军。没有人确切知道是什么原因。据他的经纪人罗德尼·霍尔沃思说,有一天晚上,他骑着一辆马力十足的摩托车,穿过沉睡的兵营宿舍,因此惹出了事端。另外一个故事是,一次非常重要的阅兵式当天,他开小差在布兰兹-哈奇赛道驾驶他的拉贡达,基地司令官注意到他缺席了。无论发生了什么,事情没有严重到让他不能很快参军,他又开始服役,再次成为一群活跃的下层军官的领头人,这次是在雷丁附近的阿伯菲尔德。他在军队里学习了电气设备控制课程。

他喝酒时还是第一轮买单。他在雷丁中部撞上一辆有轨电车,把拉贡达撞毁了。他有两到三次被抓到驾驶没有保险的车

辆,被吊销了驾照,然而还是继续开车。一天晚上,他想在雷丁借辆车开回阿伯菲尔德。他俯身对着引擎连接打火线,一名警察从背后走过来。于是,发生了以下尴尬的对话:

> 巡警:"对不起,先生,这是你的汽车吗?"
> 克劳赫斯特:"是的,当然,长官。"
> 巡警:"你能告诉我车牌号吗?"

当时,唐纳德拔腿就跑。他跳进雷丁运河,但还是不幸在河对岸被抓住了。在法庭上,一位军官战友作证说,他们喝了一晚上啤酒,他跟克劳赫斯特开玩笑赌 5 英镑,说他没办法偷一辆车。因为逃跑,雷丁地方法院判处他 5 英镑罚款。

按照克劳赫斯特的性格,他会到处吹嘘这类轻率的小过失,但他年纪大了以后,却在社交上变得一本正经起来。他从来没有告诉妻子或家人这类事情。阿伯菲尔德军队当局也万分尴尬地让他退伍。

1956 年离开军队后,克劳赫斯特下决心追求新的抱负:考进剑桥大学彼得学院。他们告诉他,只要通过拉丁文考试就能进学院。他从来没有通过考试,同时,他在雷丁大学的实验室做研究工作谋生。他当时 24 岁,在当地不仅是个时髦人物,也被人当作知识分子看待。这种在公共场合令人印象深刻的性格,部分来源于他的一套基本生活理念,他经常解释给朋友们听。开始的时候,他想最好把人生看作一场比赛,友好的竞赛对手是社会、政府和上帝(假如上帝存在的话,他很怀疑这一点)。这就是他写给伊妮德的诗里引用的"人生跌宕的游戏"。他还认为聪慧是最重要的美德,不值得跟愚蠢的人纠缠不清。他慢慢发展出一套理论,认为精神独立于人的肉体;未来几世纪后,我们可以不依赖任何肉体而存在。假如他有宗教信仰的话,他的信仰就是科学的精密:假如一件事情是真的,必须特别合乎逻辑。它必须可以"计算",那就是说,它必须十分精确,可以输入计算机,产生结果。

1957 年初,克莱尔·克劳赫斯特在雷丁的一个聚会上遇到了她未来的丈夫。每个人都清醒地表现出波西米亚式的放荡不羁,虽然克莱尔从爱尔兰来,但她在英国待了三年,已经适应了这里的环境。然而,唐纳德却出乎她的意料。他跑过来给她算命。"你会嫁给一个不可思议的人。"他告诉她。他还说会对她寸步不离。第二天晚上,他来带她出去,之后一个又一个晚上都是如此。那天晚上,他们在附近的电影院看完《天上人间》,散步回家,看见街上站着一个浑身脏兮兮的妓女。当地人都知道这个罪孽深重的女人,克莱尔的大部分朋友都会不由自主地躲开她。唐纳德只是说:"可怜的老女人。她不得不这样谋生,真是太可怕了。"他流露出老于世故的宽容仁慈,克莱尔以前从未遇到过这样的人。他给她留下了深刻的印象。

他整个春天和夏天都在追求她。他带她去牛津坐船,指给她看他们以后准备度蜜月的酒店。克莱尔笑了。他们的恋爱才刚刚开始,但他给她留下了好印象。跟唐纳德·克劳赫斯特提出的许多其他冒失冲动的想法一样,他们真的在那家酒店度了蜜月。

"这很重要,"克莱尔·克劳赫斯特说,"唐纳德肯定有这样的天赋。他会说起最不可思议的事情，然后无论看上去如何疯狂，他都会聪明机智地做到。他总是能成功。这是他性格中最重要的一点。"

克莱尔·克劳赫斯特的家乡在基拉尼①。她的父亲是爱尔兰天主教信徒，在基拉尼林克斯高尔夫球场附近种地。她的母亲是英吉利爱尔兰混血的新教徒，出身塔尔博特家族，跟她丈夫的社会阶层完全不同。但是，克莱尔说她深深地爱着他，过着艰难却非常快乐的生活。（唐纳德·克劳赫斯特曾经痛快地承认，他通过岳母的关系，联系过吉尼斯家族。）开心放松的时候，克莱尔·克劳赫斯特是个典型的爱尔兰人，笑容满面，愉快地抖动身体。当她想起生活中悲伤的事情，或者她必须控制自己的情绪，她母亲严厉的新教徒血液便会占据上风；她变得明显消瘦、紧张，更令人生畏。她的嗓音提高了几个音阶，她的"英格兰"口音压倒了爱尔兰口音。

1957 年 10 月 5 日，他们在雷丁的英格兰殉道者罗马天主教堂结了婚。（唐纳德的朋友们拿"英格兰殉道者"开了很多玩笑。）他们跟爱丽丝·克劳赫斯特一起生活了一年，他们的长子詹姆斯出生了。这段时间，克劳赫斯特开始把航海当作正经事来做。

后来，他在麦拉迪电气公司找到一份工作，他们搬家了。麦拉迪公司的工作前景不错。公司给了克劳赫斯特一辆汽车，他期待有机会投入激动人心的原创研究。然而，他的工作只是有专业

---

① Killarney，爱尔兰西南部凯里郡的一个小镇。——译者注

知识的旅行推销员,向不耐烦的消费者讲解复杂难懂的发明。他厌恶日常工作,对必要的公司条例不屑一顾,也讨厌每天上下班去巨大的没有人情味的伦敦办公室。一年后,他出了一场车祸。他受到了训斥,他的反应很糟糕,他怒气冲冲地告诉上司,他是怎么看待这份工作,怎么看待他们的。然后,他被开除了。

当时,唐纳德·克劳赫斯特 26 岁。他从事过三份前途无量的工作,最后都给毁了。他从来也不想做一个在公司勤勤恳恳工作的人。离开麦拉迪之后,克劳赫斯特在梅登黑德工作了一段时间,1962 年,他在萨默塞特郡的布里奇沃特找到一份工作,在另外一家电动建设公司担任设计总工程师。这份工作只是为了谋生和消磨时间,他命中注定要发财,而打这份工永远发不了财。他必须自己创业,出售他自己的电子发明。他花时间构思新奇的设备,想象它们的未来市场。克莱尔跟他一起生活时,他整天沉浸在他的爱好中:他避开人群,一个人躲进房间,摆弄电线和晶体管,解决问题,发明小装置。唐纳德·克劳赫斯特的许多朋友把他称作"科学工作者"——就像战争期间很多英国科学家那样。这个过时的字眼代表着孤独的天才和圈内人才知道的英雄,形象地说明了他的性格。这是他向世界和他自己展现的角色中最重要的。他会一个人在工作室待上八小时,然后带着茫然而快乐的表情冒出来,几乎不记得他还有个妻子,有个家庭,或者有电子世界以外的生活。

同时,他买了一艘 20 英尺的蓝色单桅小帆船,叫做"金盆",他把船停在布里奇沃特附近的船坞。有时候,假如不躲进工作室的话,他会冲动地驶入大海。这对他来说一样是一种安慰。

克劳赫斯特认为会让他发财的设备叫"领航员",这是一种供游艇航行找到方向的装置。"领航员"设计得很用心,尽管没有什么特别独创的地方。市场上有许多导航设备(事实上,任何晶体管无线电,扭到把信号放得最大,就能十分粗略地确定方向)。但是,"领航员"一开始生产出来就是其中最方便使用的。它密封在一个干净的塑料容器里,看上去像一把手枪,里面还有一个指南针,所以单手就能操作这个装置。唐纳德的妻子说,他有意选择这样毫无野心的产品作为生意的起步,因为他设想过的更具独创性的设备很难找到市场。他决定给自己的公司起名叫"电子用途"。

　　三年来,克劳赫斯特一家生活在布里奇沃特城外一个叫下斯托伊的小村庄。这是匡托克丘陵中一个美丽的地方,居住的都是从布里奇沃特和汤顿搬来的成功商人和职员,他们把这里装点成一个几乎过于风景如画的小村落。克劳赫斯特一家在下斯托伊也许度过了他们最快乐的时光。他们搬走时多了三个孩子——1960年,詹姆斯之后出生的是西蒙,1961年,罗杰出生,1962年,雷切尔出生。电子用途公司依然有着激动人心的前景,他经常在工作室开会,驾驶游艇去探险,或者冲动地跑进匡托克丘陵。跟他来往的都是富有同情心的邻居、当地不遵循传统的人和或多或少有点知识分子气息的人。当地社交生活的中心是业余戏剧协会;唐纳德在他们的戏剧演出中很耀眼,他重新设计了照明系统,因此成为不可或缺的人物。每当朗诵或排练结束后,几个闪闪发光的明星会留下来,喝酒或聊天,把世界安排妥当。

　　"唐纳德·克劳赫斯特是我见过的思想最开明的人,"这群人当中的领头之一约翰·埃米特说,"他会天南地北地神侃,随便什么话题。他不是一个迷信的人。他总是蔑视虔诚信教的人。我想,他最终把克莱尔也带上了这条道,虽然她在遇到他之前,对天主教的信仰就已经淡薄了。即便如此,假如有人说'这种占星术的胡言乱语真是太烂了',他会停下来,想一想,然后说,没有什么事情可以不加考虑地妄下定论。说到底,月亮可以影响人们的情绪,这是广为人知的科学事实。那么,为什么遥远的星星不能有类似的影响呢?"

这些深夜聊天中,唐纳德会一再侃侃而谈他的各种关于"人生是一种竞技"的理论,或者精神独立于粗俗累赘的肉体而存在,或者真理是可以计算的。克莱尔通常需要照看孩子,她更愿意待在家里。

后来,克劳赫斯特在布里奇沃特组织起包括两对夫妇的小团体,温斯皮尔夫妇和比尔德夫妇,他兴之所至就召集他们去探险、聚餐或者设计竞赛。罗纳德·温斯皮尔适合他知识分子的一面,彼得·比尔德适合他爱热闹的一面。克劳赫斯特需要他俩,还有他们伴随左右的妻子,来满足他天性中的两个方面,他们也很乐意让他在面前卖弄自己,因为他们喜欢他充沛的精力和冒险精神。罗纳德·温斯皮尔是欣克利角核电站的一名物理学家;彼得·比尔德成长于布里奇沃特农村工人阶级家庭,曾经是冷溪近卫步兵[①],现在制造一种便宜的自动掌舵装置,卖给开游艇的人。

---

① Coldstream Guardsman,冷溪近卫团士兵。冷溪近卫团是英国陆军近卫师和皇室近卫师的一部分。这个团是英国正规军中历史最为悠久的团,1650 年由蒙克·乔治创建于苏格兰边界的冷溪。——译者注

这个小团体显然没有什么凝聚力——知识分子的谈话和热闹的滑稽搞笑很难融合起来。每当克劳赫斯特跟罗纳德·温斯皮尔深入探讨玄学或工人合伙的时候，彼得·比尔德的表情都很无聊。当克劳赫斯特跟彼得去航海探险，或者告诉整个酒吧他为什么值 40 000 英镑，谁敢怀疑他就揍他们，罗纳德·温斯皮尔就会流露出不赞同的神色。尤其是，比尔德夫妇跟克莱尔·克劳赫斯特合不来。

　　有趣的是，当我们问起唐纳德·克劳赫斯特的时候，两位男性朋友对他的看法完全相反。彼得·比尔德说："唐纳德的问题是他把自己看作上帝。他生活中的一切就围绕着他对自己的信仰转，他思维敏捷又聪明，因此，他能让别人也相信他。他认为自己出类拔萃——他也的确是个天才——了不起的家伙。但他不是上帝，因此，他所有的问题都是他自己的错。"

　　罗纳德·温斯皮尔说："我并不崇拜唐纳德·克劳赫斯特；我认为他是我见到过的最生气勃勃、最真实的人。当他试图给人留下印象，卖弄自己的时候，就显得有点二流了。但是，当他知道自己不需要表演的时候，他就会放松下来，变得活跃，令人印象深刻。不能跟唐纳德这个人共事。但他是个值得钦佩的人。"

　　像唐纳德·克劳赫斯特这样聪明的人——毫无疑问，他是真的智力超群——问题是住在布里奇沃特这样的外地乡下小镇，很少有人能挑战他的智力，让他兴奋起来。他的智商只能在别人面前卖弄一下。假如克劳赫斯特成功进入剑桥，他的智力就会受到训练，在同样聪明的朋友和对手中间，他会变得谦虚。同时，他也不会因为面对外地人的浅薄见识而感到沮丧，经常觉得自己值得更好的待遇，他狭小的世界提供不了这些，他便带着嫉妒又轻蔑的态度看待更广阔的世界。

克劳赫斯特精通电气工程，这是他唯一接受过训练的领域，他独创性的想法令人十分佩服。对于工程学背景的人来说，他令人惊讶地擅长文字。尽管只是零星地读了一些文学著作，他却能熟练地在谈话、辩论和写作中使用文学手法。

另一方面，他没有接受过更正式的通识教育，因此缺少智识上的克制和约束。在他的写作中，他似乎经常很难分辨好与坏。他能写出精心构思、生动的散文，但经常被简单的拼写错误破坏了，或者突然陷入陈词滥调。同样地，作为数学家和工程师，他能自信并富有创见地探讨高级的问题——却会犯下简单的加法错误。失败会让他很长时间沮丧、生闷气，然后，他又会爆发出狂热的兴高采烈，只有这样才会走出郁闷的状态。

读过 H.G.威尔斯或者 C.P.斯诺①小说的人，肯定很熟悉克劳赫斯特这样的人物。就像他们描绘的小镇知识分子一样，他对没有向他打开大门的广阔世界有种强烈的愤恨。威尔斯和斯诺的小说中，主人公有时会在广阔世界中取得成功，这样的经历教育了他们，使他们变得成熟。克劳赫斯特不顾一切地想要取得这样的成功，但他没有成功——他没有学会其中的游戏规则。

1962 年，唐纳德·克劳赫斯特的母亲出人意料地成了这个家庭最大的问题。她跟唐纳德一家住在一起时，由于足不出户，突然被困惑和不幸压垮了。有一天早上，唐纳德用托盘把早餐端给

① C. P. Snow(1905—1980)，英国科学家，小说家，作品包括《船帆下的死亡》《陌生人与亲兄弟》《院长》等。——译者注

母亲,看见她手掌里放了一堆安眠药,正把药片塞进嘴里。他还没来得及阻止,她已经把药片吞下去了。她被匆忙送进医院,药片被洗了出来。她住了好几家医院,后来差不多一直住在布里奇沃特附近的一家养老院里。

几年后,唐纳德决定要求母亲把她在泰尔赫斯特的房子卖掉,卖房子的钱部分用于创办他自己的公司——"电子用途"。她欣然同意,这笔资金足够用来生产第一批"领航员"。他以惊人的精力投入公司,相信自己一定会成功。他出差去伦敦,希望公司能在那里打开市场,还在所有的游艇杂志上登了广告,甚至冒险去欧洲大陆旅行推销。

一两年之后,他成为自由党议员,有机会在当地政治方面一展宏图。他成为布里奇沃特中心选区的候选人,成功地把自己塑造成富有管理技巧的商人,能够解决布里奇沃特的工业问题,从而赢得了选举。他的竞选宣言模仿了计算机程序。"你也许认为自己是有逻辑的,但是,你敢做一下这个测试吗?"他向选民们大声宣布,带着他们浏览了一系列政治问题,每个问题有一些可供选择的答案,最后导向标有不同数字的区域。毋庸多言,真正有逻辑的选民毫无疑问会投票给逻辑感超群、在技术和金融方面都富有经验的候选人——唐纳德·克劳赫斯特。自由主义被计算机化了。

这一回,克劳赫斯特给自己买了一辆新的捷豹汽车。他开得太快了,六个月后又出了一场车祸。汽车整个翻了过来,他的前额裂了一道很深的伤口。他的妻子发现,车祸后他的性格起了很大的变化。他变得喜怒无常,工作没有效率,常常连着好几个小时待在伍德兰兹的起居室里,闷闷不乐地盯着地毯。假如遇事不顺,他就会突然狂躁地发火。唐纳德在抽屉里找不到东西,就会突然把抽屉掀翻在地,里面的东西撒得地板上到处都是,他还在屋里走来走去到处踩。

然而,他跟孩子们在一起的时候,却总是温柔的。每次他快到家时,他们都会跑上车道来迎接他。他会把四个孩子都搂在怀里,跟他们一起走进房子,给这群咯咯笑的孩子讲故事,然后轻轻地把他们放在起居室的摇椅上。他们崇拜他。

他又开始对超自然现象感兴趣。他依然公开承认自己是个彻头彻尾的怀疑论者,他不相信上帝。现在,他拍着桌子跟温斯皮尔夫妇和比尔德夫妇争论了几次,还试验了思想转移。比尔德太太说,有一天,他带她登上下斯托伊附近偏僻的芒德山,然后告诉她,他相信黑魔法,她必须成为他的血腥姐妹。他给她穿他的衬衫,喃喃地念着咒语,割开了他的手臂,把血涂在她的手腕上。他说,这样她终生就跟他绑在了一起,她会发现印证这一点的特殊标记。她说,四天后,她的手腕上出现了一道鞭痕。无论这是个玩笑,还是克劳赫斯特在扮演上帝,还是他真心诚意地相信如此,帕特·比尔德都觉得这不是一次愉快的经历。

还有一次,有人买了一副塔罗牌,唐纳德开始给别人算命。1966年末,吉普赛飞蛾四号①正驶向澳大利亚,克劳赫斯特跟朋友们用塔罗牌给弗朗西斯·奇切斯特算命。一张牌接着一张牌,预测结果是死亡、淹没和灾难。克劳赫斯特玩得入了迷,抽了一

---

① Gipsy Moth IV,1966年由弗朗西斯·奇切斯特驾驶横越大洋的帆船,现保存于格林尼治河岸边。——译者注

张又一张牌，看着奇切斯特大难临头。突然，克莱尔大嚷起来——她把这当真了——这样的玩笑太低级趣味了，每个人都回家，行吗？

刚开始，克劳赫斯特的电子用途公司看上去很成功。他租了一家小工厂，雇了六名全职工人。"领航员"的设计吸引了派伊无线电公司的注意，他们开始收购谈判，付给了克劳赫斯特 8 500 英镑。然而，交易没有进行下去。派伊公司自身的董事会问题重重，最后退出了谈判。克劳赫斯特收到的钱让公司兴旺了一阵子，但很快事情就开始不妙了。克劳赫斯特离开工厂，把生意搬到伍德兰兹的马厩里，工人减少到只有一名兼职的电子装配工。他没办法制定持续的营销方案，从而有效地销售"领航员"，他把大部分时间用来四处筹钱购买需要的零件，尤其是"领航员"指南针，他不得不每次花 3.1 英镑购买成品。

在筹集资金的过程中，有人把克劳赫斯特介绍给斯坦利·贝斯特，后者成为电子用途公司的赞助人，并最终赞助克劳赫斯特尝试驾帆船环游世界。贝斯特是汤顿的一名商人，他像克劳赫斯特盼望的那样获得了成功。他的性格和成功的方法跟克劳赫斯特截然不同：他顽强地、有条不紊地销售汽油和拖车，因此成为大富翁。他有许多钱可以投资，1967 年，他借给电子用途公司 1 000 英镑，帮助克劳赫斯特渡过难关，克劳赫斯特认为这只不过是暂时的困难。贷款拖到了 1968 年，但是问题成倍地出现了，销售合伙人来了又去，"暂时"的困难持续不断。

很长时间以后，斯坦利·贝斯特才意识到电子用途公司不可能让他第二次发财。即使资产负债表一片狼藉，克劳赫斯特也以精彩绝伦的口才,让他保持了很久的信心。

"我一直认为唐纳德·克劳赫斯特是个天才的创新发明家,"他说,"在车间或实验室里他非常出色。但是,作为商人必须知道世人是怎么看的,这一点他毫无希望。他一直在不停地向前走,他从来不知道实际上发生了什么。他似乎有能力说服自己相信一切都会很好,无可救药的情形只不过是暂时的挫折。我承认,这样的热情很容易感染人。但是,现在我明白了,这是想象力过于丰富的头脑的产物,他总是做梦以为现实会成为他想要的样子。"

这是对作为布里奇沃特商人的克劳赫斯特中肯的总结,也是对作为有抱负的英雄的克劳赫斯特更好的总结。

唐纳德·克劳赫斯特:"我要走了,因为我留在这里不会感到安宁。"
(彼德·邓恩/《星期日泰晤士报》)

2

伟 大 的 竞 赛

1967 年 5 月底,弗朗西斯·奇切斯特独自驾驶帆船回到普利茅斯,赢得了声誉和一大笔财富。英国公众出乎意料地把他奉为英雄,过去只有征服了南极的斯科特、登上了珠穆朗玛峰的希拉里、四分钟跑完一英里的班尼斯特得到过全国范围的如此追捧。那天晚上,25 万人聚集在普利茅斯高地,该地区几乎所有的小船都汇聚成一片浩浩荡荡的欢迎舰队,全国的电视节目暂停了几个小时转为现场直播,奇切斯特在澳大利亚时已经被授予骑士称号,在格林尼治又被匆匆授予了一遍,随后火速出版的传记成为接下去几年利润最高的畅销书。

奇切斯特环游世界的航行长度激起了公众的兴趣,这让跟航行有关的所有人感到惊讶,尤其是赞助这次航行的《星期日泰晤士报》。奇切斯特的环球航行确实比之前的其他人更快、也更新奇,规定自己中途只在一个地方停泊。但是,这个壮举并没有特别新鲜的地方:早在1895年至1898年,乔舒亚·斯洛克姆就曾首次完成环球航行,后来又有几个人重复了这条路线——他们中途都停泊了好几站。美国的新闻杂志专栏作家们总是对英国人的反应感到困惑不解,他们用洋洋洒洒的长篇大论来分析这个现象:大英帝国一去不复返,也没有钱把人类送上月球,因此,英国人回归到更纯粹、更高贵,但并不复杂的征服大自然的英雄壮举。正如我们所见,人们参与这类冒险的动机和公众反响的成因并不如此简单。

一开始,《星期日泰晤士报》对赞助奇切斯特的航行犹豫不决。他们起初断然拒绝了这个项目(该项目最早接触的《每日镜报》和《每日电讯报》也一样)。最后,他们答应花2 000英镑购买半数报道权,覆盖航行半程直到澳大利亚为止,然后要看情况再决定是否继续投资。刚开始的几个月,公众的兴趣持续低迷,付出的代价似乎不小——实际上,奇切斯特航行到一半的时候,(由于经济运转周期的原因)另外一家报纸赞助商《卫报》不得不中途退出。无论如何,《星期日泰晤士报》继续赞助了航行,奇切斯特的公众热度开始上升,返航的帆船抵达出发点时,25万欢呼的群众聚集在普利茅斯高地,这次航行明显成为了本世纪报业最成功的投资。后来,《星期日泰晤士报》满怀热情地赞助了一系列航海冒险行动。尤其是哈罗德·埃文斯成为主编后——他是《星期日泰晤士报》管理层中唯一从一开始就对奇切斯特的冒险航行抱有兴趣的人。问题在于,在奇切斯特充满海水咸味的描写令人腻味之后,该如何在这个主题上开发新的系列。

欢迎奇切斯特归来的舰队中,有个人出乎意料地缺席了。唐纳德·克劳赫斯特极度崇拜奇切斯特。他买了奇切斯特所有的书,仔细地阅读,密切地关注他的行程。但是,某种带着嫉妒的怀疑精神让他避开了奇切斯特最后的胜利时刻。他没有短途旅行去普利茅斯,而是花了半天时间跟彼得·比尔德在布里斯托尔湾航海,然后回家在电视上看返航。游艇上的收音机接连几小时的航行评论像海水般涌进耳朵,两个男人带着酸溜溜的心态听着。克劳赫斯特模仿着在甲板上昂首阔步的姿态,扮演主持人、欢呼的群众和前来欢迎的市政委员。他问道,这有什么好小题大做的?奇切斯特又不是第一个环球航行的人。他的帆船显然很糟糕。而且,他在澳大利亚停留了很长时间休息。克劳赫斯特说,这次航行唯一值得称道的事情,就是奇切斯特已经年迈了。

当时,唐纳德·克劳赫斯特宣称,他有雄心壮志独自通过不停泊的方式驾驶帆船环球航行——这样能真正成为"第一",他的名字会被载入史册而不朽。他说,他四年前就想到这个主意了。当时,他确实接触过一些航海项目,但是没有付诸实施。他想过模仿托尔·海尔达尔①,在没有导航的情况下,以原始的方式乘坐木筏漂流,那次航海得到了很好的宣传,他甚至想重复阿兰·邦巴尔②从加那利群岛到巴巴多斯的独自航行,仅靠吃生鱼和浮游生物生存,这样的冒险同时满足了他对引人注目和科学精神的热

①　Thor Heyerdahl(1914—2002),挪威人类学者、海洋生物学者、探险家。他因为乘坐仿古木筏康提基号,从秘鲁卡亚俄港到南太平洋图阿莫图岛航海4 300海里而名动一时。——译者注

②　Alain Bombard(1924—2005),法国生物学家、医生和政治家,以不携带食物、驾驶橡皮阀横渡大西洋而闻名。——译者注

爱。但是，当奇切斯特归来之后，不停泊的环球航行越来越占据着他的思想。

公众对弗朗西斯爵士的崇拜持续不断，他的冒险明显给他带来经济上的成功，这自然不会浇灭克劳赫斯特的热情。奇切斯特拥有不断增加的商业版税、代言费、演讲和电视费用，更不用说他的书被翻译成十几种版本，还有他的小地图和导游手册给公司带来的新收益了。到现在为止，电子用途有限公司还在蹒跚学步，克劳赫斯特不止一个理由需要英雄壮举。

并不是只有他一个人对奇切斯特的冒险抱有那样的想法。毕竟，一旦某件事情成功了，自然就会有人想要做得更好。除了简单地让航行更快（最先模仿奇切斯特的亚历克·罗斯没办法做到这一点），超越他的成就的唯一途径，就是不间断地环球航行。

1967年底，起码有四名帆船手打算付诸实际行动了。考虑一下可能性，他们也许都过于乐观了。经历过大风大浪的奇切斯特本人，觉得抵达澳大利亚都十分困难；罗斯被迫不按计划在新西兰停泊，还在墨尔本停靠了一下。想要成功就需要一艘船、航海技术、高度自律的个人品质，还需要特别好的运气。但是，奇切斯特取得的成功，使冒险带来的物质和精神上的奖励，完全战胜了危险带来的后果。

前海军潜水艇指挥官比尔·莱斯利·金第一个提出可行的方案，他在奇切斯特回来三个月之后，就制订了周密的计划。他意识到帆船本身至关重要，于是他去找了"金发"哈斯勒上校，几年前，此人发明了适用于所有航海驾驶的自动操舵装置，大大地推动了单人航海。他要求哈斯勒特别建造一艘用于环球航行的完美船只。哈斯勒答应设计帆装,他选择安格斯·普里姆罗斯作为设计船体的最佳人选。最后设计出来的帆船光滑圆润,拥有宽阔的"龟背式"甲板,有种潜水艇的怀旧感,只是不协调地添上了两根挂着中国式平底帆船的桅杆。帆船被命名为"高尔韦·布莱泽二号",当年年底开始建造,1968 年 1 月的游艇展上,金宣布已经有两份报纸赞助航行,分别是《每日快报》和《星期日快报》。

金的计划实施之前,一位 28 岁的商船船长罗宾·诺克斯-约翰斯顿也在特别定制不间断环球航行的帆船。他从四月份开始讨论设计——那是奇切斯特回来七周前——很快找到一名造船商。他花了几个月的时间筹措资金,却一无所获,因此,他不得不放弃了计划。但他的热情并没有受阻,他决定年底前驾驶自己本来就拥有的苏海丽——一艘 32 英尺的小型柚木船体百慕大帆装双桅帆船。从表面上看起来,这艘船是最不合适的。它太小了,速度也很慢,它的甲板室很高,不怎么牢靠,更有经验的水手看到就会发抖。这艘船只有两个优点:它是诺克斯-约翰斯顿四年前在印度定制的,开过来的时候经过了全面的试航;它的平衡性能非常好,很容易驾驶。

诺克斯-约翰斯顿打定主意后,做了一步聪明的打算,他把伦敦的经纪人乔治·格林菲尔德带进了项目。格林菲尔德的经纪公司生意兴隆了好几年,尤其是代理伊妮德·布莱顿①的书赚了很多钱,最近正在开发专业的冒险家——航海家、探险家、登山运动员,诸如此类。在塑造英雄的复杂过程中,没有人比格林菲尔

---

① Enid Blyton(1897—1968),英国儿童文学作家,著有《伊妮德童话》、《诺迪》系列等。——译者注

德更内行了。奇切斯特本人就是他的主顾之一。诺克斯-约翰斯顿来的时候，这位经纪人正忙着打造沃利·赫伯特①在英国的横跨北极探险。格林菲尔德立刻从这位有决心的年轻人身上看到优秀的潜质，他有邻家男孩的魅力，并且吸引了一些赞助人的关注。他的判断跟以往一样极为准确：整个项目的推进过程中，诺克斯-约翰斯顿仿佛有某种神秘的天赋，他的所言所行都是正确的，尤其是在最终完成冒险的过程中。

后来，事实证明情绪稳定才是最关键的因素。罗宾·诺克斯-约翰斯顿跟他的船一样，是出发的人中间平衡感最好的。对如此年轻的人来说，他唯一古怪的地方就是毫不时尚的极右翼倾向和极端保守的观点，但是，这在冒险家和英雄人物中间并不鲜见。他冒险出发前和回来后，都去看过精神科医生，这样就可以研究航海对精神状态的影响。"我很高兴地告诉大家，"罗宾·诺克斯-约翰斯顿后来写道，"这两次检查，他都发现我'令人沮丧地正常'。"

没有人能责怪下一位帆船手，来自法国的伯纳德·穆瓦特西耶"令人沮丧地正常"。在长距离航海的水手中，他已经是一位传奇人物。他在太平洋上航行了几千英里，1966 年，他驾驶一艘小帆船完成了当时最长的不间断航行——在他的妻子弗朗索瓦丝的陪伴下，从塔希提经过合恩角到西班牙。他是一位敏感的、文笔优美的作家，他写过两本关于海洋的经典书籍：《南部海洋的流浪者》和《合恩角的航行》。

---

① Wally Herbert(1934—)，英国探险家，1968 年首次横跨北极地面。——译者注

跟克劳赫斯特一样,穆瓦特西耶拥有殖民地的生活背景——他是在法属印度支那长大的。然而,这些殖民地都完蛋了。穆瓦特西耶是一名精瘦结实的男人,他的性格是真正的浪漫主义,对大海有种近乎神秘的痴迷。他在帆船上最讨厌的就是跟电子有关的事情。

1967年底前,穆瓦特西耶制订了航海计划:他一月份在巴黎度过,参加法国游艇展,为他的装备做细致准备;然后,他将来到土伦①开始几个月的悉心工作,装配他的帆船"乔舒亚号",准备航行。乔舒亚号船龄五年,航行过几万英里,坚固得像一艘拖网渔船,尽管因为艰苦的航行伤痕累累,它依旧非常结实。庞大的船体是钢板焊接的,漆成红色,实心木头的桅杆又粗又短,有个简单的自动操舵装置,也许不像哈斯勒发明的装置那么复杂,但看上去也不容易损坏。穆瓦特西耶写道,乔舒亚号拥有一艘好帆船的所有秘密:"坚固、简单、可靠——在各种航行中,速度都很快。"②没有哪艘船比克劳赫斯特最后驾驶的那艘更与众不同。

最后,1967年末,英国特种空勤队上校约翰·里奇韦申请假期,准备尝试航行,他是特别合适的人选。他在1966年就声名鹊起,跟查伊·布莱斯中士一起划艇穿越大西洋,成为专业的冒险家。作为帆船手,他并没有获得过特殊的荣誉,他的单桅帆船"英伦玫瑰四号"仅以小(30英尺,约914.4厘米)而著称。他似乎主要是把航行当作野外生存的训练,起码在这一点上,没有人比他装备更完善。

---

① Toulon,法国东南部地中海沿岸的军港城市。——译者注
② 引自《合恩角的航行》,阿尔托出版社,巴黎,1967年。——原注

这就是 1968 年的阵容——喜欢在船上消磨时间的老水手、想为英国争口气的有志青年、需要跟大海交流的浪漫法国人、希望展现自己坚韧特质的职业探险家。克劳赫斯特的动机不太好揣测。这肯定不会跟他冷清的生意无关，他自己都不得不承认当时公司遇到了危机。在他过去的生活中，当他遭遇逆境时，他总会找些引人注目的事情来做，要在这个并不垂青他的世界上留下永久的印迹。他以特别炫耀的方式开始着手这项任务，这很合乎他的性格。

人们已经决定将弗朗西斯·奇切斯特爵士的帆船"吉普赛飞蛾四号"的实体保存在格林尼治，作为对他史诗般的航行的永恒纪念。部分资金已经筹措起来，圣殿马上就要开始建造。

克劳赫斯特打电话给格林尼治的市政委员，说让吉普赛飞蛾四号休眠是一种疯狂，他有个更好的主意。随后，他在一月中旬写了一封信。他说，假如他们愿意把船借给他一年，他会不间断地环球航行，然后他会把从中获得的所有钱交给他们，钱是毫无疑问能赚到的。信件是这样结尾的：

> 首先我要说，我知道自己能以水手般的姿态胜任这次航行。我考虑过所有随之而来的危险，无论是船只、自然条件、大海，还是我自己。这样的事业是有危险的，但是，我请求你们与我分享这个事业，不仅因为危险是可以承受的，而且因为我们作为一个航海国家的传统要求我们接受这样的危险。

信件的口气完全是克劳赫斯特的风格，非常有说服力。然而,市政委员多布尔先生没有答应。他写了一封正式的回信,表示他的委员会无权作出这样的决定。他把克劳赫斯特的信件和钱转交给卡蒂萨克协会,他们正在负责展出吉普赛飞蛾四号。卡蒂萨克协会决定置之不理。他们的计划非常坚定,已经无法改变,其中还有两名地方议员和吉普赛飞蛾四号的船主达尔弗顿勋爵的参与。

然而,克劳赫斯特继续他的游说。几周后,他打电话给卡蒂萨克协会,跟船只管理委员会的主席弗兰克·卡尔交谈。这次谈话更加色彩强烈。他们两个人都感情丰富、观点鲜明,还都能言善辩、滔滔不绝。他们在电话里交谈,克劳赫斯特从最初的提议增加到马上捐赠5 000英镑,加上所有奖金,再加上 10 000 英镑的保险金额。

弗兰克·卡尔私下告诉克劳赫斯特,他不认为这艘船非常适合航行,他引用了弗朗西斯爵士自己的严厉评价。他认为让如此著名的英雄象征在海上冒险是不明智的。至于奖金,他指出卡蒂萨克协会已经拨出 17 000 英镑在格林尼治建造干船坞,克劳赫斯特的捐赠远远达不到这个数目,更不用说船本身的价值了。

与此同时,克劳赫斯特正在召集一些有力的同盟。1968 年1 月,他在游艇展上推销"领航员",同时孜孜不倦地游说有影响力的人物。吉普赛飞蛾四号的联合设计师安格斯·普里姆罗斯,还有比尔·金的高尔韦·布莱泽二号的设计师,都记得克劳赫斯特来找过他们。普里姆罗斯对克劳赫斯特的热情和驾驶帆船的知识留下深刻印象。游艇杂志也加入了请愿,尽管出于不同的原因：《帆船与游艇周刊》的安东尼·丘吉尔和《帆船世界》的伯纳德·海曼措辞激烈地说，船只生来就是为了航行，即便是著名的船只，也不应该陈列在博物馆里。

请愿之争的最后结果让每个人都不高兴。克劳赫斯特没有得到船只，弗兰克·卡尔失去了在航海界的公众支持，公众以对航海的热情响应了新闻记者的抗议，对吉普赛飞蛾基金的捐赠微乎其微。

尽管弗兰克·卡尔和其他人曾以一些显而易见的理由公开抨击过克劳赫斯特的提议，但背后可能还有一个更强有力的反对意见。尽管弗朗西斯·奇切斯特爵士不是正式的船主，但他们询问过他的意见。他向朋友打听过唐纳德·克劳赫斯特的情况。除了乏味的自吹自擂，没有人能证明克劳赫斯特有任何能力。所以，对克劳赫斯特的质疑带来了摧毁性的效果。弗朗西斯爵士本能的怀疑从未消退，在克劳赫斯特的故事中，它们占据越来越重要的地位。

假如卡蒂萨克协会接受了克劳赫斯特立即捐赠的提议，那么钱从哪里来？假如他特别定制一艘船的话，谁会提供资金？尽管克劳赫斯特夸下海口，却一点主意都没有。这个问题显然困扰着他，因为这段时间，他在个人日记里煞费苦心地列出英国所有的媒体巨头以及几乎所有的工业慈善家。比如，他记下汤姆逊·弗利特勋爵家里的电话号码，打听他的贴身男仆的名字，确定汤姆逊通常早上几点起床。恰逢汤姆逊勋爵起床五分钟之后，他给勋爵家里打了电话。

"是帕克斯顿吗？"他用一种近乎专横的语气对男仆发号施

令,"我是唐纳德·克劳赫斯特,我要跟汤姆逊勋爵说话。"

根据克劳赫斯特自己的描述,汤姆逊勋爵当时正好下楼用早餐。莽撞的方法成功了:汤姆逊拿起了听筒。克劳赫斯特开始跟他提议,假如《泰晤士报》或者《星期日泰晤士报》赞助一次不间断环球航行,甚至举办一次环球航行比赛,会是一个绝妙的主意。他——克劳赫斯特——非常愿意参加,而且他肯定会赢。汤姆逊勋爵是否愿意帮助他报名?

汤姆逊勋爵现在记不清谈话内容了。经常会有说客甚至民间科学爱好者通过私人电话联系他。假如他们打通了,他就会匆忙告诉他们联系相关的编辑,或者简单地把电话挂了。当然,这一次听到建议,他什么都没有做。但是,仅仅两星期后,《星期日泰晤士报》就宣布举办环球航行比赛,这纯属巧合。后来,克劳赫斯特一直相信整件事情是他的主意——在随后的几封信中,他把自己称为竞赛的发起人。考虑到巧合,他还有几分道理。

然而,《星期日泰晤士报》举办航海竞赛的起因完全不同。这件事情值得详细描述,因为导致克劳赫斯特悲剧的许多事情中,这个奇怪的构想是一个很重要的因素。

1968 年 1 月初,乔治·格林菲尔德向《星期日泰晤士报》的哈罗德·埃文斯推荐了他的年轻新宠儿罗宾·诺克斯-约翰斯顿。他希望报纸能像赞助奇切斯特一样赞助他的航行。埃文斯津津有味地听着,但是迟迟没有决定。

一个月后,格林菲尔德依然催促答复,于是报道奇切斯特故事的《星期日泰晤士报》记者默里·塞尔发声了。比尔·金的计划已经被公众知晓,塞尔很快收集到了其他可能上场的人的传闻,现在人数越来越多。他也从帆船驾驶方面谈论了这类航行。

塞尔报道说,籍籍无名的年轻人诺克斯-约翰斯顿驾驶他的破旧小帆船肯定不会赢——最后证明他的观点是错误的,但这也可以理解。他认为最有可能胜利的是澳大利亚出生的牙科医生豪厄尔,他在游艇圈里被称为"塔希提比尔"。

所以,《星期日泰晤士报》开始对"塔希提比尔"感兴趣了。从新闻的角度看,对航行的报道,即便是不间断航行,也无可避免地跟奇切斯特的航行太类似了。有迹象表明读者对这类故事已经腻味了。因此,塞尔和他所在的部门主任罗恩·霍尔(本书作者之一)同时想到举办一次比赛,尽管他们对如何组织比赛意见不一。塞尔认为,热衷于英雄崇拜的公众唯一关心的是谁第一个回到出发点。霍尔认为,为了让活动充满竞赛气氛,每个参赛者必须享有平等的机会,因为各种原因,他们只能在不同时间出发,因此要根据"实耗时间"来判断谁是胜利者。换句话说,奖项应该颁发给航行最快的人。

还有另外一个问题。现在,塞尔知道那个赛季至少有六七名帆船手打算尝试不间断环球航行,其中有些人已经开始跟其他报纸、杂志和出版社合作。假如其中一个人拒绝参赛——并且第一个完成航行,该怎么办?《星期日泰晤士报》举办的比赛会失去所有卖点。

怀着这些顾虑,塞尔和霍尔在1968年3月初的一个下午坐下来起草比赛规则。第一个分歧很容易解决:为什么不设立两个奖项,一个是最先到达出发点,还有一个是航行速度最快。

第一个回到出发点的人，将被授予奖杯（当时他们就决定了奖杯的名字：金球杯，尽管不是真材实料）。最快完成航行的人，将获得 5 000 英镑奖金。

另一个问题更加困难。最后变通的方法是不要求竞争者正式"参加"比赛。假如有人参与环航，并且出发和抵达的日期被全国性的报纸或杂志记录下来，他就能自动获得拿到奖金或金球奖杯的资格。因此，这项赛事的形式跟颁给飞行员的著名的诺思克利夫奖①更相似，而不是人们立刻拿来作比较的《观察家报》主办的跨大西洋单人帆船赛。

这样安排的好处是没有人可以不参加比赛。有人说，这就好像一匹马为了撒欢，驰骋过埃普瑟姆丘陵，突然发现自己参加了德比赛马节②。缺点是严格来说，《星期日泰晤士报》无法"审核"参赛者的技术能力和精神状态是否适合。也许有人会指责他们不负责任地鼓励缺乏资质的人去冒险。然而退而求其次，他们成立了由有名望的人担任的评审团，主席是弗朗西斯·奇切斯特爵士。③ 他们的职责是不仅要保证航行正确地完成，没有在港口停靠，也没有外部援助，而且要利用他们的影响力告诫参赛者当心危险，劝说轻率鲁莽的参赛者不要出发。有些初学者确实被说服放弃比赛，包括外赫布里底群岛的一名驾驶自造游艇的年轻人，

---

① Northcliffe prizes，1907 年至 1925 年，《每日邮报》经营者诺思克利夫子爵曾奖励过无数航空方面的成就，包括第一个飞越英吉利海峡的人。——译者注

② Derby，始于 1780 年的英国传统赛马会，每年 6 月在萨里郡的埃普瑟姆丘陵举行。——译者注

③ 评审团成员为：航海协会执行秘书迈克尔·里奇先生、《海王星游艇》杂志编辑及著名法国帆船手阿兰·格利克斯曼先生、《泰晤士报》董事长及主编丹尼斯·汉米尔顿先生、"金发"哈斯勒上校（他后来觉得自己太容易被人拿来和金的航行联系在一起，因此退出了评审团）。——原注

他差点受到法庭监护。

在出发的人中间，唯一停下来冷静考虑的是划艇穿越大西洋的查伊·布莱斯，他只经过几天的帆船训练，驾驶一艘普通的巡游帆船出发，效仿跟他一起划艇的同伴约翰·里奇韦。即便如此，评审团也需要有很大的勇气，才能拒绝一名坐划艇在大西洋里生存了 92 天的人参赛，依据是他本身就是个危险。至于能说会道的唐纳德·克劳赫斯特，评审团任何成员都不可能否决他。毕竟，他最近说服了半个游艇界的人，让他们相信他是驾驶吉普赛飞蛾四号的理想人选。

他们最后一次修改了比赛规则。因为他们认为在南半球的冬天结束前进入南大洋，或者下一个冬天开始前还没有越过合恩角是有危险的，不应该鼓励任何人去做。所以，出发的日期被限定在 1968 年 6 月 1 日至 10 月 31 日之间。10 月的最后期限在克劳赫斯特的故事中至关重要。

比赛的开始和结束地点必须是英伦诸岛的一个港口。但是，为了保证穆瓦特西耶参加——假如他坚持从土伦出发的话——条件放宽到任何人从北纬 40°的任何港口都可以出发，后来他成为第一个回到出发点的人，获得了金球奖杯。（这一点其实毫无必要。比赛筹备最先的任务之一，就是派遣默里·塞尔去法国，说服穆瓦特西耶把船开到英国来。这位法国人解释说，他是为了自己的灵魂才出发的，并不想参加任何比赛，但他最后发了慈悲，说是看在塞尔的脸讨人喜欢的分上。）

1968 年 3 月 17 日，《星期日泰晤士报》宣布了比赛，在游艇媒体中掀起了一阵狂热的兴趣。四天后，克劳赫斯特宣布自己参赛。评论专栏花了几个月的时间来谈论他,把他称为"神秘的帆船手",因为他似乎对自己的计划一直秘而不宣。事实上,其中没有任何神秘之处。当时,他依然没有一艘帆船,也没有钱来造一艘。

3

革命性的帆船

　　宣布参加比赛后的两个月,唐纳德·克劳赫斯特更加不屈不挠地想要借走吉普赛飞蛾四号,却注定徒劳而返。他游说了这艘船的法定所有人达尔弗顿勋爵,却被冷淡地拒绝了。克劳赫斯特的感情受到了伤害,于是越发使上蛮劲,他又联系了卡蒂萨克协会。他希望他们审核一下他的"能力,以及身体和精神上的毅力"。他给弗兰克·卡尔写信道:

　　您对我是否有能力完成计划有所保留,这是可以理解的,也合情合理。有一种方法可以证明这一点,我会试驾几百英里,模拟单人航行,你们可以派人观察。公平起见,可以选择两名观察员,我们每人各选一名。显然,他们的品格和航海知识应该是我们双方都能够接受的,我很乐意其中一位是您本人,如果您愿意的话。假如我因为缺乏技能给帆船造成危险,观察员当然会尽到他们的职责。假如继续有意见分歧的话,将有适当的委员会来解决争端,不过我希望没有这个必要。

这可以看作推销员工作中习惯性的无责任试用技巧。但这也是克劳赫斯特迫切的要求,他屡遭拒绝之后,很想通过正式的测验来证明自己,这个痛苦的想法折磨着他。他的父亲去世后,因为缺钱,他被扔出了拉夫伯勒学院,他在稚气的日记本里每天写下箴言,发誓拿到学历证明,他必须更加努力学习。当他被开除出军队,他满脑子是通过拉丁文考试,进入剑桥学习。在麦拉迪公司的工作失败后,他想到了开电子用途公司和航海。开电子用途公司失败后,他想到了环球航行。他所寻求的每个新的挑战都掩盖了旧的失败,从而延迟了他对自己的最终判断。当他带着这些困扰生活时,他依然是欢快的,充满说服力,但困扰依然是困扰。

克劳赫斯特在跟弗兰克·卡尔和卡蒂萨克协会争执的过程中,不断地重复坚称,他认为吉普赛飞蛾四号是"现存的船只中最适合环球航行的",眼都不眨一下。他真的相信这一点吗?除了跟安格斯·普里姆罗斯聊了几句之外,他对吉普赛飞蛾四号的直接了解完全来自奇切斯特写的书,后者在书里滔滔不绝地指责船的设计和航行性能欠佳。因此,这并不是冷静客观的判断,他相信这一点完全是因为他需要驾船去环球航行。不管出于何种原因,克劳赫斯特一旦下定决心采取行动,就会用能言善辩的技巧向全世界——也向他自己——证明他的决心。

克劳赫斯特最终在关于吉普赛飞蛾四号的争论中感觉到了失败,同时他也在寻找机会定制一艘帆船。他又一次毫不怀疑地决定了自己想要什么样的船,但是这艘船的类型跟吉普赛飞蛾四号完全不同。他突然成了三体帆船的拥护者。

对于单人巡航而言,这个选择值得怀疑。许多帆船手认为除非三体帆船一直有人操舵,否则就不安全。三体帆船在海上的表现——顺风航行非常快速,但逆风时表现很差——跟传统的单体帆船完全不同。三体帆船不会轻易翻船,但是一旦翻船就很难翻回来。但是,唐纳德·克劳赫斯特很快草拟了给游艇报纸的长篇说教信件,为三体帆船的环球航行辩护,使用了比之前谈论吉普赛飞蛾四号时更坚定无疑的语气。关于他因为这个新发现而产生的热情,最值得注意的是,虽然他曾经坐过双体船,却从来没有驾驶过三体船——但是,他却形成了这种观点。

现在是 5 月中旬,时间正在嘀嗒声中流逝,很快就到 10 月的最后出发期限了。最早的两位竞争者,约翰·里奇韦和查伊·布莱斯,只剩最后几天拉起风帆了,诺克斯-约翰斯顿正在最后的准备阶段。第二批出发的法国帆船手卢瓦克·富热鲁,已经参加比赛,准备出发去英国了。他也有一艘经过良好试航的钢体船。克劳赫斯特依然既没有船,也没有赞助人,却仍旧精神愉快。他一次又一次告诉朋友们,比如约翰·埃米特和彼得·比尔德,他会成为第一个在没有帮助的情况下环球航行的人。他说,奇切斯特所说的"海洋中的珠穆朗玛峰"正等着他去征服。

与此同时,斯坦利·贝斯特以他有条不紊的眼光查看了电子用途公司的账目后,最终决定撤资,他准备要回他的钱。两人通了一段时间信,对公司的情况发生了争论,克劳赫斯特一直都很乐观,不断地冒出新主意,贝斯特纵然坚持己见,却以他的方式表示理解。

5 月 20 日,唐纳德·克劳赫斯特写下了其中一封信,事后仔细想想,他大概做了这辈子最伟大的说服工作。贝斯特一直是世界上最不容易受别人影响的人,他至今无法理解克劳赫斯特是怎么说服他,让他相信最好的金融投资就是花钱造一艘能环球航行的船。

克劳赫斯特的信还是充满自信,仿佛他有能力完成任何项目,他条理清晰地陈述了三体船的优点和缺点:

……可以谨慎地估计到,这样的尝试有技术上的危险,因此,要事先制定应对的方案。在使用现代装备的情况下,几乎可以保障生存,哪怕出现极不可能的严重问题……

真正令人振奋的是,你可以期待一艘配备各种安全装置的三体船,这些装置是我为三体船设计的。(你也许知道,三体船是一种有争议的新型船只,有三个船体。)……三体船是非常适合电子程序控制的平台,这一点已经清楚地显示出来。现在仅有生产的装置还很粗糙,思路完全不对头。

三体船是一种轻排量的船只,使用船用胶合板或玻璃纤维制造,每个铺位的造价只有传统游艇的三分之一。船舱内部很宽敞,采光比较好,一旦安全没有疑虑,持续的游艇热将保证三体船成为海上大篷车。迄今为止,除了翻船后不容易翻回来,它们跟平底船相比有很多其他优势,尤其是它们能以平底船 3 倍的速度航行,跟平底船相比,实际上很难沉没。假如我构思的装置的实用性能以引人注目的方式展示,比如赢得《星期日泰晤士报》金球杯或者 5 000 英镑奖金,专利就会受到保护,公司的快速发展和盈利就毫无疑问了。坦率地说,我驾驶小船出海的时间长达将近 30 年,你尽可以放心,单单商业上的考虑不会诱惑我去做这样的尝试。我已经从细节上思考了问题和风险,可以说,我对成功是非常自信的……

看已经宣布的参赛者的情况,我两个奖项都能赢,我已经成功说服了两家造船厂,短时间内就能着手建造一艘三体帆船,它有良好的基础设计,还有必要的自动扶正装置。我估计帆船只需要花费 6 000 英镑,有游艇按揭贷款的话,费用跟收益相比很低,并不是只有奖金,还有电影版权、报道费、故事版权和广告收入。我告诉你的细节很少有人知道,游艇媒体会热切地刨根问底,所以希望你可以帮忙保密。

这是一封巧妙的游说信件。斯坦利·贝斯特是一名大篷车经销商,"海上大篷车"的说法很对他的胃口,况且,他在电子用途公司一无所获的投资也有希望得到挽救。这里有些夸大其词——比如他"30 年"的航海经验,但是这封信的基本论点清楚明白、设想周到。当时,克劳赫斯特无疑真的相信自己能做好所有的一切:安全设备、电子程序控制设备、专利权及其他。当时,甚至 6 000 英镑的成本都合情合理,尽管后来由于匆忙施工和各种修改,成本翻了一倍。

现在,斯坦利·贝斯特说他无法理解当初为什么会同意这个项目。"我妻子说我一定是疯了。"他说,"我以前的投资总是确保赢利,或者严格地估算过风险,突然一下子跳进这件艰巨的任务,我真的无法理解,毕竟只有一点点赢利的可能性。我想是因为这个想法有魔力,因为公众关注度和兴奋感——唐纳德也很能说会道。他如果说到做到,就是一个令人印象深刻、富有说服力的人。"

事实上,贝斯特承担的风险并没有看似那么大。他承诺会支付船的所有费用,但还找了其他赞助人分担造船成本。而且,他们达成协议,假如航行出了问题,斯坦利·贝斯特可以选择把船卖给电子用途有限公司。贝斯特说,这仅仅是因为要交税。但是,回购条款后来加重了克劳赫斯特的心理负担。他知道后果,假如航行失败了,他的公司就要被迫关门。

克劳赫斯特接洽了好几家造船厂,询问是否能接下建造三体帆船的任务。他最后选择了埃塞克斯郡布赖特灵西的考克斯海洋有限公司建造三体船身,诺福克郡布兰德尔的 L.J.伊斯特伍德有限公司装配船体和配件。时间是主要的问题,这就是为什么建造要分开进行。考克斯公司无法在 10 月的期限之前完成所有工作,于是提议伊斯特伍德公司成为分包商。伊斯特伍德公司有足够的空闲赶制重要订单。他们同意以最低的利润和最大的努力来完成工作。

两位合伙人经营这家公司。其中一位是约翰·伊斯特伍德,他是个安静的人,说话语速很慢,留着粗犷的大胡子,做了一辈子工程师和造船师。1962 年，他放弃了珀金斯内燃机公司的重要职位，创立了自己的小船厂，他发现这尽管不是一家十分安全或利润很高的企业，却是他喜欢的工作。"一个人最喜欢做的事情总是无可避免地带来最少的钱，这很悲哀。"他说，"但幸运的是，我还有大部分跟我一起工作的人，都相信享受造船的满足，比在其他地方容易地赚钱更好。奇怪的是，我觉得自己有点像唐纳德·克劳赫斯特。我喜欢有创意，我并不擅长一成不变的工作和行政管理。对我而言，这些都很无聊，我的头脑中会不断涌现新的想法。"

他的合伙人约翰·埃利奥特更加外向，不那么专业。他负责伊斯特伍德公司的销售、宣传和商业组织，他很快发现这项工作会给造船厂带来引起关注的好机会。

当他们开始讨论帆船的设计细节，事情发生了有趣的转变：另外一艘三体帆船参加了《星期日泰晤士报》的比赛。参赛者是一位海军军官，奈杰尔·泰特利指挥官，这艘船造得非常宽敞舒适，他和妻子在船上生活了好几年。这是一艘"女胜利者"型的帆船，由美国三体船的先驱亚瑟·皮韦尔设计。当时，皮韦尔建造的三体船经过了最多的试航和测试，除了最近皮韦尔本人在海上死去，它们的名声没有受到任何损害。据猜测，事故原因是三体船的重大缺陷之一——它们翻船后无法翻回来。

克劳赫斯特赞成自己的三体帆船也造成"女胜利者"型船体，可以在考克斯现有的生产线上快速制造完成。但是，他一点都不怀疑泰特利先出发几个星期，他依然能战胜他。标准的"女胜利者"船型有大型船舱和很高的封闭式驾驶室，克劳赫斯特认为这样的船在南大洋的浮冰中间会很容易损坏。他决定在自己的三体帆船上去掉所有的上层建筑,取而代之的是,平滑的甲板上只有一个低矮的圆形"狗窝"。这会缺少舒适的空间,但是一位英雄肯定能熬过去,帆船会更快、更安全。他还有很多其他想法,都是为了把"女胜利者"改造成适合环球航行的帆船。

以彼得·比尔德的话来说,当时的唐纳德·克劳赫斯特"忙着处理各种问题,因此精神振奋"。这是他碰到过的最大的考验,他正在拿出大胆的解决方案。他想出了所有可能遇到的灾难,设计了电子装置解决这些问题,理论上令人印象深刻。他躲进工作间,沉浸在生命中最令人陶醉的劳作中。

想起这一切,必须忘掉最终的悲剧,甚至忘记当他驾船出发时,他的帆船完全没有准备好,所有魔术般的电子设备都无用或没有完成。几乎所有成功的冒险,一开始总是充满了过度乐观、混乱和急切的推销。一旦达到成功的目的,这些早先的挫折只是决心和品格的证明。克劳赫斯特冒险的开端也是类似的,只是结局让一切回忆变得酸楚。

这段时间去伍德兰兹拜访的人,都会看到克劳赫斯特起居室里的大钢琴上,铺满了地图、平面设计图、海图、图表和告示。克劳赫斯特大踏步走来走去,兴奋地解释这解释那。他甚至计算出了精确的数字,预测谁会在比赛中胜出,以及原因。他的表格——被遗忘在他的一堆文件里——是一篇引人注目的杰作,充满了乐观和自我说服。他"证明"了自己不但会航行得最快,而且会超越所有先出发的选手,第一个抵达出发点,赢得金球杯。

结果表明,克劳赫斯特预测的平均速度只有放在穆瓦特西耶和富热鲁身上才是正确的。其他单体船的平均速度都比他期望中更慢;但是,他对多体船的预测更错得离谱。当时,他对多体船的盲目热情如此高涨,以至于他想象中的"塔希提比尔"豪厄尔的双体船和奈杰尔·泰特利的三体船在平均速度上会比奇切斯特打破纪录的每天 131 英里快百分之五十。至于他自己,他的平均速度可以达到惊人的每天 220 英里——他认为这仍然是保守估计,因为在表格的初稿中,他一开始预测自己每天能航行 290 英里。后来,在他准备期间,他的估计变得现实了一点;当他出发时,身边携带的海图上标注着目标速度,估算的航行时间是 194 天,依然比奇切斯特更快一些。①

参赛者	估计最快速度	估计最快平均速度（mpd＝英里/天）	出发日期②（月/日,P＝估计）	全程时间（天）	抵达日期（月/日）②	名次
里奇韦	7½节	4 节（95 mpd）	6/1	295	4/1	7
布莱斯	7½节	4 节（95 mpd）	6/1	295	4/8	8
诺克斯–约翰斯顿	7½节	4¼节（108 mpd）	6/24	260	3/3	6
穆瓦特西耶	8½节	5 节（120 mpd）	7/21（P）	234	3/14	5
富热鲁	7 节	4 节（95 mpd）	7/21（P）	295	5/18	9
金	9¼节	6 节（144 mpd）	8/1（P）	194	2/14	4
克劳赫斯特	15 节	9 节（220 mpd）	10/1（P）	130	2/7	1
泰特利	15 节	8 节（192 mpd）	9/1（P）	146	2/12	3
豪厄尔	15 节	8 节（192 mpd）	9/14（P）	146	2/10	2

① 豪厄尔当时参加了《观察家报》举办的横跨大西洋航行比赛。尽管他比除了一般以外其他的多体船表现更好,并且拿下了第五名,他的平均速度不过每天 100 英里。他对自己的双体船的总体表现不再抱有幻想,因此决定退出环球航行比赛。泰特利几乎完成了环球航行,平均速度每天 111 英里,比穆瓦特西耶略慢一些。——原注
② 出发和抵达日期是按照克劳赫斯特的文字复制的,尽管这些日期跟他估计的名次、航行的时间并不完全一致。实际上的出发日期是:里奇韦,6 月 1 日;布莱斯,6 月 8 日;诺克斯–约翰斯顿,6 月 14 日;穆瓦特西耶,8 月 21 日;富热鲁,8 月 21 日;金,8 月 24 日;克劳赫斯特,10 月 31 日;泰特利,9 月 16 日。——原注

正如他在表格里标注的，克劳赫斯特打算 10 月 1 日起航。伊斯特伍德公司答应 8 月底完成整个工作。对于这样一个公司，最多只能召集 24 名工人，这不仅是匆忙赶工，简直就是商业赌博。他们就像斯坦利·贝斯特一样，受到这个项目的挑战性和潜在的广告效应的诱惑。

在考克斯公司把船体运来之前，他们没法开始工作。但起码那部分工作按时完成了；船体按照预定时间 7 月 28 日造好了，伊斯特伍德公司开始了他们的任务。几天前，克劳赫斯特造访了船厂，告诉约翰·埃利奥特他最新的灵感。7 月 27 日至 28 日周末，刚刚结束匆忙的夏日假期的伊斯特伍德，连夜开车去布里奇沃特敲定技术细节。

他们的会议开了整整一个星期天，从早上 9 点一直到晚上 9 点，克劳赫斯特状态很好——充满自信、富有创造力，一直在发号施令。

"当时确实令我刮目相看，"伊斯特伍德说，"唐纳德似乎明确知道自己想要什么。他拥有很好的技术背景和充满想象力的头脑。我们讨论了所有的事情，一切都思路清晰、直截了当。当然，后来出现了问题，他不断冒出新的想法，根本来不及实现和检验，但这些想法经常绝顶聪明。"

那天，他们两人从各个方面讨论了设计方案。克劳赫斯特设计了独创的系统，一旦翻船可以扶正，从中可以看出技术上的大致风格，他认为这是整个项目的中心技术思想。他说这是可以实现的。

假如船只开始危险地倾斜，浸没的浮舟里面的电极就会给船舱里的中央开关装置发送信号。开关装置（克劳赫斯特自豪地称之为他的"计算机"）会暂停一秒钟，确定浸没是不是永久的——然后，它就会开始运作。电子线路接通后，连接到空心桅杆中的软管上的一个二氧化碳汽缸就会熄火。桅杆顶上有一个大型的橡胶"浮袋"。在二氧化碳的压力下，浮袋会挣脱绑缚并且充气，这样就能防止船只完全倾覆。

至此阶段，三体船就会侧着浮动，离开水平线稍稍抬起，一边有部分浸没水中的浮舟，另一边有充气的橡胶袋支撑。这样的姿势，大浪就有可能会把船扶正，万一这样不行，另外一套系统就会开始工作。船舱两边各有一个亨德森水泵，固定连接在邻近的浮舟上。克劳赫斯特会操作相应的水泵，往上面的浮舟里注水——浮舟会慢慢把船底往下压，直到桅杆跟海面保持水平。现在只要有一点涟漪，三体船就又能弹回去。作为善后工作，连接的亨德森水泵会反过来把水从淹没的浮舟里排出去，一切就会恢复正常。

描述这一切的时候，克劳赫斯特会急切地加上一句，说当然翻船是极不可能发生的，因为"计算机"会经常检查危险的早期信号。例如，绳索的压力会有电子监控，假如任何地方出了差错，警报灯会不停闪烁，警报器会响。即使他睡着了，风速指示仪上突然的变化，也会被"计算机"注意到，风帆会自动松弛。正如他向贝斯特保证过的那样，浮袋只是最后一招，"几乎肯定能保障生存"。

尽管整套体系听上去有些不切实际，但克劳赫斯特说起来信心十足，没有人怀疑他是否能搞出来。伊斯特伍德安排把水泵和电线放进帆船的设计中去。阿冯橡胶公司答应制造浮袋,只象征性收取一点费用。冷静的《帆船与游艇周刊》称这样的装备很"明智"。克劳赫斯特在他的宣传资料中写道,该产品正在申请专利,测试已经完成,现在装置"运转很成功",这是电子用途有限公司长期"发展项目"的成果,克劳赫斯特先生是这家公司的总经理。

当时大家所不知道的是,"发展项目"还等着在唐纳德·克劳赫斯特一个人的工作室里被发明出来,直到他的航行开始,"计算机"还只是一盒又一盒的开关、继电器和晶体管,此外一无所有——所有的东西都散作一堆。

7月28日开会讨论的其他技术细节,也在故事中起到关键作用,现在先简短地提一下。

他们达成一致,亨德森水泵还有附加功能,把小缝隙漏进来的正常船底积水排出去。帆船上有十个不同的防水舱室,因此每个都安装固定管道会很麻烦。取而代之,船上只会有一根比较长的海利弗莱克斯软管(经过特别设计,可以经得起抽吸),可以拆下来装到船上任何地方。伊斯特伍德公司说他们不负责提供软管,因为克劳赫斯特没有在合同里要求过。

克劳赫斯特希望有很好的电源给他的电池充电,因为船上有很多电子配件。他选择了一台奥南汽油发电机——一台很重的船舶装备。众所周知发电机很容易受潮,问题是得找个干燥的地方。那个星期天,这个问题被讨论了很久。伊斯特伍德还打算把发电机放在驾驶舱旁边很高的地方。但伊斯特伍德说,克劳赫斯特坚持要改地方——他无法摆脱会在合恩角翻船的恐惧,他希望所有重型设备都放在船上尽可能低的地方。唯一能找到的地方是驾驶舱下面的一个舱室，要从驾驶舱地板上的舱口进去。驾驶舱是完全露天的，天气恶劣的时候，连续不断的大浪会打过来，海水会浇湿整个地板，所以舱口需要完全密封防水。他们两人都意识到这样安排很危险。但是，伊斯特伍德不情愿地同意试试，把设备搞出来。

还有另外一个类似的问题。作为标准"女胜利者"船型的变体，克劳赫斯特希望每个浮舟里都有防水隔板——因此，进入舱室需要增加三个甲板舱口。伊斯特伍德对舱口的设计有个简单的建议：他只用扁圆形的木头，每块用 12 个翼形螺帽栓在橡胶密封圈上。这是一种可行的解决方案，但是，伊斯特伍德承认他们找不到材质能满足需要的橡胶。甲板有些高低不平，密封圈的形状很难严丝合缝。三体帆船的几个设计错误中，这里伊斯特伍德显然应该受到责备。

"我们通常的供应商软橡胶缺货，"约翰·埃利奥特解释说，"我们给能想到的所有地方都打了电话。但是，哪里都见不到踪迹，跟着了魔似的。显然，汽车业的发展突然需要大量橡胶，已经用完了所有的库存。假如有更长的时间，我们也许能找到一些——最好的橡胶都来自斯堪的纳维亚。但是，这就是赶工带来的问题，有时候你就得用次品将就一下。"

所有这些决定和疏忽都影响了最后的结果。但是，把过错都往克劳赫斯特和伊斯特伍德公司身上推，就太简单化了。清楚的事实是他们都担负起太多事情，几乎不可能按时完成，接下来疯狂的几周，这一点变得更加明显。

第一次严重的拖延是因为帆和索具，克劳赫斯特本来答应自已搞定的。由于浮袋的重量和造成的压力,正常的"女胜利者"型索具无法使用,假如帆船会倾覆,最好有更短、更结实的桅杆。

8月底,克劳赫斯特在考克斯海洋公司召集了一次会议,伊斯特伍德希望最终能解决问题。本来应该有两名修帆工和一名索具设计师参加会议,但是,克劳赫斯特的安排出了差错,他们都没有参加。最后,伊斯特伍德不得不亲自按照克劳赫斯特的大致想法,制订出详细的计划。他很快制订了两份可供选择的方案,克劳赫斯特选择了其中一份。

克劳赫斯特来到考克斯公司,本来有机会第一次驾驶三体船试航。船厂有一艘"女胜利者"型帆船差不多要完工了,他希望能开着出海试试。然而,他的请求被拒绝了。这艘三体船刚刚售出,新的船主催促早日完工,考克斯公司觉得不能拿其他人的船在海上冒险,尤其是让一个新手试航。

伊斯特伍德和埃利奥特抱怨说,在帆船制造至关重要的中间阶段,他们见到克劳赫斯特的机会不够多,尽管最后阶段他们见到他次数太多了。他们仍然觉得,这段时间他太随意了,有点心不在焉,他们从他那里从来得不到明确的指示。

然而,克劳赫斯特还有很多其他问题要解决。比如说,在他离开期间,他要安排好电子用途公司继续运转。他已经安排好让一位朋友接管"领航员"在伦敦的销售,约定利润分成,希望这样可以每周赚 10 英镑,保证他远航期间,克莱尔和孩子们不会挨饿。他要跟斯坦利·贝斯特在经济上达成协议,现在后者实际上控制着电子用途公司。贝斯特提议第二次抵押伍德兰兹的房产,用以支付部分债务,这样克劳赫斯特最后仅剩的一点积蓄也典当了。

到了 9 月 18 日至 25 日，克劳赫斯特几乎每天开车去布里斯托尔湾，提高自己的航海技能，他在这方面已经很专业了。他在技术学院上过无线电报集训班，因为邮政局要求所有的航海无线电操作人员考出能力证书。无论他在航行中发生了其他什么，他的摩尔斯电码信息都记录得一丝不苟。

还有更加令人热血沸腾、更海阔天空的事情要做。罗德尼·霍尔沃思这个重要人物出场了，他是《每日邮报》和《每日快报》的前犯罪报道记者、德文郡通讯社的经营者、公共关系达人、地方新闻采集者、廷茅斯的杰出市民。霍尔沃思是个大块头，有一张大脸，他做的所有事情都比现实生活更伟大。任何一个看过查尔斯·劳顿扮演亨利八世的人，都能马上想象出他的样子。他庞大的身躯裹在白衬衫和网眼背心里，外套奶油色亚麻夹克衫，厚皮带系着灰色法兰绒裤子。他在《每日邮报》跑苏格兰场①条线时，积累了报道的功底，能一品脱一品脱地喝着苦啤酒，一个细节都不放过，令人心生敬畏，是不那么成功的新闻记者的榜样。

他写过一本精彩的书《地球上最后的花朵》，描述了格陵兰的一次探险，但他真正的天才在于令人毛骨悚然的犯罪报道。他的天赋后来转向了戏剧性的地方新闻报道，没有那么生动，却同样要求很高。后面大家会看到，他把半打密码电报文字，转译成连贯的、催人泪下的叙述，展现出唐纳德·克劳赫斯特面对敌意时的孤独挣扎，他的能耐真是非同小可。他成功地扮演了各种角

---

① Scotland Yard，伦敦警察厅的代称。——译者注

色，从廷茅斯镇议会的公共关系官员、当地企业的宣传人员，到贩卖地方新闻故事的人，支持每一个人的共同利益，成为各色人等的伙伴，也一样充满天赋。

他的德文郡通讯社的办公室里有一张照片——一头阿尔萨斯狼狗亲昵地用鼻子蹭着一只天鹅。这张照片被毕恭毕敬地装在相框里，上面有一行说明——"最好的伙伴"。（霍尔沃思说，这张照片已经"周游世界"，给他的通讯社带来大笔大笔的钱。）这是他的行业的象征。因此，当克劳赫斯特出发时，"廷茅斯形象大使开始完成他的使命"；当他海上航行时，"廷茅斯电子号乘风破浪，如野马般奔驰在潮湿的'高山'上，穿过打着旋涡的泡沫的'谷底'"；当他驶回国内，"廷茅斯正要热烈欢迎唐纳德·克劳赫斯特"；当他失踪时，"廷茅斯，从某种程度上说赞助了克劳赫斯特的小镇，沉浸在一片悲哀中"。平淡无奇的情节配上陈词滥调——尤其是涉及廷茅斯的时候。

没有人可以说他是个愤世嫉俗的人。"我爱这个人，我爱他就像爱我的兄弟，"他会这样说起唐纳德·克劳赫斯特，"我为了他拼命工作。当一切都说了并且做了，我们新闻记者最困难的就是保持内心的一点柔软。呃，老兄，你说呢？"假如你深夜在廷茅斯附近的帕西奇·豪斯旅馆的酒吧听他谈论起上帝，你就不会责怪他缺少信仰的热情："宗教？别跟我谈论宗教！我曾经站在达特穆尔高原上，云层低低地吻着悬崖的顶部，树叶向南风轻轻哼着摇篮曲，远处的海滨度假区微光闪烁，我伸出手臂，亲手拥抱着宗教温暖的身体！所以，别跟我说什么宗教。"

一开始，霍尔沃思是通过《星期日泰晤士报》认识克劳赫斯特的,当时《星期日泰晤士报》委托德文郡通讯社拍了一张照片。摄影师回来的时候,告诉他的老板,克劳赫斯特还缺一个公关代理。霍尔沃思觉察到克劳赫斯特可能会成为新客户,于是安排跟他在汤顿附近的中途酒店见面。

"当我第一次在旅馆的酒吧见到唐纳德,"霍尔沃思回忆道,"他有些拘谨,一副军官派头。谈话进展十分缓慢。我相信吃完这顿饭,我们已经是好朋友了。他拍了拍我的胳膊,隔着桌子俯身过来,告诉我得到这份差事了。先别管其他事情,你一旦让他兴奋起来,这人就是个真正的流氓。我不是自吹自擂,我觉得我有些地方吸引了唐纳德,他在别人那里得不到这种满足感。"

当时,另外一名经纪人在为克劳赫斯特工作,试图给他找商业赞助。当时有一些希望——包括《世界新闻报》含糊地表示会赞助船只,条件是报纸的名字印在船首——但是,最后只有十箱亨氏罐头食品和一些惠特布雷德大麦啤酒。所以,霍尔沃思发现自己除了处理媒体事务,还要努力拉商业赞助。

最主要让克劳赫斯特失望的是,没有一家公司同意为他的航行提供基本赞助,这一点很清楚。也许,他开始拉赞助已经太晚了,或者他跟游艇业的高管们关系不够紧密。所以,他不得不到处乞求零零碎碎的物品。航行结束后,在他船上的遗物中,人们发现一叠被海水溅湿的黄色信纸:

致加拿大铝业铝箔有限公司:

    作为这家小公司的总经理,我常读《包装评论》。我在最近一期刊物上注意到你们的广告,我想到我们之间在某些地方,也许会有值得探索的共同利益……我有一个很好的机会,不仅可以赢得金球杯,而且可以获得 5 000 英镑的奖金。假如这些都实现了,宣传效果会很惊人,这么说吧,这就是海上珠穆朗玛峰,奇切斯特都已经承认,他的航行只是重大赛事的热身……

普利苏容器有限公司:

　　我参加比赛……会是这个赛事中最快的帆船……假如你们能满足我的需求,你们就能免费得到所有的广告宣传……当我比赛胜出时,广告效应当然是巨大的。

致马洛里电池公司:

　　你们也许对我的个人意见没有兴趣,但是,万一你们感兴趣,我要说奇切斯特和罗斯只是这场主要赛事的预热,赢得比赛的不会是金,而会是克劳赫斯特。无论里奇韦的努力有何实际优势,从你们的观点来看,不可能有任何价值。

　　电子设备将会使我赢得比赛。包括通信在内的整个系统的紧急电力是原生电池。比赛开始前,我参赛的新闻价值比其他所有参赛者加起来更高,因为我所做的试验本身是高度引人注目的……

罗德尼·霍尔沃思在德文郡通讯社的档案袋里,夹着许多类

似的信件。其中有些获得了成功，但是最终斯坦利·贝斯特不得不为船上的很多装备付钱。没有其他报纸赞助，比赛组织者《星期日泰晤士报》主动支付了 500 英镑的报道费用，但是，霍尔沃思觉得德文郡通讯社可以把添油加醋的故事卖个更好的价钱。

BBC 确实购买了电视和录音版权。当时布里斯托尔的新闻编辑唐纳德·克尔，早在 5 月就派记者约翰·诺曼采访了克劳赫斯特，后来，他决定投资一小笔钱：先支付 250 英镑，等他回来时再支付 150 英镑。他们提供给他一台二手的贝尔豪威尔 16 毫米摄像机（花费了 120 英镑）和一台乌厄录音机。克尔认为这是一桩小小的赌注，投在传统冒险比赛中一个正经参赛者身上。他现在承认，这个决定完全搞错了前提。但从引人注目的新闻题材的角度来说，这也是他一生中最有收获的决定。而且，唐纳德·克劳赫斯特在接受了 20 分钟的培训后，成为单人航行者中最专业的摄像师。

现在，只剩下一样所有权赠与赞助者了：帆船的名字。克劳赫斯特曾经希望它叫"电子五号"，以宣传他的公司。霍尔沃思作为廷茅斯的公共关系官员，有另外一个建议。假如唐纳德同意从廷茅斯出发，尽可能强调他跟当地的联系，并且把廷茅斯加进他的船名，霍尔沃思就可以开始一场募集资金的活动。克劳赫斯特提议叫"电子廷茅斯号"。霍尔沃思对他的宣传想法心照不宣，坚持把他的主顾的名字放在前面。从那一刻起，完成了四分之三的三体帆船就起名叫"廷茅斯电子号"。

同时，在诺福克郡的伊斯特伍德公司，造船的工期越来越跟计划脱节。一开始，造船厂让所有工人每周工作 70 小时，最后开始轮晚班,从当地其他造船厂召集人手。8月31日的最后下水期限早就过了,日期调整到了9月12日。克劳赫斯特要求特制一个超大号船舵,分成几个部分,在"咆哮西风带",万一他自己的船舵无法控制帆船,就可以使用。他要求把碗橱换成放特百惠塑料容器的架子,这些容器是他向生产商要来的。

他还给伊斯特伍德公司写了封措辞严厉的信,抱怨工期拖延把他精心安排的时间都浪费光了:

> 9月23日以后,下水再也不能延期了,这一点必须搞清楚。假如你们出于任何原因拖延,无法顺利进行下去,你们必须通知我,因为整个计划现在处于危险境地……作为一家公司和作为个人,你们担负起了一项艰巨的任务,在许多方面,比计划中我自己的任务更艰巨,你们已经做得很好。整个计划的成功取决于,你们在剩下的时间里完成其余的工作,并且做得同样好!假如我的祝愿有用的话,我希望你们可以顺利地做好。

伊斯特伍德公司以同样严厉的措辞回了信,争辩说额外的工作已经耗尽了增加的900英镑账单,付款的速度比造船的进度更不按计划进行。

9月21日,下水最后期限的前两天,克劳赫斯特的脾气最终爆发了,他在电话里吵了起来。"女胜利者"型的设计规格要求船体和甲板完全由玻璃纤维覆盖。考克斯公司提供的船体已经覆盖了玻璃纤维,但是,伊斯特伍德公司直到很晚才铺设甲板——因为安装索具拖延了很长时间——现在,他们想节省时间简单地漆上聚氨酯涂料。伊斯特伍德打电话给克劳赫斯特征求他的同意,辩解说他们已经在甲板上使用了双层胶合板,从结构的角度看,玻璃纤维是没有必要的,玻璃纤维很薄,油漆也一样可以。

克劳赫斯特的怒火突然爆发了。他的观点是(考克斯公司赞同这一点)玻璃纤维是"女胜利者"型设计所必须的。当他知道油漆已经准备好,没有回旋余地了,他更是怒不可遏。(他们更早的时候曾经联系过他,但是他去上无线电报课了。)造船期间积累的所有沮丧挫败,像烧开的水一样沸腾了。

那天晚上,唐纳德·克劳赫斯特很生气、很不开心,整个冒险期间唯一一次,克莱尔劝他拒绝交船,放弃计划。让她有些意外的是,他认真地考虑了她的想法。"我想你是对的,"他说,"但是,对我来说整件事情已经变得太重要了。我不得不做完,即使我要自己造这条船。"克莱尔事后觉得,她把自己的意见表达得太强烈了,因为后来唐纳德对出现的困难更加守口如瓶。而且,困难是越来越多了。

1968年9月23日，廷茅斯电子号在诺福克郡布兰德尔的伊斯特伍德船厂下水。仪式结束后，克莱尔·克劳赫斯特给丈夫倒了一杯庆祝的香槟。
（彼得·邓恩/《星期日泰晤士报》）

媒体公关罗德尼·霍尔沃思：一个
大人物，他的丰功伟绩总是大于
生活。
（唐纳德·普罗克特，德文郡通讯
社/《星期日泰晤士报》）

赞助商斯坦利·贝斯特（左）和造船商约
翰·伊斯特伍德（右）。
（彼得·邓恩/《星期日泰晤士报》）

彼得·比尔德（左）和罗纳德·温斯皮尔（右），克劳赫斯特的两位性格截然不同的
朋友。
（唐纳德·普罗克特，德文郡通讯社/《星期日泰晤士报》）

4

处 女 航

9月23日,克莱尔·克劳赫斯特在布兰德尔的河边宣布廷茅斯电子号下水。她发表了简短优美的讲演,摇了摇香槟酒瓶,优雅地扔向玻璃纤维和胶合板的船体。酒瓶没有碎。约翰·伊斯特伍德接过酒瓶又扔了一次,安慰她说这样不好的兆头不是史无前例的。希拉·奇切斯特宣布吉普赛飞蛾四号下水的时候,也一样扔香槟失败了。

后来,一小群摄影记者和电视摄像师拍下了廷茅斯电子号意气风发地停泊着的画面,船上还是没有桅杆和索具。廷茅斯电子号看上去已经像模像样,但不怎么美观。帆船的色彩——白色的船体和浅蓝色的甲板——被亮橙色的斑点破坏了,那是甲板上特制的舱口和船翼下方的颜色。它方正、敦实,跟所有的三体船一样,横跨三个船体的宽阔甲板加深了这个印象,甲板上没有护栏,只有隆起的舱顶略微打断了甲板的延伸。假如比尔·金的帆船看上去像潜水艇，那么克劳赫斯特的帆船看上去就像微型航空母舰。

接下去最后一周，船厂干得热火朝天，竖起桅杆、装上索具、安装好所有的甲板固定装置。这段时间克劳赫斯特和伊斯特伍德争执不休，经常互相指责和争吵，自相矛盾的指令让工人们越来越不满。约翰·埃利奥特总是来打圆场，他会把克劳赫斯特带去诺福克，喝茶、沉思、消磨漫长的时间。

他们之间的紧张关系，导致了两场爆发。第一次是 10 月 1 日。克劳赫斯特希望马上出发，埃利奥特告诉他不行，所以，他们签了一份文件声明，假如克劳赫斯特当天把船开走的话，船出了任何状况，都由他一个人负责。第二次是关于钱，他们开了一次长时间、气氛紧张的会议。伊斯特伍德说，额外的工作几乎已经使造船成本翻倍了。克劳赫斯特质疑这一点（一年后，斯坦利·贝斯特和伊斯特伍德公司依然为此争执不休），但他被迫默认一笔 1 000 英镑的"开船费"，第二天立即支付。最后，10 月 2 日午饭时分，廷茅斯电子号最终宣布准备好起航。从布兰德尔到廷茅斯的处女航并不愉快。克劳赫斯特计划三天完成航行。实际上，船开了两个星期。

廷茅斯电子号起航的时候，船厂的工人依然在船上完成零星的工作，船顺着耶尔河航行，靠舷外发动机推动。约翰·埃利奥特和彼得·比尔德拿着电影摄影机，拍摄沿途的风车和农舍。然而，即便是宽阔平静的清浅河流也有危险。船开近里德姆的时候，受到退潮的影响，当地的链拉式轮渡开始过河。克劳赫斯特有两个选择：冒着船体撞上水底绷紧的渡轮链条的危险继续航行，或者把船停下来。伊斯特伍德认为继续航行没有问题，克劳赫斯特认为应该停下。他朝前甲板上的工人喊，让他们抛锚，三体船突兀地停下了。纯粹由于运气不好，廷茅斯电子号停下时，潮水让它急剧地转了头，猛地把船打向河岸边的一些木桩。右舷的浮舟的胶合板外壳破了一个洞。他们花费了很多宝贵的时间，才使船继续航行。

他们抵达雅茅斯时，突然下起了大雨，天色已经很晚了，因此镇中心的平转桥关闭了。为了不再忍受另一次 12 小时的停泊，埃利奥特和彼得·比尔德跳上岸，叫了一辆出租车，在港务监督长的帮助下，把四名桥工从家里的火炉边喊了出来，给船开了航道。他们还意识到自己没有信号灯，没法向岸边的水上警察通知船开来了，第一次航行的船只通常如此。埃利奥特在一家通宵汽车修理厂买了一盏汽车聚光灯，解决了这个问题。与此同时，工人开始修补浮舟。他们最终能开车回家时，已经是傍晚了，他们终于松了口气。约翰·埃利奥特、彼得·比尔德和克劳赫斯特留了下来，作为廷茅斯电子号的第一批海员。凌晨 2 点，他们起航了，冒险进入狂风大作的夜晚。

帆船绕着港口浮标开了一圈，正朝南起航前往古德温，长浪正在涌来，三个人很快感到想呕吐。尤其是克劳赫斯特不停地、剧烈地晕船。他的两名船员都钦佩地证明说，他没有让晕船妨碍他的行动：整整 12 个小时，他要么坐在舵旁，要么坐在铺着海图的桌边，身旁放着一只水桶，每隔几分钟就要干呕一次，但他每次吐完就马上回去工作。约翰·埃利奥特说："唐纳德脾气很糟糕。

但奇怪的是,当时看着他,你真的会相信,他就是一个能环球航行的人。他显示出不可思议的固执和决心。一旦他决定做一件事,没有任何灾难或劝说能够使他屈服。"

破晓之后,廷茅斯电子号乘着顺风,冲刺般航行在北海中,向泰晤士河口开去。每个人对帆船的表现都很高兴。克劳赫斯特的晕船已经平息了,他的情绪变得欣喜若狂。但是,傍晚5点时分,风却转向了,帆船面临第一次重大考验。它的表现并不那么好。

众所周知,三体船由于没有龙骨探进水里和防止向侧面滑动,逆风行驶表现很差。廷茅斯电子号很快表现得比大部分三体船更差。船帆平衡性不好,甲板上方没有舱位,所以船体吃水比通常更浅。

船开到南古德温灯塔附近,风向就变了,这时船几乎停止了前进。接下去,他们花了五个多小时沿着前往多佛的海岸开了十英里。克劳赫斯特感到很困惑,开始拿船帆做试验:他取下船首的大三角帆和支索帆,换上小前帆和滑动式支索帆,减少了船首顶风的帆面积。但是两小时后,他们还是离多佛很远。"跟海潮搏斗——没有前进。"航海日志这样记录。两小时后,海潮又一次让他们退回南古德温灯塔。

在这样的环境下,最明智的解决办法是在相反的海潮中间找一个下锚地,等海潮转向的时候再顺流前行。但是,克劳赫斯特决定做一系列的抢风①航行,直到几乎抵达法国海岸,然后再往回

---

① 逆风。——编者注

开——也许是出于固执，也许是想好好测试一下船只。第一次抢风航行，最后离开法国只有三英里远，风速突然下降。他们升起了巨大的"无风航行"三角帆，但是船移动得如此之慢，于是他们跳出了船侧，在英吉利海峡游了一小会儿泳。

最后，克劳赫斯特决定再次使用舷外发动机。这是一次有用的尝试。舷外发动机差不多有一英担（约 50.8 千克）重。这样，克劳赫斯特就知道他一个人能不能把发动机从储藏室（在驾驶舱下面的发电机舱室里）里提起来，装在左边浮舟的支架上。主帆桁上有组滑轮可以帮助他，但是很不容易控制。他费劲地搞了差不多一个小时，很快失去了耐心。最后，他气急败坏地发起火来，几乎把发动机扔在了支架上，发动机滑进了槽里。彼得·比尔德认为，对单人航海水手来说，在暴怒的状态下，半个身体探出船外十分危险，显然会失去平衡，还会把船也弄翻。

在舷外发动机的推力下，他们慢悠悠地沿着法国海岸航行，前往布洛涅。这时，克劳赫斯特在发电机排气管上烫伤了左手。一大块皮肤脱落下来，但是他把伤情隐藏了起来，继续前行。埃利奥特认为，这是他固执的证明。比尔德认为，这说明他有勇气，并且喜欢隐瞒事情。后来，他的妻子克莱尔看到伤口，觉得这是个不好的兆头。她说，他手掌上烫伤的地方把生命线抹去了。"我很迷信，这让我很担忧，"她说，"我觉得唐纳德也忧心忡忡。"

接下去三天，他们抢风航行，曲折地从法国驶向英国，每次到达陆地，他们都发现只前进了几英里。彼得·比尔德说，出于某些原因，克劳赫斯特固执地不愿意给海岸警卫站发送预先安排的信号。某段时间情况变得很紧急，海岸警卫队都准备好进行海上特别搜索了。克劳赫斯特为什么不发信号还不清楚。也许，他天性喜欢隐藏，或者，比尔德猜想，可能跟他新近对报纸宣传的热情有关。最后，克莱尔·克劳赫斯特非常有信心地向海岸警卫队保证，她的丈夫不可能遇到任何危险，他们就没有进行海上搜索——因此，也没有新闻头条。

这三个晚上，他们都在跟令人沮丧的狂风和海峡的潮水战斗，其中一晚，克劳赫斯特和比尔德开始严肃地讨论起帆船的失败。他们喝着咖啡，约翰·埃利奥特在下面睡觉。突然，比尔德提醒克劳赫斯特，这样下去他没法驾船穿越大西洋，进入南大洋，更别说环球航行了。他问，在这种情况下，他会怎么做？克劳赫斯特笑了。他说，没有出现问题。风向总会帮助他前行的。

但是，假如不顺风呢？"那么，总可以在南大西洋里来回转上几个月，"克劳赫斯特说，"大洋航线之外总有一些地方，没有人会看到这样一艘船。"然后，他拿起比尔德的航海日志，告诉他应该怎么办。他画出了非洲和南美洲。他在两大洲之间画了两个小三角形，代表福克兰群岛①和特里斯坦-达库尼亚群岛②。他用铅笔轻轻地画出了一条菱形的航线，在两个群岛之间来回。他说，这很简单，没有人会发现的。克劳赫斯特笑了起来：这显然是个玩笑。图画依然留在彼得·比尔德的航海日志里。

四天后，比尔德和埃利奥特告诉船长，他们不能继续待在船上了。他们说自己有事情要做。舷外发动机再次修好了，他们驾

① Falkland Islands，位于南大西洋巴塔哥尼亚大陆架上的群岛。主岛地处南美洲巴塔哥尼亚南部海岸以东约 500 公里，南纬 52°左右海域。——译者注
② Tristan da Cunha，南大西洋的一个火山群岛，是全世界最偏远而有人居住的离岛。——译者注

驶汽车进入萨塞克斯海岸边的纽黑文。埃利奥特给妻子打了电话,报告他们平安无事,这让克劳赫斯特大光其火,他也许希望自己依然保持"失踪"状态,引发一场制造新闻头条的大搜索。然后,三个人心情沮丧地坐在码头酒吧里,等待后备人员出现——科林·赖特和迪克·拉利斯顿都是从伊斯特伍德的船厂召集来的造船工人。

接连几小时,克劳赫斯特一直在抱怨,直到陷入狂躁愤怒。从许多方面来看,这都是最糟糕的一刻。日子一天天很快过去了——他要海上试航,完成他自吹自擂的集成电子设备,修改和修理船只,吸引有钱的赞助人,一丝不苟地检查物资和装备,但是,他哪里有时间?——他什么都做不了。他在《星期日泰晤士报》竞赛中的对手正在海上航行,前进得很顺利——除了里奇韦和布莱斯退出了比赛。诺克斯-约翰斯顿忙着乘风破浪、穿越印度洋,他现在正抵达澳大利亚;穆瓦特西耶、泰特利和金正在大西洋中迎头赶上。他,克劳赫斯特,他们中间最聪明的,在做什么呢?他被困在一个肮脏的英吉利海峡港口,他的朋友在电话里跟妻子甜言蜜语、喋喋不休,两个造船工人正长途开车从诺福克赶来。他还可以成为比赛中最快的一个。但是,他还可能起航吗?离 10 月 31 日只有三个星期了。

克劳赫斯特跳了起来,大步走出去,到码头区看着廷茅斯电子号。现在,他十分明白船不是他所希望的样子。这时,西南风从对面吹来,顿时狂风大作,巨浪冲击着海港的防波堤。他抬起手臂,向着恶劣的环境尖叫起来。他可以与正常的困难做斗争。他很出色,的确擅长应对困难。然而,所有的自然力量、比赛规则、人员变动、三体船设计的异常—— 一切仿佛密谋一般,仿佛在一个充满敌意的怪诞的体制下,一切都于他不利。都他妈见鬼去!假如他有勇气环球航行,他就应该有勇气离开纽黑文港起航,独自一人,现在马上就出发!比尔德和埃利奥特走出酒吧,把他带回暖和的地方。克劳赫斯特走进酒吧,缩在角落里生闷气。最后,有个想法占据了他的头脑。他给威尔特郡警卫队写了一封煞费苦心的致歉信件。他写道,他很抱歉,但是,他不可能出现在法庭上,回答他们指控的超速行驶问题。很遗憾,听证会预定的时间他肯定没有空。他将会在一场环球航行比赛中胜利。

即使新船工来到纽黑文,他们还是得怒气冲冲地等上两天,等狂风减弱,他们好重新开始航行。接下来两天,他们更加怒不可遏地跟风浪和海潮作斗争,总算来到怀特岛的伍顿河口。两名船厂工人离开三体船,给船厂打了电话。他们请求道,能不能让他们回家?他们的差旅一点都不愉快。

克劳赫斯特独自一人驾船几英里到考斯岛。他在那里碰到了一名新加入环球航行的强大的参赛者亚力克斯·卡罗佐,他的航海壮举已经为他赢得了"意大利的奇切斯特"的称号。卡罗佐驾驶一艘多体船参加《观察家报》的横跨大西洋航行比赛,结果并不成功,这次他又选择了单体船。他刚拿到一艘 66 英尺的巨型双桅纵帆船,设计非同寻常,是考斯岛的梅迪纳游艇公司特别为他定制的。他从 8 月 19 日开始建造帆船,甚至比克劳赫斯特开始得更晚,仅用了 7 星期就完工了。克劳赫斯特专心致志地听着他的对手遇到的问题——跟他自己的问题极其相似——他的沮丧和紧迫感突然一扫而空。他在考斯港待了一整天跟卡罗佐聊天,在停泊的船只旁边散步的时候两次落水。他看上去对那个意大利人的声望充满敬畏,对他的船也赞不绝口。他认为他是对手中最难以战胜的,也许因此,他后来送给他一台"领航员"——这样无论谁赢,船上都会有克劳赫斯特发明的仪器。

克劳赫斯特发现卡罗佐曾经写信给《星期日泰晤士报》的比赛裁判,询问是否能放宽最后期限,这样他可以更从容不迫地准备,但是他被拒绝了。也许正因如此,即便在最忙碌的最后一分钟,克劳赫斯特和他的赞助者们也没有要求延期,尽管裁判也许会令人信服地大发慈悲,只要安全能得到保障。

10 月 13 日,星期天,经验丰富的当地水手、海军少校彼得·伊登志愿陪克劳赫斯特开完最后一段航程。两人在考斯港坐一条橡皮艇登上廷茅斯电子号,克劳赫斯特在舷外发动机支架上滑倒了,又一次掉进水里。伊登描述了他在廷茅斯电子号上的两天,这是比赛开始前对帆船和水手的表现最专业的独立评估。他回忆说,三体帆船开起来非常快,但是船跟风向的夹角最多只能达到 60°。他说,船速通常能达到 12 节,船首铺位的振动如此剧烈,他睡觉的时候感到牙疼。哈斯勒自动驾驶设备非常出色,但是,因为高速带来的振动,螺丝经常松掉。"我们必须弯腰越过船尾突出的部分把螺丝拧紧,"他说,"这很麻烦,要花很多时间。我跟克劳赫斯特说,假如他希望长时间航行,他应该把自驾设备焊上,不然肯定会坏掉。除此以外,帆船看上去航行得不错。它确实很漂亮。"

航行中,克劳赫斯特似乎不太愿意详谈他的比赛计划。他告诉伊登,自己最害怕的是在南大洋巨大的尾随浪中,帆船会有"颠簸倾覆"的危险。这对三体船和双体船来说特别危险。因为它们开得比海浪更快,长浪从后面涌来时,船首容易在波谷里淹没。猛烈的风会底朝天吹翻整条船。

"克劳赫斯特的驾船技术很好,"伊登说,"但是,我觉得他在航海时有点粗枝大叶。即便在英吉利海峡,我也会弄清楚自己的确切位置。他似乎从来不关心这些,只是时不时地在几张纸上匆忙记下一些数据。"(这次航行的日志,克劳赫斯特在环球航行比赛中一直带在身边,如今依然保存完好。)开始的 36 小时,他们又一次跟西风带做斗争。他们两次抢风穿过英吉利海峡,然后又开回来。最后过了很长时间,风向改变了,疾速把他们吹向廷茅斯。10 月 15 日下午 2 点 30 分,他们穿过了港口线。克劳赫斯特花了13 天的时间绕着海岸线航行。现在,离 10 月 31 日的最后期限还有 16 天。

5

廷 茅 斯

廷茅斯是 19 世纪早期的度假胜地,河口对岸有一座叫沙尔顿的姐妹村庄。小镇拥有码头、电影院、水族馆、一个叫内斯的山形海岬、20 多家旅馆,还有无数民宿。镇上有几条渔船、一座造船厂和一家陶瓷厂,但是 13 000 名居民基本上都靠夏天来度假的游客生活。

像所有的小镇一样,廷茅斯会因为教区事务陷入分裂,通常也的确如此。人群由阶层、职业和脾气划分,又超越一切地由酒馆划分。过去两年里,争论的话题焦点总是唐纳德·克劳赫斯特。

开始出发时,克劳赫斯特的支持者聚集在轮船酒馆,这是一幢有独特风味的沙龙酒吧式房子,有着红色的毛绒靠垫和小木桶啤酒,吸引了四海漂泊的人、旅馆业主、进步派人士和媒体人员。他们认为这次航行是罗德尼·霍尔沃思最伟大的促销手法之一。

自从镇议会厅重新装修,霍尔沃思在海滩上组织了一次盛装出席的议会会议之后,这座小镇再也没有像这样被免费提起这么多次。

克劳赫斯特的反对者在救生艇酒馆集会,渔民、码头工人、当地乡下人聚集在那里,喝镇上最便宜的苦啤酒。他们用怀疑的口气讨论着克劳赫斯特,混杂着本地人对外乡人的怀疑和水手对多体船和电子巫术的厌恶。霍尔沃思的"以廷茅斯为名"基金募集到的资金至今仍然很少,本来他希望募集到 1 500 英镑,却只收到了 250 英镑。

等待很久的支持者热烈欢迎克劳赫斯特的到来。他们希望他第一天傍晚先在小镇上逛逛,跟群众见面,说服他们把新来的外乡英雄记在心里。克劳赫斯特太忙了。支持者委员会只能在没有他出席的情况下,转战廷茅斯的各个酒吧喝酒。

另一方面,廷茅斯电子号出发前两周,反对者们也看到很多问题,更加肯定了他们内心深处的怀疑。最后的准备在完全混乱和匆忙的气氛下完成了。来给克劳赫斯特帮忙的人跑遍全镇,随便置办物资。克劳赫斯特自己也会消失很长时间,去完成什么神秘任务。帆船还在不断修改,这些本该早就完成了。

帆船抵达的第一天就很典型。三体帆船被拖到摩根·贾尔斯造船厂的下水滑道时,伊斯特伍德公司的四个人挤了上去,开始锯啊敲啊,BBC 拍下了彼得·伊登的英雄形象,让人误以为他是克劳赫斯特。与此同时,克劳赫斯特检查了一小堆已经到达的物资,霍尔沃思告诉他,除了其他东西,他还储备了大量埃克塞特奶酪和当地雪利酒,克劳赫斯特被吓住了。约翰·伊斯特伍德要面对数不清的新问题，尤其是驾驶舱地板上生死攸关的"防水"舱口没有做成功，进了好几加仑的水。他回到绘图板旁边，决定加一圈低矮的橡胶边舱口栏板。这次舱口必须弄好，已经没有时间全面试航了。

克劳赫斯特自己的任务清单令人望而生畏。他发明了那么多绝妙的电子安全设备，不但都要着手安装，而且船上几乎连普通的无线电装置都没有。他本来打算使用自己制造的一套装置，但是被邮政局否决了。因此，他只好买了一套马可尼红隼装置，说服马可尼公司火速安装好。

克劳赫斯特抵达后，在混乱中抽出时间，与 BBC 录制了一段很长的访谈。访谈很不错，他显得很自信，表现出英雄气概。

访谈开始时，他表示同意采访记者唐纳德·克尔和约翰·诺曼的话，承认自己是个"无可救药的浪漫主义者"。然后，他开始侃侃而谈关于单人航行的普遍看法——大量剽窃了奇切斯特的话——仿佛他已经完成了航海似的：

在很多场合，我感觉跟那些死去很久的水手们有一种共同感，我属于他们这个群体。也许这是因为无可救药的浪漫主义，就像我刚刚说的那样。你会感到你在做跟他们一样的事情……几世纪前，水手们已经环游世界，他们会理解你的感受，你也会理解他们的感受……

自言自语非常重要。当一个人几天没有合眼，浑身湿透，也许没有足够的食物……你得告诉自己，假如你没有注意细节，后果就会如何，那样你就能重拾紧迫感……这有巨大的帮助,因为说话、组织语言的过程能帮助一个人理清自己的思路,仅仅思考是做不到的。

然后,克劳赫斯特巧妙地提到了电子用途公司,为了打消别人的疑虑,他承认:"我这么做是因为我想要这么做……当然,假如这样不能带来商业利益,我就不会去冒险,这么说也没错。"他描述了自己发明的浮袋和自动扶正系统,并在话里暗示,这些装置不但完全可以用,而且正由他的公司进行市场推广。

他向采访记者保证,他从来没有怀疑过这次旅程,也没有一点迟疑:

> 我不会这样做事情。假如我决定这么做,那就是因为整件事情都值得去做,我对自己感到很满意,不然我不会轻易做决定……一旦下了决心,你就会忘了这个决定,把它当作理所当然的事情,是终究要发生的事情。

但是,采访中最有趣的部分如下:

> 克尔:你能描述一下什么情况下,你在海上觉得自己会淹死?当时发生了什么事情?情景是怎么样的?
>
> 克劳赫斯特:好吧,确实有些情况下……
>
> 克尔:你能想起特定的某一天吗?
>
> 克劳赫斯特:有一次,我在南部海岸航行,风从后面吹来……大概有七级风力。帆船设置成自驾模式,我肯定离开

海岸有 20 英里。船上没有护栏，我也没有安全吊带——我掉出了船外。我想，要是船继续航行，我要么会淹死，要么会游很长一段距离。我当然意识到这完全是我自己的错误，但我没有浪费任何时间自责。我只是在心里暗暗记下，将来要避免这种操作，然后继续想该怎么办。当时，我十分幸运，因为我的船被风挡住了。事实上，我的自驾系统时不时需要我自己人工操作……但是，船确实开了大约四分之一英里，然后才被风挡住，时间长到足以让我受到惊吓。

这样惊险的经历，他的妻子和朋友完全不知情。没有人能回忆起他在谈话中提起过这件事，尽管他最喜欢讲这种自己经历的夸张曲折的故事和埋怨自己的粗心大意。假如故事是真的，就能进一步证明克劳赫斯特的船容易发生事故，尽管这样会让他对未来可能碰到的麻烦保持警觉。但是，最可能的解释是他当时受到克尔不断提问的激发，灵机一动编造出一个故事。

采访结束后，克劳赫斯特跟彼得·伊登握了握手，对他表示感谢，留下霍尔沃思去管把"廷茅斯电子号"漆在船身上的事情，然后，他跳进约翰·诺曼的汽车，急速开回他在布里奇沃特的工作室。

在摩根·贾尔斯造船厂，人们开始完成帆船上的工作。他们加了一根支柱来加固哈斯勒自动驾驶设备，可是已经没有时间按照伊登的建议把螺丝换成焊接接头了。他们着手修改驾驶舱的舱口。马可尼公司的工人赶了几个通宵安装无线电发报机。克劳赫斯特的安全装置的硬件部分必须完成（电子部件从未装配，因此装置无法工作）。还有无数至关重要的安装索具和配件的零碎工作要完成。

摩根·贾尔斯造船厂的工人尽可能给伊斯特伍德公司的人帮忙,但是他们异口同声地对船的状况和克劳赫斯特本人表示不满。一年后,他们对当时混乱状况的描述依然在救生艇酒馆的闲聊中活跃着气氛:

> 他在这里的两个星期,这里陷入一片混乱。每个人都试着帮忙,但是没有人知道该怎么做。至于克劳赫斯特,他看起来一点都不像要出发的人。他根本就不知道所有东西在什么地方,也不知道发生了什么事情。他什么都没有试验。船长就应该跟帆船在一起,但是他没有。他会因为某些事情突然走开,我们就到处转悠,想找到他。他总是神秘兮兮地开车去伦敦,又不是去参加有酒和奶酪的皇室新闻发布会。这根本就不像要环球航行的样子。
>
> 你没法说清楚他心里在想些什么。他就是无法融入我们,你知道这意味着什么。他总是很茫然。假如他坦白说"我失去勇气了"和"我们放弃别干了",我们会更敬佩他一些。显然他陷入了盲目的惊慌,却没有勇气放弃。假如这样会让他破产、身无分文,那该怎么办?生活是甜美的,兄弟,即便没有钱,即便看上去像个傻瓜。
>
> 还有他的那艘船! 那完全是个可怕的笑话。它就是一堆胶合板。看样子他连布里克瑟姆①都开不过去。

---

① Brixham,英格兰西南部德文郡的一个渔业小镇。——译者注

准备船只的过程中，最接近于系统计划的只有一堆零散的纸片，克劳赫斯特在上面潦草地写下他随便想起的事情。这些纸片现在还保存着：一张清单接着一张清单，都是缺少的物品和没有完成的工作，上面胡乱记着图表、地址、电话号码、工人的时间安排、草拟的信件和个人备忘录。

其中一段笔记写着"来自《星期日泰晤士报》的追踪旗帜"，指的是 M、I 和 K 旗——意思是"向伦敦劳合社汇报我的位置"——这是比赛组织者发给每位参赛者的。这个迹象表明，假如克劳赫斯特需要这些东西，那么他的脑子里并没有预先伪造环球航行的计划。

还有一张纸显示出这次航行的主要谜团之一。这是他在廷茅斯购买的物品清单——袜子、喷灯、黄铜片、手套、钢锯刀片、铅笔等。大部分物品用红墨水划掉了，大概表示成功买到了。其中一件物品是"航海日志－4"。航行结束后，船上只有三本航海日志。

当他们跌跌撞撞准备的时候，克劳赫斯特的朋友们开始聚集在廷茅斯，希望能帮上忙。斯坦利·贝斯特把几辆大篷车安放在停车场，跟比尔德夫妇、伊斯特伍德夫妇，还有埃利奥特夫妇在一起。罗恩·温斯皮尔和克莱尔的姐姐海伦待在皇家旅馆，旅馆主人已经为克劳赫斯特夫妇准备好房间。他们现在能回忆起，当时不吉利的预兆纠缠着他们，但是，每个人性情不同，想起的事情都不一样。

物品和设备的账目数额越来越大，斯坦利·贝斯特依然不情愿地付钱，克劳赫斯特看上去意志坚定、充满自信和渴望，但是办事有点杂乱无章。他们最后在钱的问题上不愉快地争执了一回，贝斯特坚持无线电和其他内部装置的所有成本必须由电子用途有限公司承担，克劳赫斯特不情愿地让步了。但是，他们没有提出放弃航行。"假如当时唐纳德坦白地告诉我航行不安全，"他说，"我会很生气，但我当然不会坚持让他这么做。但是，他从来没有暗示过任何疑虑。"在罗德尼·霍尔沃思看来，克劳赫斯特就是乐观本身。"他很愉快，渴望着出发。"他说。但是，罗恩·温斯皮尔认为，克劳赫斯特"很奇怪，有点心不在焉。他变得特别沉默。这让我担心。我从来没见过他会有这样的情绪。我知道唐纳德脾气火爆，他时不时地发一两次火，我也能欣然接受这种熟悉的状况；这样说明他在努力把事情办成。但是，最后那几天，他看上去完全屈服了，仿佛他的大脑瘫痪了"。约翰·埃利奥特记得他一次又一次对克劳赫斯特说："你不能去航海。你不可能及时准备好。"但是，他后来停止警告了，因为他意识到说了也没有用。克劳赫斯特总是回答："太晚了。我现在没法回头了。"

克劳赫斯特给人的大体印象是他被一大堆要做的事情拖垮了，他变得麻木而没有效率，他极度缺乏时间。他纠结于无关痛痒的细枝末节，为了不重要的事情几小时狂暴地开车兜来兜去。出发前几天，他还在继续写信募集设备。他要跟市民在一起，还要接受采访。他的头脑中接连不断地冒出各种想法。他经常想起需要某些必须的——或者不必要的——设备，会派一个帮忙的人去附近的商店买来或者要来。

约翰·伊斯特伍德记得在克劳赫斯特面前用郎生威力火焰打火机点燃了一根香烟。"唐纳德立刻想到最好有一只打火机，而不是一堆火柴。所以,我不得不去附近的烟草店给他买一只,外加燃料和一套火石。"他派斯坦利·贝斯特跑到埃克塞特的一家二手车行,买了两打小型汽油泵。"我根本不知道这些东西用来做什么。我想大概跟浮袋有关系。"克莱尔拜访了附近一位叫戈登·叶兰德的面包师,询问海上烘焙面包的方法。叶兰德用面粉、酵母、化学防腐剂和廷茅斯的海水实验了几天。(克劳赫斯特出发一年后,他烘焙实验中的一块烤面包依然能食用。)比尔德夫妇记得在布里奇沃特-埃克塞特路上碰到克劳赫斯特。"他正开着小型多功能厢式车飞驰。我们向他按了喇叭,他停了下来。他正在找气压计,还有其他东西。我们家前厅有一个,就给了他。很幸运气压计是校准过的。"

最后几天,廷茅斯的天气持续灰蒙蒙的,下着细雨。每个人都越来越紧张,也越来越困惑。克劳赫斯特心事重重,变得笨手笨脚。一天晚上,他爬出小船的时候绊了一跤,倒在克莱尔身上。她摔断了一根肋骨。他变得无法忍受。当克莱尔指出,三体船的一个浮舟从水里抬起来的时候正在滴水,他在旁边愤怒地耸了耸肩。滴水也许意味着浮舟里有水渗进去了——一个严重的潜在危险。克劳赫斯特要么是没有意识到,要么被各种问题困扰,再也不想听到任何警告了。

出发前五天,克劳赫斯特驾驶廷茅斯电子号离开海港,最后进行一次一天的试航。跟他一起去的有约翰·埃利奥特、BBC的约翰·诺曼,还有一名摄像师。航行从中午开始直到天黑,情况并不让人放心。三体帆船顶风时的表现并不比之前好多少,有两次船干脆不动了,直到船首的两个人拉回船首三角帆,迫使帆船掉头。

克劳赫斯特心情特别糟糕。他不断地抱怨船上的装备,尽管伊斯特伍德公司哪里都装配齐全,比通常的"女胜利者"型更重一号。克劳赫斯特生气地宣称,这样的装备环球航行是不行的。

这次试航是正式测试一对前帆和其他在顺风时使用的帆,大部分克劳赫斯特都没有从制造商的袋子里拿出来。他把帆都打开铺在甲板上,努力分辨哪个是哪个,它们应该怎么升起来。他花了几小时跌跌撞撞地在甲板上成堆的帆布间走来走去,一个一个把帆试过来。约翰·诺曼注意到甲板上一段连接滑动式前帆绳索的轨道翘了起来。轨道一端的螺丝松了,所以他想用螺丝刀拧紧。但是,螺丝转了一圈又一圈,却怎么也咬合不起来。他害怕在强风下轨道会完全撕裂,就指出了这一点。克劳赫斯特只是摇了摇头。还有一件事也要搞定。诺曼在浮舟舱口也发现了类似的问题。舱口周围的 12 个蝶形螺栓在拧紧和拧松的过程中,有人拧紧得太用力了。有些线头剥落了。当他们打开驾驶舱地板上的关键舱口——地板重新改造和重建了——橡胶密封圈从底部脱落了。"这样怎么能坚持开到南大洋?"克劳赫斯特恼火地喊道。

他待在前甲板上直到黄昏,忙碌地把帆和风帆罩分门别类。他甚至让约翰·诺曼把舵搬回港口。

两天后,BBC 的另一名记者唐纳德·克尔回到廷茅斯。当他考察现场的时候,船厂一片混乱,各种物品杂乱无章地堆在三体帆船的甲板上,尽管克莱尔摔断了肋骨,她还在旁边的小棚里勇敢地给鸡蛋上光油,他立刻感觉到会闯大祸。他安静地要求摄像团队改变拍摄的重心。(克尔认为)他们应该意识到,他们拍摄的不再是潜在的胜利,而是潜在的悲剧。他们采访拍摄了两名当地渔民,二人带着典型的德文郡式的轻蔑嘲笑。

当时,人们突然意识到没有额外的海利弗莱克斯管子——一开始他们就提到需要软管来把船上的积水排出去。有人给水泵制造商怀特岛的亨德森公司打了紧急电话。管子是至关重要的,请求如此有说服力,亨德森公司的一名主管约翰·刘易斯开着他的私人飞机,一架塞斯纳172,把软管送到了埃克塞特。琼·埃利奥特自告奋勇开车到埃克塞特去取,她建议带着克劳赫斯特的孩子们——詹姆斯、西蒙、罗杰和雷切尔一起去远足。这样可以帮助克莱尔专心致志地准备储藏食品。

他们在机场转了五个小时,寻找软管。但是怎么也没有找到。"孩子们真是小天使。"琼回忆道,"想想在那样一个地方转悠,求别人检查一堆堆的包裹,就为了找一段管子!我依然记得詹姆斯跟弟弟们说不要再吃薯片,因为这样不礼貌,而且太贵了。"她给廷茅斯打了电话,说埃克塞特没有管子,廷茅斯的人打电话给考斯岛的亨德森公司。不幸的是,约翰·刘易斯依然在回来的路上飞行。亨德森公司所有的人只能说管子确实送过去了,但他们不知道放在机场的哪里。第二天,琼·埃利奥特又回到埃克塞特。但是,依然没有管子。他们又给亨德森公司打了电话,但是依然无法联系到约翰·刘易斯。"我只能想到有人把管子剪了,用来给花园浇水或者做其他什么事情。"埃利奥特太太说。

接下去发生的事情却说法不一。根据克莱尔·克劳赫斯特的说法,埃利奥特夫妇从来没有告诉唐纳德管子不见了,他航行时以为管子在船上。而且,她坚持说,约翰·埃利奥特告诉过她:"不要紧,我会关照这件事的。"她猜测,他的意思是说,他会从附近的商店里买一段普通的软管,作为紧急状况下的替代品。

琼·埃利奥特第一次去埃克塞特机场之后,唐纳德·克劳赫斯特肯定意识到了问题。在一张未完成的工作清单上,克劳赫斯特的笔迹写下过一条旁注:"星期二……埃利奥特先生——埃克塞特的人说不在飞机上——(打电话给飞行员)公司说起飞去埃克塞特前,货装上了。"但是,清单里没有提到过这件事的下文。

约翰·埃利奥特称,他在克劳赫斯特出发前清楚地告诉他,船上没有排水的管子。他说从来没有告诉任何人,他会安排找到代替的管子,无论如何普通的软管都没有用,亨德森水泵吸力很强,没有加固的管子会被吸瘪。(亨德森公司反过来说,尺寸正确的未加固水管——直径1.5英寸也行——总比没有强。)

克劳赫斯特当然对问题有所了解,尽管他没有完全放在心上。真相也许是他潜意识中压抑了这个想法,他没办法应付更多的困难,或者他简单地希望那么多帮忙的人中间,有人会好心把事情办好,不要再来让他烦恼。

约翰·埃利奥特还见证了另外一起有争议的事件:廷茅斯电子号起航前,有没有人把甲板上一堆至关重要的备用配件搬走?这些物品——包括用来修补船体的切割好的胶合板、零散的绳索、螺母、螺丝和各种零星物品——也许被人当成垃圾了。克劳赫斯特起航后,埃利奥特看见所有的备用配件被无辜地堆在摩根·贾尔斯造船厂的船台上,他说自己是亲手把它们放上船的。所有人都认为备用配件被忘在岸上了,但是摩根·贾尔斯造船厂的工人说配件从来没有被放到船上。

然而,克莱尔·克劳赫斯特的证词支持了约翰·埃利奥特。她从皇家旅馆借了一个手提袋,里面装满了旅馆餐厅的小圆面包、火腿和沙拉。她还放入了自己给唐纳德的特别圣诞礼物,一只柔软得让人想抱的口技娃娃,有着金色的羊毛头发,让他在航行中可以跟娃娃说话,还有一本关于瑜伽练习的小书,一个瓷勺子让他吃最喜欢的咖喱用,还有一盒樱桃牛轧糖,他特别喜欢这些。她还放进去一封很长的亲笔信。她拿着手提袋,小心翼翼地把它放在船舱前面唐纳德的床铺上。她非常清晰地回忆起这些事情。两天后,斯坦利·贝斯特回到了布里奇沃特,把手提袋带回给她。他说,这也是在船台上发现的。

10月30日,克劳赫斯特出发的前夜,他们比5个月准备期间的任何时候更忙碌、更杂乱无章。场面如此混乱,以至于唐纳德·克尔让他的 BBC 摄像团队取消拍摄。他让他们停下拍摄,而去帮忙准备。他们匆忙跑去买照明弹、救生衣和其他依然缺少的基本物资。"那天唐纳德没有吃午饭,因为没有时间。"克尔说,"他站在船上,试图把堆在船上的东西整理好。大约下午茶时间,我们跟克莱尔一起拖他去附近的一家茶馆吃一些点心。他的状态很糟糕,因为缺少睡眠、没有吃东西而发抖。毫无疑问,他明白自己不想走。他一直喃喃自语:'这样不好,这样不好。'他知道自己会死,但他无法鼓起勇气这样说。"

回想起来,也许很难理解为什么没有人可以叫停这个噩梦般的进程。但是,事情没有看上去那么不可思议。所有人都热切盼望这个伟大的计划会成功。唐纳德·克劳赫斯特自己定下了调子。他的志向是真诚的,充满英雄气概;但是,就像从前许多次那样,他成功说服了自己,他的志向成了铁定的事实。没有人说服他,意志不能改变现状。

过去两个星期,他们在廷茅斯重演了航海版的作用于虚荣心的最老掉牙故事——《皇帝的新衣》。首先,每个人读到了皇帝的富有与荣耀。然后,他们获悉将有一个自己的皇帝。然后,街头公告员告诉他们,他会如何光彩夺目。然后,他来了。他不仅来晚了,还光着身子,但是,没有人大声指出他们的所见。理想的光辉比赤裸的现实更强大。

这种熟悉的自我神化的催眠术,在美国历史学家丹尼尔·布尔斯廷的笔下得到了最好的描述,他写了另一本经典的关于广告作用于虚荣心的书——《形象》。

过去半个世纪,我们误导了自己,不仅是关于这个世界上有多少新事物,还关于人类自身,以及人群中究竟能找到多少伟大的品质……两个世纪之前,当一个伟大人物出现,人们在他身上寻找上帝的旨意;如今,我们在他身上寻找媒体公关。

这个问题的根源,这些夸张的期望的社会来源,在于我们让一个人成名的新力量……我们不太情愿相信,名人崇拜的对象很大程度上是人造的产物。我们制造了明星,我们不管三七二十一地使他们成为万众瞩目的焦点——成为我们兴趣的指路明灯——我们被诱导相信他们完全不是人造的，但依然是上帝创造的英雄，充满不可思议的现代丰富性。

小镇努力获取注意，加上全国范围的宣传关注，许多方面两者都有过错。跟许多聪明而不成熟的人一样，唐纳德·克劳赫斯特既受到名人光环的诱惑，又对此很轻蔑。他相信新闻报纸上的故事，还相信他可以扮演其中的一员，以获取夸大其词的经济收益。他既认为英雄和丑闻故事的魔力比以往更真实，也认为这些故事可以轻率地人为复制，仅凭良好意愿、大胆尝试和有技巧的公关宣传就可以办到。当然，他陷入了做大人物、赚大钱的迷茫，对野心勃勃的外地人来说，这些都围绕着以伦敦为中心的活动。名声是一种赌博：在克劳赫斯特的脑海中，某项广为宣传的事业是英雄伟绩，主要因为上百万新闻报纸的读者会被甜言蜜语哄骗，真的相信如此，一旦撞大运的话就能轻松赚大钱，新闻头条会自动奉上谄媚的话。假如要说把唐纳德·克劳赫斯特推向大海，"舰队街"①有什么过错，那就是由于他们要卖掉报纸，因此他们愿意鼓励这样的自我幻想。

那天下午的其余时间，还有晚上的大部分时间，人们都在把设备胡乱塞进船里。夜幕降临后，克劳赫斯特上了岸，向皇家旅馆走去，坐下来跟克莱尔、她的姐姐海伦和罗恩·温斯皮尔最后

① Fleet Street，代指英国媒体。舰队街是伦敦市内一条著名的街道，以邻近的舰队河命名。直到20世纪80年代舰队街都是传统上英国媒体的总部，因此它被称为英国报纸的老家。——译者注

一次举行晚餐会。他们还邀请了其他人，但他们都有别的安排来不了。旅馆主人送来了一瓶庆祝的香槟，却没有让晚餐的气氛活跃起来，这顿饭吃得很压抑。跟克劳赫斯特交往这么多年来，罗恩·温斯皮尔第一次发现需要自己来引导话题。他说，唐纳德回来的时候，一切会变得多么美好，也许工党政府会重新掌权，变得更有力量（罗恩是工党坚定的支持者）。克劳赫斯特起了争辩的兴致，却没有多少热情。

晚餐后，伊斯特伍德夫妇、埃利奥特夫妇、比尔德夫妇、斯坦利·贝斯特和罗德尼·霍尔沃思喝了最后一杯酒，气氛变得没有那么压抑。霍尔沃思仍然不断冒出新主意。霍尔沃思的一个主意是1968年廷茅斯小姐应该跟孤独的水手一起驾船出发，开往起航线。起航的枪声响起前，她会吻他一下，然后从船上跳入水中。还有一个主意是，唐纳德和克莱尔·克劳赫斯特出发前，应该去水边的一个教堂，默默地祈祷一会儿，并且拍照。（最终，唐纳德被他说动去了教堂，但是克莱尔没有去。霍尔沃思现在还留着他在那里的照片，但他拒绝祈祷。）

他们喝完酒，唐纳德和克莱尔筋疲力尽地跑到船上，最后检查了一次。船上依然堆满了装备，令人窒息。他们尽量整理好东西，早上两点回到旅馆。一回到床上，唐纳德默默地躺在克莱尔身边。经过一番思想斗争，他用很低的声音说："亲爱的，我对这艘船很失望。船不行。我没有准备好。假如我在这种绝望的状态下，带着这些东西离开，你能不担心吗？"克莱尔无言以对，只好提了另一个问题。"假如你现在放弃的话，"她说，"你的余生会不快乐吗？"

唐纳德并没有回答,却开始哭了起来。他一直在流泪,直到第二天早晨。最后一天晚上,他连 5 分钟都没有睡着。"我真是个傻瓜!"克莱尔·克劳赫斯特现在说,"真是个愚蠢的傻瓜!眼前摆着这么明显的证据,我依然没有明白唐在告诉我,他失败了,他希望我阻止他。他一直都那么聪明,遇到危机的时候,他总是有办法,我无法想象他再也做不到了。难以置信,他竟然会让自己去死。所以,我拒绝了他的请求。我真是个傻瓜!"

10月31日出发最后期限前几小时。帮忙的人缠住了升降索,并且把前帆装反了。克劳赫斯特向他们做出生气的姿势。(德文郡通讯社/《星期日泰晤士报》)

TEIGNMOUTH ELECTRON.

6

最后一封信

　　唐纳德·克劳赫斯特出发前告诉朋友们,他知道也许有很小的可能性,他会在航行中死去。他说,以防万一,他立了一份遗嘱,写在特别的信里,给他的妻子和四个孩子。现在,遗嘱和给孩子的四封信依然没有找到。也许,他最后没有时间来写信,或者他把信件给了某个朋友帮忙保密,直到孩子们长大才可以读这些信件。他给妻子的信件,或者什么翻版,已经找到了。他离开四个月后,克莱尔·克劳赫斯特整理了放在伍德兰兹他的书桌上的旧商业文件。她发现隐藏在文件中的五张纸,唐纳德写下了他死后准备给她的信的初稿。信肯定是在他的书房里写的,写于夏天的某个时间。克劳赫斯特太太许可我们发表。

亲爱的：

我最热切的希望是你永远不要看到这封信。假如你看到了，那意味着为了追求我自己的目标，我把几乎难以承受的感情重担压在了你的身上，但这不是难以承受的，我现在写这封信，是为了在现实世界中给你一些最后的支持。我清楚地意识到这不会马上有帮助，但是很快会有用的……

这是一项极其困难的任务，我必须投入最大的努力，比以往任何时候都要更努力。这是我最后的机会，向你表达我无尽的爱意，我很感激婚姻给我带来的欢乐。令人绝望的是，这些话是不恰当的——我怎么能用"感激"这样的词？这不是礼貌的感谢。但是，你知道我的意思，你会原谅我用词不当。

12年来，你让我的人生充满伟大的力量和喜悦，你让我灰色的生活充满色彩、光明和爱情，我不愿用这些时光换取任何东西。看来书本该合上了，并不是因为读者厌倦了，而是因为没有什么可以读了。我们确实没有什么可以期待了，但是，假如强烈的精神可以持久，我的爱会永远与你同在。假如我们能安慰那些心爱的、却无法触及的人，那么无论如何，我都会安慰你。

不要再寻找我继续存在的痕迹，不要落入陷阱，那是女巫之流的诱饵——我并非不尊重那些杰出人物，但他们总是容易被偏见引导，不够小心谨慎的话，情况就会很糟糕。要关心日常生活。现在，家庭的责任全都落在你的肩上了，你少不了实际的事情要操劳——多费心吧。（你会从专业又合法的顾问那里得到帮助的——但要记住他们只是顾问——听听他们的意见,然后你要自己做决定。我已经努力保证你不会为钱发愁。)

这些后面再详细说。我现在想说的是,我会给你所有可能的精神安慰——你千万别寻求这种安慰,因为这样会把你引入歧途,饱受创伤的头脑无法理性地面对它——你必须走出来,维持日常的实际生活。

假如我真的把这种可能性当真的话,我为什么要出发?因为我知道人生只是微弱的星光,唯有美能创造人生,而非生命的长度,因为美是永恒的,与之相比,生命短暂而微不足道。你曾给我的生命带来美——我所能看到的唯一的大美。假如我没有接受挑战,未来就不会有任何喜悦比我们以往的岁月加起来还要快乐(我们还会继续这么快乐地在一起吗)。

没有什么事情是确定无疑的——人的一生都是如此,每一天、每一分、甚至每一秒都如此。我的生死也是如此。那又如何呢?一场车祸、天上掉下来一块石头、血栓栓塞……有一万种可能性会割裂我们赖以生存的脆弱环境。我不期待死亡。没有一丝恐惧的阴影笼罩着我的灵魂,永远也不会,因为我不害怕死亡,也不害怕死亡带来的后果——我只是深深关心你和孩子们的命运,我爱孩子们仅次于爱你。无论发生什么,我的最后时光一定不会因为恐惧而麻木,为了你和孩子们,我到最后一刻都会努力活下去。当你读到这些文字的时候,我也许已经失败了,尽管我更有可能成功。不要着急,理所当然地接受事实。安下心来过好日子,就当我不过是离开得久了一点。首先,不要让任何复杂的事情烦扰你——专业人士很容易就能解决。然后,当你能处理……

再来说说孩子们。我给他们每人留了一封信,等他们 16 岁生日时打开。在我看来 16 岁生日比 21 岁生日重要得多。一个人 21 岁时脾气和行为就都无法改变了,但是,16 岁的时候,他们会形成成年人的价值观,尽管变得成熟还有很长的一段路要走。

关于罗杰我有个温和的提醒。不要让他惹恼你,他的感情如此丰富,所以,他从小就无法控制情感爆发,所以别太宠溺,但要加倍温柔地疼爱他,否则他也许永远也无法学会控制脾气了。

还有其他孩子。别让雷切尔和西蒙太任性了,别让詹姆斯变得太喜欢做梦。我知道这一切太明显了,但当事情变得太复杂、太纠结的时候,有个简单的指导方针总是好的。当你遇到困难要处理,我希望你想起这些简单的方针,它们会帮你理清一些思路,这就是为什么我要写下这些话。

我希望托儿所办得不错,你要下决心办下去,它会提供你需要的一切。(克劳赫斯特太太打算在伍德兰兹开一家托儿所,但是计划从来没有开展。)从许多方面看,这都是一个合适的职业。坚决不要因为感情受到打击就关掉托儿所。假如开托儿所不行的话,你就认真写点东西。假如你想做出点什么成绩的话,你必须全神贯注地付出努力——亲爱的,我不是又在规划什么事业,我是在为你出谋划策,让你做一些力所能及、也能做得好的事情。但是,这需要训练和努力,我亲爱的,你必须明白缺少这两样努力,没有人能成为专业作家。

当然,我不是说你要把写作当成业余爱好。作家的群体对你有益(尽管他们会最先指责你缺少训练!),假如你打算以写作为职业,他们会给你带来激励。

实际的事情就说这么多吧——现在,我必须离开你了,这让我心碎。你也许正在厨房里忙碌,唱着歌。要不是因为我现在要远航,我会是个无比快乐的男人,而我快乐的根源是你持续不断的爱。我出发并不是要扔下这一切,也不是为了得到奖励,尽管我会努力为你获取荣誉。我出发是因为一切都值得,这是对我的挑战,这很可能会带来利益,但这并不是我远航的原因——我环游世界是因为假如我留下,我的心里不会安宁——内心深处的安宁。因为一个男人,无论妻子和家庭生活给他带来多少幸福,假如他拒绝生命中的重大挑战,他便再也不会感受到同样的幸福了,尤其是这挑战来自他自己的发明!我出发是因为我必须如此。我无法背过身去,我也不希望这样。假如我觉得成功的机会很小,我肯定不会去,但是,我必须出发,因为我知道自己有很大的成功机会。这些我们互相说过一遍又一遍——也许不是这些话,但意思是这样的。你读到这些文字是因为这件事无可指责,所以我再说一遍,这不是愚蠢盲目的冒险,所有的危险都是可以理解和接受的。假如有人像我们那样一起经历过这些事情,就没有理由指责我们开公司失败。我们知道他会这样想,我们接受风险是为了获得奖励,两者密不可分。我没有感到遗憾,我希望你也不会感到遗憾,但是,假如我的失败使你读到这封信的话,我会深深地心痛。

落在你身上的担子会很重。你又要当爹,又要当妈,还要管理整个家庭的财务。为了我好好做事,即便没有无意义的悲伤的重压,这些事情也够你忙活的了。没有什么能破坏我们的幸福——时间不会消磨它,未来短暂的悲伤或者任何将要面对的事情,都不会使之失去光彩。我们曾经分享的快乐,总是简单而强烈的快乐,都已经过去了——却是我们相依为伴的永恒的事实。

将来会发生什么只是推测。不要为幸福和欢乐不会持久而悲伤。任何人类的经历终有结束的一天,唯有孤独是确定无疑的。所以,我亲爱的,尽管我不知道自己是走向永恒,还是走向死亡那闪烁着的微弱星光,我都将离你而去。但愿你不要痛苦。希望你在生活中、在孩子们身上找到快乐。希望他们的成长能反映出你的品质,能证明我们的爱情。我无法再给你的爱,希望他们能给予你,希望他们能安慰你、使你的痛苦稍缓,希望他们给你的未来生活带来目标。许多年来,他们一直是我们生活的目的,是他们带给我们那些一起度过的不朽的、快乐的岁月。

祝福你,我的爱人。

7

海上的最初两个星期

　　10 月 31 日下午 3 点，星期四——离出发只剩下 9 小时——唐纳德·克劳赫斯特被人从廷茅斯港的酒吧拖走，开始他的航行。天气很冷，下着毛毛雨。三艘摩托艇上有 40 位朋友陪着他，还有 BBC 的记者，还有 40 来个人站在岸上看着。他正准备升起风帆，最后一分钟的最后一件物品——一包手电筒电池被扔上了船。然后，问题马上出现了。克劳赫斯特发现，昨天匆忙系在主桅杆顶上的橡胶浮袋绕住了两根升降索，他没办法升起前帆。而且，约翰·埃利奥特意外地把船首的三角帆和支索帆系在了错误的支索上，它们的顺序颠倒了。克劳赫斯特应该很容易爬上桅杆，清理升降索，但是他的妻子还在看着，他不想让她受惊吓。他喊道："我会很高兴自己一个人，没有你们这些蠢货帮忙！"他让人把船拖回港口。然后，他使劲朝克莱尔眨了一下眼，让她放心。

101

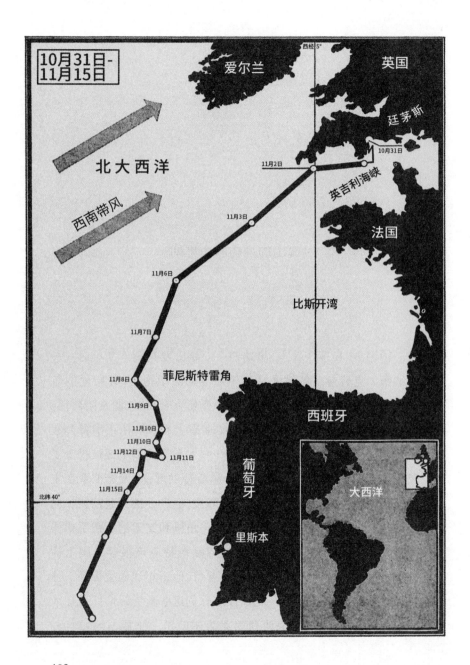

也许情况很糟糕,但是,他很高兴最后终于可以出发了。

摩根·贾尔斯造船厂的一名索具装配工人爬上桅杆,处理了浮袋的问题,克劳赫斯特把两个前帆的顺序换了回来,罗德尼·霍尔沃思灵巧地将一面廷茅斯科林斯游艇俱乐部的三角旗升上桅顶(当地怀疑主义者开始不留情面地议论纷纷),三体帆船再次前行。克劳赫斯特成功地升起了风帆,下午 4 点 52 分(零 5 秒),他越过了内斯海角的起航线。游艇俱乐部的官方记时员鸣枪表示起航。克劳赫斯特抢风驶入莱姆湾,迎着猛烈的南风,向东南航行。摩托艇跟了一英里,直到他在雨水和黄昏中的帆影渐渐模糊。克莱尔·克劳赫斯特没有挥手告别,她只是站在廷茅斯领航艇的船头,看着她的丈夫驾船离开。

四小时后,廷茅斯电子号抢风往回向托基的方向行驶,又过了两个小时,它再次转向东南方向。前帆升降索依然没有安装好。升降索打了个巨大的结,克劳赫斯特形容它看上去就像双层土耳其结——这是一种花样繁复的结,水手们常打这样的结来装饰。他又一次感到恶心——"我想是由于神经紧张"——但他开始清理船舱,里面塞满了没有整理过的物品。他的床铺上有那么多凌乱的东西,所以他那天晚上只能睡在船舱地板上,用他的橡胶潜水服当垫子。

第二天,他一整天都在整理船舱和他的床铺。他记录下系主帆帆角的圆木上的穿绳眼环(用来系牢主帆)断裂了——"那样接下来的航行都会很麻烦"——他打算用绳子马马虎虎地做一个代替品。他一直在寻找零零星星的重要配件(比如说,他的威力火焰打火机的燧石),他想有条理地把东西收藏好,但这些东西都藏在很难找到的特百惠容器里。傍晚时分,他终于不再感到恶心,普利茅斯海岸附近的埃迪斯通灯塔正横在前方,他的船舱开始像是能够伴随他度过漫长航行了。

船舱里地方很小,只有 9 英尺长、8 英尺宽,船舱刻意造得很低,为了减少风力和防水,舱顶是弧形的,他在这里要沉思冥想地度过八个月。它比罗宾·诺克斯-约翰斯顿的小型单体船苏海丽号的船舱大不了多少,跟奈杰尔·泰特利的标准"女胜利者"型三体船的宫殿般的舱房相比更是小得可怜。船舱中间的过道有两英尺宽。右舷有一张长海图桌,横放着风向仪和测速计。桌上有个螺丝固定的台钳,用来修理器具,往前是一张较小的桌子,用来放马可尼红隼无线电话机。船舱的左舷一侧,水槽和厨具各占一半空间,还有一个固定的小桌子和一把有红色衬垫的椅子。这是唐纳德·克劳赫斯特坐下吃饭、思考和写航海日志的地方。

船舱前端有一道防水壁,挂着彼得·比尔德的气压计、无线电扩音器、马可尼无线电话机的五颜六色的电线、雷卡 RA6217 通信接收机和香农·马克 3 发报接收机,还有它们乱七八糟的电源装置、天线连接、麦克风、耳机、摩尔斯电键和开关面板。这些装备堪比业余无线电爱好者的阁楼。事实上,任何进入廷茅斯电子号的人都会觉得船舱里到处都是电线和悬挂的东西。沿着左舷有一大捆整齐地用色彩标注的电线,消失在克劳赫斯特有红色衬垫的椅子后面。这是克劳赫斯特吹嘘的电气与电子系统的主电线,在甲板上呈扇形展开,通向桅杆以及索具和浮舟的各个部分。电子系统看上去令人印象深刻,仿佛证实了"电子巫术的奇迹"这句抒情的话。但是,唐纳德·克劳赫斯特整理船舱的时候,却没有怎么注意这些电线。每次他掀开椅子底层的坐垫,就会暴露出所有电线的一端,它们不服帖地纠缠成一团。他们根本没有时间来设计和建造他魔术般的"计算机",尽管椅子底下专门挖了一个大洞来放置机器。(这就难怪电线的另一端,在帆船各处它们本应被连接的地方附近,依然空荡荡地悬挂着。)

主船舱往前,穿过一道安装着两台亨德森隔膜泵的低矮拱门,是三体帆船的单人铺位。床铺只有 2 英尺宽,两边都有架子,放着双排特百惠容器,克劳赫斯特慢慢往里面装满了杂乱无章的物品和备件——蔬菜干、工具、船艇配件、BBC 的电影摄影机和磁带、包装的咖喱、面粉、电池、奶粉,以及最重要的无线电备件。无线电备用品!不是几打,而是成堆的。一盒盒的晶体管、续电器、电阻、簧片开关、真空管、电缆、印刷电路板、散热器、插头和插座……装满了至少十个特百惠容器。为什么要那么多?也许因为任何人面对困惑,都会过分肯定他十分了解的某种事物——这些事物永远都不会辜负他。

其他零碎物品都存放在床铺和船舱四周。舱梯后面叠放着两件救生衣、三根安全吊带,克劳赫斯特可以把吊带系在甲板电线上,防止他从船上掉下去,还有六套没有拆封的《星期日泰晤士报》的 M、I 和 K 信号旗。这些东西跟八个普利苏容器混杂在一起,容器里装着一部分淡水,下面就是大型固定水箱中的一个。

海图桌上方有一个书架,上面放着《海军航海指南》《海军海上通路》和四本无线电手册中的三本。还有航行和潮汐的时间表、里德的 1968 年和 1969 年版《航海天文年历》和发电机、自驾装置和无线电设备的说明书。克劳赫斯特只带了几本闲书:斯坦·赫吉尔的文集《七海的水手之歌》、弗朗西斯·奇切斯特爵士的《吉普赛飞蛾号环游世界》、P·L·泰勒的《伺服系统》《工程系统数学》和阿尔伯特·爱因斯坦的《相对论：狭义及广义理论》。他告诉过妻子，他不想要小说。数学课本能吸引他足够长的时间。

上面的架子上是出发时用过的香槟酒瓶，瓶颈上系着粉红色丝带。各种抽屉里放着盘子、刀叉、克劳赫斯特自己的六分仪、霍纳半音阶口琴、一罐香槟芥末酱、药品、热水瓶、一卷"来自廷茅斯酒店经营者"的祝贺名单——当然，祝他"旅途顺利"、几听啤酒和一瓶甲醇酒精，用来引燃厨房火炉。

在海上的第三天，克劳赫斯特就开始担心甲醇酒精。他从埃里克·希斯科克的书《风帆下的航行》里算出了需要多少酒精量。希斯科克认为两个人航行 81 天需要半加仑酒精，克劳赫斯特把用量减半，忘记了一个人烧饭的次数跟两个人一样多，因此需要同样的量。克劳赫斯特船上只有一加仑半酒精。"这些应该够了，那样算的话，可以维持 81 天乘以 3，等于 243 天。"（确实够了。仿佛出于可怕的讽刺，唐纳德·克劳赫斯特的航行确实持续了243 天，他的船上还剩下不到一品脱酒精没有使用。）

同一天，他试着使用无线电装置，但是没有接通。他又咕哝着抱怨起前帆升降索纠缠在一起的那个结："真是难以对付的海上笑话。要花上几个小时打结，又要花更多时间解开那个结。"

当时还能看得见离法尔茅斯①不远的利泽德黑德，这时他真

---

① Falmouth，英国西南部康沃尔郡的海港。——译者注

正的问题开始了。他的哈斯勒自动驾驶设备最先出现麻烦。① 尽管在廷茅斯的时候改造过,他在航海日志中记录自驾设备掉了两颗螺丝。克劳赫斯特从装置上比较不重要的部分拧下两颗代替,但他实际上没有多余的螺丝或螺栓。假如螺丝继续脱落,他只要不掌舵就会失去对廷茅斯电子号的控制。当他忙着处理这些事情时,他发现计程仪绳(系在船尾随水流动,用来测量航行距离)绕在船舵上了,旋转器被轧住了。他看了看计程仪的数字:只记录航行了 7 英里。他把计程仪绳系在舵柄上,把它跟其他装置分开,为了准确读数准备了一条新绳子。天快黑了,所以他决定把桅杆上的金属雷达反射器升得高一点。雷达摇晃了一下,严重割伤了他左手的第二根手指。"到处都是血——需要急救包。肯定是藏在哪个地方!!"

哈斯勒自动驾驶设备的问题显然让克劳赫斯特很沮丧。为了自我补偿,他决定第二天给自己做一顿丰盛的早餐,坐下来在他的航海日志里写一段愉快的记叙文。这段文字下面加了下划线,表示非常重要,显然他的目的是为了发表:

> 今天,海豚们比往常更早出来跟我打招呼。大约有 30
> 条海豚在船边嬉戏,伴随着它们的还有一群海鸥。它们有时
> 会 6 对排成一行(它们好像喜欢成对地游泳)从右舷跃起,绕

① 考虑到对哈斯勒的公平,我们必须记住它是为单体船使用设计的,不是为三体船有时能达到的惊人速度而设计。在通常的使用中,哈斯勒的装置非常有效、值得信赖。克劳赫斯特使用的型号 1AQH 叶片装置实际上跟居伊·卡珀利耶博士驾驶普罗凯科斯号成功环球航行时使用的装置是完全相同的。——原注

过船头游到左舷。它们一边围着帆船跳跃着,一边观察着我!我想起了古老的谚语:"当海水拱起……"

第三天晚上,克劳赫斯特大部分时间醒着,读《海军海上通路》,这本书是关于蒸汽船和帆船推荐路线的。这一卷是几世纪以来航海经验的总结,描述了一年中不同的时间,到达不同目的地的最受欢迎的路线,还记录了所有地区盛行的风向。因为这些风的缘故,《海军海上通路》推荐穿越大西洋往南开的帆船沿着近代快速帆船的航线航行——先向西开,然后转向南开,越过葡萄牙和马德拉群岛①,然后绕一个大的圆弧往西开,穿过南大西洋。克劳赫斯特一定已经从广泛的阅读中知道了这些,但是,出于某些原因,他那天晚上觉得必须确认一下这些信息。不像奇切斯特,他没有在出发前仔细地规划过路线:他似乎是边航行,边思考路线。②

星期天早上,他吃了允诺给自己的特别丰盛的早餐:"茶、麦片粥、吐司配炒蛋、果酱吐司、更多茶。"然后睡了一觉。至少,风速很完美:从西北方向吹来的15节风。廷茅斯电子号迅速地顺风驶进大西洋。他发现无线电接收机无法工作:"现在对我来说,它就只能当混凝土浮筒沉坠来用了。希望我能使它继续工作。"又一次作为补偿,他在航海日志里写了一段为了发表的抒情文字:

---

① Madeira,葡属北大西洋群岛,由火山形成,位于非洲西海岸外。——译者注
② 诺克斯-约翰斯顿也是起航后,才开始规划航行路线细节的,他在四个半月前就航行过这条路线了。"我可以给帆船制定一条确切的路线,"他解释说,"但是,我没法确保遵循它。"——原注

读完《海军海上通路》，我决定向西行。天气会让一位快速帆船船长很高兴的……有个声音一直说"卡罗佐要来了"，催促我以极少的时间越过阿申特岛①，但是，风这么吹着，我仿佛驾着一艘近代快速帆船。也许我会错过几天，但是，这样会安全许多，只要西风或西南风吹来——总是会吹来的——无论如何都很容易节省时间。

（告诉他卡罗佐要来的声音碰巧是错误消息。卡罗佐的出发也很匆忙，但是他的反应跟克劳赫斯特不同。为了遵守比赛规则，他在10月31日解开了缆绳出发，但是，他随即在近海抛锚，花了整整一个星期，装载他的工具和设备，保证所有一切都安全，才敢于向大西洋进发。）

克劳赫斯特现在知道在离开海岸200英里的大洋上，处理最初的障碍有多麻烦了。他开始仔细检查坏掉的雷卡无线电接收机；他花了几小时拆开后，羞愧地发现只有一个熔断丝坏掉了。哈斯勒自动驾驶设备又出现麻烦了。晚上转了东南风，当克劳赫斯特醒来时，廷茅斯电子号正往北行驶。早晨大部分时间，克劳赫斯特都在跟驾驶设备作斗争，努力使它抢着新风行驶。最后，他只能降低主帆，让船速慢下来，因为只有船速在2至7节时，他才能让哈斯勒自驾设备保持航线。他回去做家务，烧了三天的咖喱和米饭。他沿着海岸航行时，额头上长了疖子，现在又肿胀起来，开始接近他的左眼。他下决心找到还存放在某个浮舟里面的

---

① Ushant，法国菲尼斯泰尔省的岩石岛，又称韦桑特岛，岛上灯塔是英吉利海峡南口的标志。——译者注

维他命药片。

11 月 5 日,星期二,第二个真正严重的问题暴露出来了:

雷切尔的生日。生日快乐,雷切尔。尽管这个早晨对我来说就如地狱一般。升起主帆,向西南方向航行后,我对自己感到很高兴,然后,我注意到廷茅斯电子号转动时,从舱口冒出了气泡!为了证实我的恐惧,左舷受风的时候,左边的浮舟吃了很多水。所有的证据都表明,舱室里面都是水。

我让船缓下来,航向转向西,拧开了蝶形螺母。整个舱室都被淹没了,直到甲板。我用水桶往外排水,用拖把拖干,垫上西尔格拉斯玻璃纤维垫圈,把螺丝拧紧。这样会避免更多的麻烦。这是一项漫长的、令人精疲力竭的工作,花了 3 个小时,我真是排走了不少的水。海浪有 15 英尺高,风力大约 7 级,所以我一边排水,海水又一边同样快地涌进来!

然后,克劳赫斯特第一次爆发出绝望的情绪,短暂却真实:

我诅咒那些好心帮我装载船只的人,我诅咒自己是个傻瓜。我发誓这条船就是件玩具,只能在河流的浅湾或者伯爵宫①的水池里开。但是,当我完成工作,吃了一些咖喱和米饭,还有一个苹果,还喝了些茶,我感到非常满足,我害怕的事情终于发生和解决了。现在,我必须处理其他所有的舱口

---

① Eearl's Court,伦敦的一个街区。——译者注

了。我看了一下左舷的主舱口,看上去还行。我取出了维他命片。一艘法国或西班牙的捕鲸船跟我打了招呼。

克劳赫斯特突然冲那些帮忙装载帆船的人爆发脾气,也许他相信那些人没有把舱口用螺丝好好拧紧。但是,克劳赫斯特承认,他早就开始害怕渗漏了,也许是出于他无法轻易改变的本性。那么,当克莱尔观察到浮舟在滴水,他为什么没有仔细探究一番,在离开廷茅斯之前,再检查一下打包的物品,这显得很奇怪。

那天晚上,克劳赫斯特试着用刀割开他的疖子——结果发现里面溃疡很深——他觉得盘尼西林片和维他命能帮忙治好它。他给蓄电池充了电,试着接通波蒂斯黑德①的无线电台,但是没有成功。这次连接无线电失败,尽管不重要,却显然比当天早先的尝试更让他沮丧。"带着厌恶感去睡觉。"他写道。

这个阶段,克劳赫斯特估计了自己的行程。他在航海日志中作了一番统计。从11月2日到6日,他航行了538英里,意味着平均每天134英里。从表面上看,这跟奇切斯特的行程差不多。克劳赫斯特没有记录下来的是,航海日志中的这些里程,是他前后来回抢风行驶的总路程,现在这两天风正平稳地从南方吹来。他的三体帆船逆风行驶时的弱点再次显示出来。那四天里,事实上他只沿着目标路线前进了290英里。

那个星期三,他也开始利用天文导航确定自己的方位(至此为止,他还没有担心过确切位置,除了有一次用他发明的"领航

---

① Portishead,英国西南部港口。——译者注

员"无线电定位过一次）。克劳赫斯特的航海方法依旧像彼得·伊登形容过的那样"匆忙草率"。大部分日子，他每天中午会依照惯例用六分仪观察一下太阳，清晨和傍晚也经常会观察一下，在航海天文历、航海经线仪和"简算"表册的帮助下，可以算出相当准确的位置。他很少同时观察恒星和行星，当他观察的时候（他有时会观察一下金星），他总是得出奇怪的结论。

然而，他很多次使用了一种更粗糙的算法，尽管简单得多。通过观察太阳在最高点的时间，跟格里尼治的太阳最高点时间比较，他能算出现在的经纬度。不幸的是，尽管这样能算出准确的纬度，却无法精确算出经度。因为确定太阳经过的时刻很困难，这样算可能出现 40 英里左右的误差——再加上不准确的航海经线仪，误差可能翻倍。

他在那个星期三的尝试不是很幸运。"记录了几个太阳位置用于定位，"他在航海日志中写道，"但是，后来在航海经线仪上确定了 3 分钟的误差——要不是有劳特莱，很难注意到！"他试图让他的汉米尔顿航海经线仪、真力时精密航海表和劳特莱腕表同步，他陷入了几小时耐心校验的麻烦，后来这成为一种心理强迫。

要是他算得没错的话，克劳赫斯特现在离布列塔尼①以西 80 英里。风正顺时针转向西方，他第一次能够往正南方向航行。他成功连通了拉格比无线电站，打了一次无线电话，还连通了波蒂斯黑德无线电站，给他的女儿雷切尔发了封祝贺生日的电报。"真是忙了一整天，"他写道，"又开始心情愉快了。"

---

① Brittany，法国西北部地区，位于英吉利海峡和比斯开湾之间。——译者注

接下去一天——他在海上一星期了——哈斯勒自动驾驶设备又出问题了,又掉了两个螺丝。他的心情突然变糟,沉湎于抱怨之中:

四颗(螺丝)没了——不能老是从其他地方拧下来用!这玩意儿很快就会散架的。钢丝环索问题更多。处理哈斯勒自动驾驶设备的时候,计程仪绳绕住了船舵和伺服系统的叶片!船这样倒行也不错,但这意味着每次抢风行驶都会带动计程仪绳!!!我看得要改变航道了。

我得努力拧紧螺丝(我每天早晚都得拧一遍),这就像绞肉机开动的时候,修理它的内部。伺服系统的叶片快速转动时产生的力量相当大,会把手指弄断的。

这一天余下的时间,克劳赫斯特一直在从浮舟里取出备用品——"船舱看上去就像斯特普托①的起居室"——还试着确定方位,估算一天能航行多远。他的疖子正在痊愈,但是船舱里开始有臭味,他开始担心卫生。令人沮丧的一天过后,他照例又在航海日志里写下一段充满勇气的话:

我取出了面包和烤面包机,晚饭吃了烤面包(4片)——2片抹了剩下的咖喱,2片抹了果酱和黄油。烤面包机真了不起——风力有7级(8级狂风——直到风速39节,我正在

---

① Steptoe,20世纪60年代英国BBC经典喜剧连续剧《斯特普托和儿子》(*Steptoe and Son*)的主人公,讲述一对捡垃圾为生的父子的故事。——译者注

飞速行驶），真是难以置信，我只吃了 4 片面包居然不饿。面包让我强烈地想起克莱尔，在难以忍受的条件下，能烤出这样的面包真是棒极了。我得说，烤得这么好，没有人能要求更多了。有这么一台烤面包机，我真是个幸运的人！

"有这么一台烤面包机，我真是个幸运的人！"——这段话的语气，跟其他一些航海家一样，充满为了发表而体现出来的鲜明形象，跟航海日志的其他部分很不协调。单人航海通俗文学中，有许多陈旧的桥段。一种是海豚、海鸟、鼠海豚和其他海洋生物的陪伴，一种是生动描绘他们传奇般的航行中快速前进的片段，还有一种是孤独中做家务活带来的安慰，比如烤面包、飞鱼早餐和其他独创的男人式的烹饪方法。一周内，唐纳德·克劳赫斯特已经在航海日志中用尽了所有这些陈旧的叙事主题，写作方法显然是在模仿他充满热情地仔细读过的航海书。埃里克·希斯科克、亚历克·罗斯爵士，甚至更加世故的弗朗西斯·奇切斯特爵士，都可能写过这类充满海水咸味的桥段，出于直率而不是装腔作势。但是，对于克劳赫斯特这样有角色扮演嗜好的知识分子，事情就不一样了。

对于试图解释克劳赫斯特的航行的人来说，问题就在于怎样理清这种角色扮演和真实观察之间的关系。显然，两者经常混杂在一起。但是，通过仔细的研究，还是能分辨出克劳赫斯特作为英雄在公共场合的语气，以及真实而痛苦的唐纳德·克劳赫斯特私下的语气。比如说，他给弗兰克·卡尔或斯坦利·贝斯特写的故作姿态的信件和给妻子克莱尔写的生离死别的信件，所用的语气就大为不同。他从不完全停止矫揉造作（谁会呢？），但是真诚与虚伪之间的区别已经够显著了。唐纳德·克劳赫斯特在航海日志里有时模仿别人像"英雄"一样写作——就像我们引用的那三段"公开"的文字。其他时候，通常是他明显感到沮丧的时候，他就会更接近真实的自我。

当他给 BBC 录音的时候，他几乎总是自觉地扮演虚伪的角色。他的妻子注意到了，后来一直说她很不喜欢这段录音。"这不是真实的唐纳德，"她说，"真是平庸乏味。"很难确切证明，克劳赫斯特在录音中叙述自己的航行时有模仿的痕迹，这只是一种积累起来的印象。然而，有一点很明显，尽管这发生在之后的航程中，现在就值得引用来说说。克劳赫斯特在磁带中录了一段很有趣的话。他录到一半的时候，意识到也许 BBC 需要的是英雄主义而不是搞笑，他就努力打起精神来表演。"现在，来一段不合时宜的散文怎么样，呃？有点老海明威的味道……"他说着，装出一副自命不凡的深沉语调，开始演讲：

> ……驾驶舱一侧，一股不由自主的力量冲击着我的脑袋，迫使我改变航道，现在，我意识到自己的脑袋疼，背上也疼。我不知道船有没有严重损坏。我试探着挪动了一只脚和一条腿，然后另外一只脚，另外一条腿。我在那里躺了一分钟，想起自己是多么不小心，然后，慢慢坐起来。我安静地坐了大约 3 分钟，然后小心翼翼地起来。看上去一切都正常。我当时不知道要花三天时间，我才能再次上路。我振作起精神，站了起来，把斜桁帆挂上帆桁，然后继续往东航行……

这是一段戏剧性的材料,但是,他的灵感不是来自海明威,而是来自他带在身边的奇切斯特的书《吉普赛飞蛾号环游世界》。弗朗西斯爵士在第 195 页写道:

> ……我被一下子甩到驾驶舱另一端底下去了。我缩成一团,在落地的地方一动不动,不知道自己的腿是不是摔断了。我一边琢磨,一边放松下来。大约一分钟,我根本没有动弹,然后才慢慢地舒展身体。令我惊讶的是——也让我大大松了一口气——看上去没有东西坏掉……我爬了起来,整理一下思绪,继续忙无线电的事情……那天晚上,我的肋骨和脚踝几乎动不了,我怕是僵住了……当天傍晚,我驶出了西风带——我开了一瓶凯歌香槟①来庆祝,却凄惨到只有我一个人喝酒……

在海上航行了 9 天后,克劳赫斯特根据西班牙北部卢戈的孔索尔航海无线电灯塔,确定了自己的大致方位,他发现自己正在危险的菲尼斯特雷角②西面。他的航线是西南方向,所以他决定好好睡一大觉,直到早上 11 点再醒来。这不是个明智的决定,因为他正处在船运航线上,有被撞倒的危险。醒来的时候,他把脑袋探出船舱口,看见船尾有一艘巨大的客轮,大略跟着他往西南

---

① 克劳赫斯特在东拼西凑的演说之前,也喝了一口他带到船上的香槟酒。奇切斯特穿过咆哮西风带,完成了航行;克劳赫斯特希望自己也已经驶过咆哮西风带。奇切斯特因为他的壮举赢得荣誉,喝凯歌香槟来庆祝;克劳赫斯特希望得到类似的荣誉,他喝酩悦香槟。在他喝酒时,他有没有想象自己处在跟奇切斯特相同的情境中? 在他的角色扮演中是否有意识地假扮? 这是他的航行的中心问题之一。——原注
② Cape Finisterre,位于西班牙加利西亚大区西海岸。——译者注

偏西方向航行。他又吃了一顿丰盛的早餐,升起主帆。当他升起后桅帆的时候,他发现用来系帆的一个升降索卸扣在前一天晚上弄丢了,升降索正挂在桅杆中间。他要爬上桅杆取下升降索。他在航海日志里记下的第一个动作,是将船尾一英寸半粗的编结绳放进水里,这样假如他掉下桅杆,就能游到绳子边上,抓着绳子回到船上。单人航行的水手经常害怕这样摔下来,这条航海日志清楚地证明,至少此时,他非常小心谨慎以避免失去帆船。他成功地爬上了桅杆,取回了升降索,注意到他的浮袋依然无用地绑在桅杆顶上,浮袋下半部悬空摇晃着。给浮袋充气的软管没有接上,桅顶的绿灯快要掉下来了。他花了整个晚上搜索来自波蒂斯黑德的无线电广播,但是,他没有搜到航海警报,而是听到了一则关于小野洋子流产的新闻。

他还听到海军部发出一则警报,他刚刚离开的海域发现了"漂流的船首"。他没有撞上真是太幸运了!要么所谓的船首就是张着三角帆航行的廷茅斯电子号,被误当做碎片了?无论如何,那天早上船尾的确跟着一艘客轮。"也许我在不知道的情况下跟碎片擦肩而过?假如是廷茅斯电子号的话,我很不高兴他们使用'漂流'这个词来形容帆船的航行。"

接下去一段航程,帆船行驶得很慢。风向一直不停地改变,帆船也不停改变航道,往错误的方向行驶。每天晚上他都会取下主帆,这样他就能沿着航线行驶,但这却使他悲惨地慢了下来。三天来,他变得越来越沮丧,也越来越懒散。他承认自己困倦,头脑不清醒,他觉得船舱里缺少氧气,肯定影响到他了。

星期六,他注意到后桅顶部的横桁有颗螺丝掉了:"这艘该死的船快成碎片了,就因为没有注意造船细节!"①

同时,他的航行令人困惑。每一天,当他观测的时候,发现自己几乎停留在同一位置。他写道,他要么就是在兜着圈子航行,要么就是观测太阳的结果出现了错误。事实上,两者都有可能。这个阶段他的航行肯定不稳定,但是,他花了整整一个星期,在相反的风向中,仅仅从菲尼斯特雷角到西班牙和葡萄牙海岸,行驶了210英里。星期二是典型的一天。凌晨两点,风向变了,廷茅斯电子号开始往正北方向航行。"我太累了,管不了那么多。"他写道,但是,第二天早上,他开始懊悔:

> 又起得晚了,已经往正北方向航行了7小时。这还不够好。我不能允许自己变得这么懒。昨天确实风很大,我累了,但是,我在这里不是为了休息,也不是为了补觉。我要花4小时赶上落下的路程,总共浪费了11小时——半天时间。假如我每天都这样,起码得一年才能结束航行。我绝不能允许自己懒惰。

他的汉米尔顿航海经线仪的主发条弯了,雷卡通信接收机又坏了,他的无线电信号书买错了:

---

① 现在,克劳赫斯特在绝望中连面对微小的缺陷都开始反应过激了。后桅横桁的螺丝掉下来是任何长途航行的帆船手都经常碰到的问题。他什么都没修理,直到航程最后这颗螺丝依然不见踪影,尽管他其间成功航行了几千英里。另一方面,自动驾驶设备和渗漏的问题真的很严重,事后船只检查证实了这些问题。但是,克劳赫斯特与其抱怨造船工程,不如抱怨他匆忙出发造成的状况——他在航海日志里确实提到过这些。——原注

我相信了希斯科克说的时间信号在《海军无线电信号表》第二卷。但它们在第四卷!① 我没有买这本书！我没有焦虑过头，我用雷卡通信接收机总能接受到 WWV 时间信号,但是现在这也没有了。

　　这样匆忙的开始真是该死,应该仔细检查而没有做到的事情真是没完没了。还有,偏离轨道警报器坏了,只要延迟几天就可以避免这些麻烦,无线电调谐的可怕状态,等等等等。再有 14 天就完全不同了,但那是不可能的。

11 月 13 日,星期三,他在海上的又一天,第三个大灾祸来了。他已经有自驾设备和浮舟渗漏的问题。现在,他的奥南发电机处于危险境地:

　　13 日,星期三。早上我努力排除了对日期的心神不宁的感觉——我告诉自己 13 从来没有特别不吉利的意义。结果今天真的有不吉利的灾祸。帆船在猛烈的南风下,顽强地缓缓向西行驶,驾驶舱口开始渗漏,发动机室、电气系统和奥南发电机被淹没了。除非我能让奥南发电机工作,我得认真想想是否要继续航行了。帆船在许多方面有很多缺陷——再继续下去会很愚蠢,或者这无论如何都是个主观的决定。我会努力让发电机工作,思考其他选择的可能性。

---

① 克劳赫斯特也说错了。时间信号在第五卷。——原注

这真是大祸临头。对克劳赫斯特来说,帆船的自驾系统甚或浮袋带来的危险比起断电引起的后果(尽管大部分是为不存在的安全装置供电)都显得没那么重要。驾驶舱口渗漏比起其他灾祸,不应该让他更惊讶。一开始讨论设计时,约翰·伊斯特伍德就警告过他,这样很容易出现问题,他在沿着海岸航行的时候已经失败了,试航的时候已经显示出很多不足。但是,他应该有所准备的事实,让他受到更大的打击,而不是反之。

"我会思考其他选择的可能性。"他第一次允许自己考虑,他有可能不得不放弃。唐纳德·克劳赫斯特此时依然十分坦白。每当他感到害怕、绝望,或者准备放弃时,他会马上写下来,没有任何欺骗。

8

两份自相矛盾的叙述

这样完全绝望的时刻,唐纳德·克劳赫斯特的掩饰心理照例会迫使他在航海日志中再写一段水手的欢快段子。但是他没有写。事实上,我们将要看到他对当下毫无希望的状态,最长、最坦白、也在逻辑上最具摧毁性的表述。然而,他用船上 BBC 的设备第一次录的音,弥补了这个缺失。克劳赫斯特选择这个时候第一次录音,他的选择明显是故意的。他决定从那一天开始,在录音机面前向公众表演,用乐观来抚慰治疗他自己。

这一章主要是克劳赫斯特的两份自相矛盾的长篇声明。这两份声明都有丰富的信息,很好地总结了他的处境。第一份声明(来自录音)展现了克劳赫斯特作为英雄的直率乐观,就像他愿意表现出来的那样。第二份声明(来自航海日志)透露出他真实的一面。任何想要低估唐纳德·克劳赫斯特的人,都应该注意到第二份文件是多么令人印象深刻。

唐纳德·克劳赫斯特在录音中这样说：

这艘小船叫廷茅斯电子号。现在，我已经在海上度过将近 14 天，我正前往合恩角的约定地点。我出发的理由——假如我需要一个理由的话——是没有人尝试过这样的航行……也许我完全没有机会赢得金球杯，但是，我认为自己有机会赢得奖金，所以 11 月中旬我才会在北大西洋的一艘小船上录音。原因就解释这么多了。

这是什么感觉？好吧，假如你对小船有所了解，你就能想象情况如何。假如你没有小船，那么你也不会想象得出。我想，说起小船，大部分人会联想起索伦特海峡阳光灿烂的下午，穿着比基尼的漂亮妞懒洋洋地躺在大帆船的甲板上，男人穿着整洁的帆船服，脸上带着坚毅的表情站在船上，紧握方向盘，嘴里咬着烟斗，船像漂亮的水鸟般掠过蓝色的水面。好吧，也许在某些情况下，这是一种合理的画面，不幸的是，我从来没有遇到过这样的美景。小船的条件灾难般可怕，人们居然会驾着小船出海真是令人惊讶。船里所有的东西都是湿的，我的意思是说湿透了，不是有点潮湿。湿透了。水汽凝结在船舱顶上，当你想睡觉的时候，水滴进你的耳朵里，每个洞都可能漏水，还有连续不断的噪音，你们听到了，几乎把人耳朵震聋。你很少有机会好好洗个澡，除非泡在海水里，根本就不可能洗澡，至于食物，当然——好吧，尽显你的厨艺吧。当然，我承认单人航行比赛的条件，跟你和家人或者船员一起出海巡游不一样,后者要放松得多。

当然,单人航行也有乐趣。不管你有多精神分裂,你都很难跟船员吵架,从船长到客舱服务员,他们都是优秀的人。然而,这并不意味着客舱服务员需要航海,或者船长需要洗袜子。单人航行的重要意义是,水手会面临很大的压力,这能洞穿他的弱点,很少有其他的职业能够做到。假如他懒惰的话,当他一个人的时候会加倍懒惰,假如他很容易气馁,那样他会很快一蹶不振,假如他很容易害怕,他最好还是待在家里——我现在根本一点都不在乎。

现在,我们来说说这次比赛,尤其是我在其中的参与:根据记录,我是 10 月 31 日星期四出发的,是比赛规则允许的最后一天,我出发的时候很慌乱。我这辈子都没有在这种完全没有准备好的状态下出海。我出发的时候,甚至没有把要用的帆升起来,这样的航行几乎就等于愚蠢。然而,比赛规定参赛者 31 日必须出发,而我确实 31 日出发了。我对自己说,假如我开始几周真的不能把这些东西整理好,那么,我起码能转头回家。这会是一个可怕的困难决定,但是,假如必须的话,我相信自己会作这样的决定。我依然有问题要处理,但是,我想困难……可以克服,我已经在信风和赤道无风带中度过很长一段时间,这段时间我会让船真正作好准备,迎接南大洋和咆哮西风带以及合恩角本身的严酷考验。

我有点担心能否到达合恩角,因为时间在流逝,我已经在顶头风中耽搁了一个星期,根据海军航海图,预计中的合适天气还没有形成。然而,我还是坚持越过马德拉群岛西部的决心，因为我觉得对我的帆船的操作特点来说，这是唯一安全的航线，在整个航行中，这会继续成为我的标准。我会把这艘船当做近代快速帆船来开，我会依照近代快速帆船的传统航线前进，哪怕会慢上一个月，我会这样做的。眼下当然有抄近路的巨大诱惑，绕过马德拉群岛西部，靠近非洲海岸，但我要抵制这样的诱惑。

我不能理解的是弧形的西南风是从哪里来的，一天接着一天，风从西南方向吹来，不应该刮西南风，这是最让人沮丧的事情。而且，这是猛烈的大风，大部分时间风力达到7、8和9级，要么有时风力小到无法吹动风帆。然而，有一件事情让我惊讶，这艘三体帆船的帆布经受住了大风，它真的非常稳定，我肯定吃水线长度同等的传统帆船一定受不住，但是它还在继续航行。

既然克劳赫斯特碰到了哈斯勒自动驾驶设备的问题，再加上他整理风帆时的大体状况，那么，他用那样夸张的辞藻称赞他的三体帆船就有点离奇了。

以下是当时他在航海日志里对自己情况的评估，可以比较一下。这段文字是他在船舱里的手电筒光下写的，写满了整整9页纸，在逻辑的连贯性上令人印象深刻：

15日，星期五：……我越来越意识到，面对现状，我必须尽快决定是否继续前进，这让我极为痛苦。这是多么糟糕的该死的决定——到了这一步再放弃——多么糟糕的该死的决定！但是，假如我要前进，我要做（两件）事情：

一、我答应过克莱尔，只有在一切都很到位，可以保证航行安全的情况下，我才会愉快地继续前进，现在我要破坏承诺了。除非我能整理好电气系统，我就不能诚实地说条件到位。而且，我让克莱尔陷入可怕的处境，7 到 9 个月，她都不会有我的消息，因为无线电无法工作。

二、在帆船能承受的范围内，我在咆哮西风带航行速度达不到 4 节以上。哈斯勒自动驾驶设备在全速行驶的时候让帆船突然猛烈地转向，这在大海里——真正的大海里——是致命的。我不得不依赖一双前帆，帆在船首展开，几乎没有系牢。无论如何，没有自动扶正的装置——浮袋的作用，我无法在西风带找到一条安全的快速通道。尤其是要记住，我出发晚了——10 月 31 日——这有特殊的重要性，这意味着要在 6 至 7 个月内抵达合恩角，时间就到四月或五月了——比我预期的要晚得多。我认为，以帆船现在的状态，我生还的机会不会超过 50%，这是令人无法接受的。

"以帆船现在的状态"——这是什么意思？我会列一张表：

1. 没有电气系统：

（a）没有无线电通信

（b）没有桅顶浮袋

（c）没有时间信号，我的航海经线仪没有用

（d）没有灯光——我想并不重要

（a 和 d 是可以忍受的。b 妨碍了在四月份或五月份经过合恩角——假如不完全是咆哮西风带的话。我可以进行手动操作，希望我有时间到达。我可以在甲板上面或下面放些东西，来驱动浮袋。假如我知道还有多少时间，这样会有用的。所以 c 相当严重，但也没有那么严重。我可以把"领航员"调到 10 和 15 兆赫，搜索 WWV 电台的信号，但是，我不能使用烙铁——然而我有喷灯。）

2. 舱口渗漏：

（a）左舷浮舟前端的舱口 5 天进水约 120 加仑，尽管我认为自己已经修好了。

（b）驾驶舱舱口一晚上渗漏 75 加仑。我没有办法，只能把螺丝永久拧紧，把电器密封起来。假如我这么做，我当然没法解决任何渗漏问题，这会造成最危险的情况。

（假设舱口可以修好。驾驶舱舱口锯下边缘后，垫上西尔格拉斯玻璃纤维垫圈，用螺丝拧紧了。那样就不能用泵抽水了。）

3. 风帆裁剪不当：

主帆和后帆太大了，除了迎风航行的时候，它们随便什么情况下都会摩擦侧支索。

4. 侧支索放置和防摩擦保护不符合要求。

（这些事情很麻烦，导致不能真正快速航行。但是可以忍受，它们本身并不危险。）

5. 没有办法在不抬起舱口盖的情况下，从浮舟的前后舱口、前主舱口或后主舱口抽水，潜在危险很大，会导致灾祸。

6. 没有办法用泵从主沙龙①抽水，必须把水戽出去。没办法抽水的原因是船上没有符合我要求的管子，船上的泵也荒唐地不管用。

（生死攸关。假如船上有管子的话，也许我可以做到。我想不出办法。使用这样的水泵，开进咆哮西风带是疯狂的。）

7. 在驾驶舱地板上开舱口的想法是错误的，我越发相信这一点。假如驾驶舱地板固若金汤的话，我会高兴坏了，但我想可以做到，哪怕要在沙龙里或者后舱壁上开一个出入孔。

（上述第 2 项中已经处理了）

8. 碰撞之后，舱壁在渗水。证据是沙龙里褐色的水。这里的水显然跟发动机舱室里的水一样受到了污染。我不知道在海上怎样可以找出漏水的地方。

（有点令人烦恼，但是可以忍受——有可能发生损坏船首的危险。）

9. 桅顶的浮袋和风帆松弛的设施无法运作。这是我自己的错。在桅顶装载浮袋安排得很不妥，也是我的错。

（上述第一项中已经处理了。无论如何，在海上可以把桅顶浮袋装好。）

10. 船上装载物品的方式可以改进。那些容易腐坏的物品很难防霉。我惦记着大米和面粉。

---

① Saloon，连接船头和船尾，通常位于游艇中最中心的位置。——译者注

（实在不需要什么评论。这些事情不会阻挡我，但确实是件麻烦。）

11. 哈斯勒自动驾驶设备每隔几小时就要拧紧，但螺丝还是掉出来。

（情况更加严重了。我试过涂上清漆和波士胶。两样都没有用。我可以在每个螺丝头上钻孔和攻丝，钻出 4BA 的孔径螺纹，把小型固定螺丝放进去。这样要花一两天时间，这是个合理可行的方法，但前提是我不会因为船在移动而把螺丝攻弄断。无论如何，即便工作方式正确的话，哈斯勒自动驾驶设备也不是在大海里航行的可靠方法。出于这个目的，最好使用双风帆。我最小的双风帆是正在使用的船首三角帆，没有风暴中使用的大三角双帆。这意味着当风真的很大时，除了拖船索①没有其他替代品。这个系统没有试验过，我怀疑：（a）索栓的强度；（b）是否可能在哈斯勒自驾设备上绕绳圈而不把它缠住。确实需要试航一下，但是，我现在可以在海上试验。）

这份分析不但清晰、自觉，而且还勇敢地接受真实的情况，会为任何水手赢得信任。唐纳德·克劳赫斯特唯一一次既没有为这艘船、也没有为他自己开脱，他也没有为了逃避眼下的挑战，而投入某些未来的新挑战。假如其中有什么歪曲的话，他显然不愿意承认，出现发电机上方和驾驶舱地板上漏水的舱口之类问题，

---

① 这不是指标准的用拖尾绳让船慢下来和使船尾顶风的方法，指的是克劳赫斯特更复杂的自动驾驶方案。——原注

一部分也是他自己的错。他在分析中第一次提到,缺少用来抽水的海利弗莱克斯管子,看来他认为管子已经在船上了。

克劳赫斯特分析完问题,以及解决的可能性,又继续写道:

> 也许这看上去像一堆停下来的借口。不是我想要这样。假如我停下,我会让很多人失望。最重要的是斯坦利·贝斯特,还有周围的人——罗德尼·霍尔沃思、支持我的计划的廷茅斯当地人,还有我的家人。当然会有很多人嘲笑我,但这无关紧要。我明年八月再次出发也不会更糟糕,因为现在我唯一的机会是其他所有人都退出比赛。现在,我只有50%的生还机会——很多人会估计得更低。假如我能说服斯坦利把计划推迟到那个时候,我肯定会尝试打破纪录——假如这次有任何人创下纪录的话,也许我会赢得金球杯,还是有机会的,也许还能同时赢得奖金——假如没有颁给航行最远的那个人。

克劳赫斯特已经开始在他痴迷的两件事情上寻求庇护:逻辑至上,以及未来更大的挑战的诱惑——明年再尝试环球航行——来忘却眼前的失败。他举出了所有的可能性来争辩,发现每个都无法接受。即便是在北大西洋中,钱的问题也变得越来越重要:

> 但是,假如贝斯特先生放弃了环球航行的想法和电子用途有限公司,事情就会陷入一团漆黑,他又会想起让电子用

途公司来买单。事实上,抵达澳大利亚会改变他的决定吗?这取决于,他觉得放弃比赛的决定正确与否,没有无线电我连一点暗示都没有,只有我自己得出合乎逻辑的结论。假如结论合乎逻辑,就会受到重视。那么:我该怎么做?继续航行到澳大利亚,"作一番表演",然后浪费一年的时间?这会是浪费时间吗?这归结为判断明年进行不间断航行,还是今年进行中途停靠的航行更有说服力。我认为今年的航行不能合理地保证安全。

这意味着:怎样能赚取更多利润,或者产生更少的损失?站在(斯坦利·贝斯特)的立场上,我该怎么做?我想这取决于我可以弥补多少成本损失。假如是80%或者更多,我会心动的。电子用途公司没有这么高的利润。但是,这只是金钱交易吗?还是有更多意义?我想,有那么一点意义。无法分析他是否会失去所有的利润。我不得不依靠逻辑,假如有更多个人情感的投入,那么,这就是一种"额外的奖励"。但是,事实上,我几乎确实相信有额外的东西,我真的相信。但是,最终逻辑才有说服力,这是至关重要的。

有哪些路线可以选择?我要么放弃不间断航行的尝试,要么继续下去。假如我继续航行,我有一半的机会完成航行,还有一半机会可能会淹死。假如其他人都放弃的话,我有可能赢得5 000英镑奖金,甚至赢得金球杯。否则就很难有这个可能。假设其他人已经放弃了,50%的机会是否可以接受?假如我的成功带来的利润和失败带来的痛苦之间,存在某种平衡。克莱尔会认为风险无法接受,我首先要对她负责。尽管我认为有许多诱人的方法可以获得利润,但是,整体上而言,这些方法必须适合有着很大一家子的已婚男人。可怜的克莱尔一定面临着可怕的压力——她也许会受不了的。

在此,克劳赫斯特无法像在廷茅斯那样,承认他的情感导致他放弃。他试图把责任推到他的妻子身上。

争论的重点在于如何评估 50% 的机会。这个数字有多准确?事实上,我不知道。也许机会更大或更小——但是,从我读过的一切来看,我没有夸大危险。巴迪奥在合恩角附近翻过两次船,斯米顿兄弟也一样。假如你驾驶一艘龙骨帆船,你也许会幸运地生存下来。但是,驾驶一艘三体船——根本就不可能。不,船必须可以自动扶正——或者可以被扶正,这样才有机会生存,值得冒险。然后,还有水泵的情况。不,这不可行。

现在,他以典型的逻辑自我说服,逼入了最后无法逃避的结论——他必须放弃环球航行的尝试。接着,他面临失败时拒不承认的老习惯,在许多地方冒了出来,但是这些希望并没有很大的说服力。他的论据和结论依然难以违抗。

然后,克劳赫斯特开始梳理眼前的可能性,以及能否坦白地承认失败。他希望可以策划炒作一番,即便失败了,也要推销他的航行:

所以：某种形式的海上救助是必需的。但是,怎样才是最有效的?

1）继续前进,前往澳大利亚,或者——

2）为了挽回面子,前往开普敦?

（开普敦）比里奇韦到达的地方更远,跟金和布莱斯差不多远,所以没什么丢人的。但是,要浪费多少宝贵的时间!那里没有"领航员"或三体船的市场,所以澳大利亚是合乎逻辑的下一步。优点是这起码算是一项成就——但是,至少有两个人已经做到了,也许《星期日泰晤士报》船队也有几个人做到了。在我看来,诺克斯-约翰斯顿、泰特利（假如他航行得那么远的话）和富热鲁都可能中途停靠。穆瓦特西耶也许会继续——假如他确实继续前进,他也许会坚持到底,但是,有很大的可能没有人完成全程航行,澳大利亚会成为《星期日泰晤士报》退出比赛的参赛者亮相的地方。也许公司和帆船得不到很大的宣传,但是,假如我能卖掉帆船和几台"领航员"的话,这会是一次有益的练习……

此时,克劳赫斯特的航海日志显然停顿了一段时间,他开始努力地思考。前往澳大利亚真的有用吗?当他重新开始写的时候,换了一支新的铅笔,笔头削得更尖,他显然决定不去澳大利亚了。他用第二个"但是"结束了这句话:

……但是,这样不能证明花了那么多时间和金钱是合理的。

时间和金钱。假如我只考虑时间,那么现在就应该回头,不再往南航行。那么花掉的钱该怎么办?事实上,比赛中参赛的帆船是很昂贵的。但是,比赛无法胜利——这就是说,除非其他所有人退出比赛,而我自己能非常幸运地完成航行,然而我不相信自己会胜利。这样的评价很合理:除非天降大运,否则我无法在比赛中胜出。而且,对所有牵涉其中的人来说,包括我自己,马上退出比赛带来的失望必定很严重——尤其是对贝斯特先生来说。在一个英国港口露面,说:"乡亲们,我回来了",这是不可行的,因为

(a)这会给克莱尔带来 14 天左右不必要的担心;

(b)某种程度上,这限制了我未来的行动——在很大程度上如此。

所以,我似乎应该现在找个地方停下来,于是

1)我可以跟贝斯特先生交流;

2)我可以继续前往美国、澳大利亚、南非,或者回到英国;

3)假如继续前进的话,我可以做好必要的准备工作。

金钱。这是最需要担心的。成本会增加,巨额回报的机会显然减少了。假如能得到贝斯特先生的支持,明年再去一次,大部分问题就会消失——或者,无论如何主要问题可以解决。

在这些段落中,克劳赫斯特似乎又退回再试一次的幻想:一个未来的挑战。放弃后,剩下的两个选择似乎都令人无法忍受。

他的写作又明显地停了下来，又开始写的时候，他打算延后再做
决定：

> 我会继续往南行驶，努力让发电机工作，这样我就可以
> 在决定沿哪条路线航行或者退出比赛之前，跟贝斯特先生谈
> 谈。我想，我是在拖延决定吗？不。在我取消计划之前，让
> 他知道的话，就会好得多，我应该听取他的意见。假如他明
> 年不想再继续不间断航行（以区别于《星期日泰晤士报》的比
> 赛），事情就糟糕了——但是，起码我会知道他的立场。最后
> 再分析一下——假如所有的一切都完蛋的话：电子用途公司
> 破产，把伍德兰兹卖掉，十年的苦心经营付诸东流，我依然还
> 有克莱尔和孩子们：

> 假如你能把所有的烦恼堆成一堆
> 在掷钱游戏中，一次压上所有赌注，
> 然后，输光，重新从零开始，
> 从此对你的损失不置一词——

> 失败？除非明年不能再尝试一次。从锯第一块木板开
> 始，只花了 4 个半月，这本身就是一项成就，但还是不够好。
> 这个想法还不错，如此艰巨的航行要求很高，因此执行上失
> 败了。
> 肤浅地评价成功和失败是毫无价值的。1941 年，纳粹党
> 徒会认为希特勒失败吗？当木匠耶稣吊在两名小偷中间垂

死时,法利赛人会认为他成功吗？我想成功在于挑战一个人的极限所带来的满足,而不是其他任何事情。怀着真诚,努力找到最好的道路,然后不懈地追求。

然而,卖弄大道理是不切实际的,我必须停下来。我有活要干！这也是浪费手电筒电池。

9

杜撰的航海记录

从这里开始,唐纳德·克劳赫斯特对自己航行的叙述不再可信了。他不再完全坦白,经常故意不记录他最重要的想法。而且从现在开始,这变成了一个侦探故事,不再是根据克劳赫斯特自己记录的简单叙事,他所有的记录变成了证据(有些是准确的,有些不准确),我们从中推理出真实发生的事情。最重要的证据依然是廷茅斯电子号上发现的航海日志。BBC 的录音提供了不少信息,但是——我们已经看到——很少忠于事实。除此以外,还有许多文件、图表、零星的笔记和三体帆船的船舱里发现的物品。这些我们都详细地检查过了。这些东西表明,唐纳德·克劳赫斯特在航行三个星期之后,已经——至少在一个方面——开始有意识地欺骗。

克劳赫斯特在 11 月 15 日对他的进退两难的困境进行长篇

分析之后，继续在同一本航海日志里定期记录了将近一个月，他从航行开始就在写这本航海日志。我们把这本日志称为《航海日志一》。（跟他的其他日志一样）这是一本很大的有横线的练习簿，一共有 192 页大开面纸张①，有深蓝色的硬封面。

《航海日志一》右边的页码全部用来记录航行——他观察到的太阳和计算的位置，外面两栏记录航行英里数和航向。左边的页码以通讯叙事体记录每天发生的事情，比如我们引用过的那些段落。假如某段日志特别长的话——比如 11 月 15 日的日志——叙事文就延伸到右边的页码，但很快就恢复到原来的版式。跟他以前记日志的方式相比，这本航海日志出人意料地有条理。他写满一页后，会整齐地剪掉右上角，这样就很容易找到。他总是用铅笔来写日志。他偶尔会把字擦掉，但是，他现在还没有形成增删的习惯，来掩盖他写的内容。然而，他的拼写方式非常古怪，加上他经常使用一支非常硬的铅笔，因此常常很深地划破纸张，使他的日志文字即便在开始的阶段也很难辨认。

一本类似的簿子——封面上装饰着白色带子，很容易辨认——用来记录每天的无线电日志。他在日志内用大写字母细心地记录了摩尔斯电码敲出的无线电报。在整个航行中，日志看上去是完全准确的记录：它们跟英国国内接收到的电报一模一样。他提到电报之间还有些无线电话通话——有时他还记下了谈话的内容。但是，因为笔迹通常很潦草，我们很难确定谈话交

---

① 航海日志一共由 6 叠 32 开纸张装订起来，可以看到没有撕掉纸页。——原注

流了哪些信息。日志里面还有大量明显不相关的信息,是无线电发射台和世界各个角落的船只之间传递的。他大部分潦草记录下来,是为了练习摩尔斯电码,但是我们会看到有些信息是有意义的。

然而,当时克劳赫斯特依然纠缠于眼下的现实问题。到 11 月 15 日为止——从他在海上第 16 天开始算——他航行了 1 300 英里,但是他的路线如此逶迤曲折,所以他只沿着既定路线前进了 800 英里(整个航程是 30 000 英里)。他认为自己做得糟透了——比其他所有参赛者在同样的阶段更糟。他依然在葡萄牙海岸附近,离开里斯本西北偏西方向 120 英里。弗朗西斯·奇切斯特只航行了 6 天就到了,克劳赫斯特曾经打算用 5 天半抵达那里。

苦闷中,他在手电筒光下写的日志里向自己证明了,他无法完成环球航行,但他也意识到,所有其他的选择都令他难以承受。尽管他在最后爆发出了吉卜林式的宿命论(这又是为了供大众消费?),他回避了所有的可能性,在犹豫不决中选择了向南航行。在越来越绝望的情绪下,他一次又一次列举出各种行动方案,但总是得出同样的毫无希望的结论:没有可以接受的解决方案。

这次他主要关心的是让发电机再次工作,这样他就可以通过无线电跟斯坦利·贝斯特通话,征求他的意见。11 月 16 日,星期天,他的航海日志看上去很有勇气,但不愉快。他最终修好了发电机,但是,现在他的汉米尔顿航海经线仪又出问题了,这对精确导航来说至关重要:

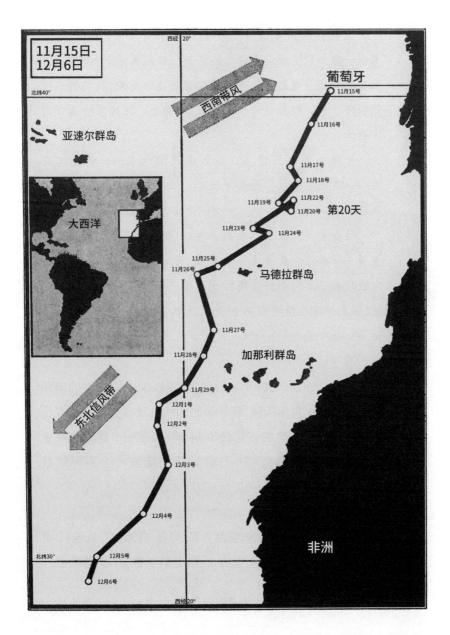

11月15日-
12月6日

西经20°

北纬40°

西南带风

亚速尔群岛

大西洋

葡萄牙

11月15号

11月16号

11月17号
11月18号

11月19号　11月22号

11月20号　第20天

11月23号　11月24号

11月25号

11月26号　马德拉群岛

11月27号

11月28号　加那利群岛

东北信风带

11月29号

12月1号

12月2号

12月3号

12月4号

北纬30°　12月5号

12月6号

非洲

西经20°

139

发电机放电电流 1 300 毫安。多费劲啊！消除了后果——假如电池里没有海水的话——但是原因没有改变：驾驶舱舱口还是渗漏。每当驾驶舱有淹没的危险，我都得顶风把船停下来。我看到过一次进水 20 加仑。这样不会赢任何比赛的。

检查一下电气设备：海水淹没的仪表——举着灯查看——看上去还行。无线电开着。工作不错！令人高兴的声音。

检查时间。汉米尔顿航海经线仪还是无可救药。好好查看一下游丝。看上去一动不动，所以正面弯曲一下，现在应该没事了。它会好使吗？我通常不会采用这样粗糙的方法，但此外实在没有别的办法！假如我把它搞好了，我就不必那么操心了。

那天深夜，他的发电机开始工作，他得以把一篇延误的新闻报道发给罗德尼·霍尔沃思，解释他的无线电没有声音。尽管他离开上一封新闻电报里的方位还不到 200 英里——这封电报里说他正"前往亚速尔群岛①"——他现在决定去一个不同的目的地：

安静 引擎舱室水淹 猛烈大风 句号 拆卸磁力发电机 更换电磁线圈 拆卸弄干发电机 拆修电刷装置 句号 继续航行

---

① Azores，位于北大西洋中部的火山群岛，属葡萄牙领土。——译者注

前往马德拉群岛

这段电文跟克劳赫斯特大部分用于发表的信息一样，没有提供方位，只说明了目的地。事实上，无论是亚速尔群岛还是马德拉群岛，都还在几百英里之外。霍尔沃思在把信息传递给电视台和报纸之前，又尽其所能把情况粉饰一番。结果是媒体报道适时地称克劳赫斯特的方位是"马德拉群岛附近"。霍尔沃思主办的埃克塞特当地报纸称，猛烈的顶头风使克劳赫斯特的速度减少到"每天不足 100 英里"（不足 50 英里更接近事实），但是，马上又加上一句，他的帆船"能以两倍的速度航行"。这些日渐成为报道克劳赫斯特航行的模式。克劳赫斯特讳莫如深（后来变成了误导）的电报，加上霍尔沃思乐观的诠释，最终得出了荒唐的结论。

敲完新闻电报后，克劳赫斯特写下了当天最后一条日志，他似乎突然意识到，那段失踪的海利弗莱克斯软管（他只在前一天列举问题时附带提到过）是一个很严重的问题：

晚餐不错——电子西班牙什锦饭。无线电在接收，发电机在工作，天气和煦。仿佛假日一般，但是恐怕无法改变我的悲观情绪。我明天要从头到尾在船上好好找找。假如管子在船上，我会找到的，尽管现在还没有找到，它也不在船上物品的单子里。我想它跟多余的索具绳一起在圆桶里。这是多么大的打击——尽管我当时没有意识到它的重要性。

第二天，他在船里彻底翻了一遍，简单地记录道："船上根本没有软管。"他很快加倍抱怨起没有软管。星期一,他打开了右舷浮舟的前舱室,发现里面也严重地被水淹了——就像航行开始时左舷的前舱室一样。尽管有西尔格拉斯密封圈也没有用。更糟糕的是,他在舱口储存了速溶咖啡:

> 三分之二都是咖啡。要多久才拖得干净。穿油布雨衣还是光膀子? 选择光膀子。我从水里冒出来的时候,身上沾满了褐色污渍和烂掉的纸箱子——底下是些可怕的东西。把水排出来,在起伏的海浪中好好冲了个澡。又把舱口密封起来。从前舱口排出 70 加仑水。(所以,中间的船体也漏水。)

后来的航行中有一次录音生动地记录了这次往外排咖啡的事故:

> 我只喝可可,因为我已经喝光了所有的咖啡。早些时候……我在水灾中损失了一半的咖啡……我的咖啡一半是小袋装的,装咖啡的袋子浸在水里了,导致了滑稽的结果。实际上,浮舟里的水成了咸咖啡——又冷又咸的咖啡——但在往外倒咖啡的过程中,我身上也被溅到了不少咖啡……我是光着膀子往外倒咖啡的,咖啡色的水在我身上留下的颜色仿佛被太阳晒黑了。实际上,我看上去很可怕,浑身都是褐色的污渍。当我干完活,我看上去就像得了某种可怕的病。然而,这些污渍都洗掉了。

11 月 18 日,星期一,克劳赫斯特预定了两个无线电话——一个电话是打给妻子的,另一个电话打给斯坦利·贝斯特。为了做好准备,他又花了两天时间分析眼下的选择。他一开始画了一个整齐的表格,假设了很多不同的速度,以及他在哪里必须退出。这次,他很实际地按每天 90 英里,甚至 60 英里那么慢来计算:跟他在伍德兰兹的大钢琴上最初计算的每天 220 英里形成讽刺的对照……

英里/周	英里/天	平均速度	好望角	澳大利亚	合恩角	英国	退出	英国
420	60	2.5	69 年2 月	5 月5 日	69 年9 月	70 年2 月	好望角	5 月
630	90	3.5	1 月7 日	3 月	7 月	10 月	澳大利亚	70 年2 月
840	120	5	12 月8 日	2 月	5 月	8 月	澳大利亚	70 年2 月
1 050	150	6.25	12 月9 日	1 月	4 月	7 月(?)	澳大利亚	70 年2 月
1 400	200	8.3	12 月初	1 月	2 月	4 月		

这个表格的目的是,看他是否能在 4 月或 5 月南半球冬季肆虐时,越过合恩角或抵达澳大利亚。在实事求是的速度下,他很清楚自己是无法做到的。克劳赫斯特把表格加入了 11 月 17 日的日志,接下去一天,他继续写道:

傍晚打电话。总结一下:

1)舱口都严重渗漏,我打算把它们密封起来,但是经不

143

起帆船全速航行。一晚（渗漏进了）150 加仑。

2）盖上舱口时无法抽水。这意味着假如帆船遭遇几天的坏天气，就会有沉没的危险。既然如此，我在条件恶劣的时候，就避免迎风航行，这样才能保证船不沉。①

我会准备好冒险去开普敦。假如我以某种方法解决把水弄出舱口的问题，我一定会去澳大利亚，但肯定不会航行得更远；那样的话，我到合恩角就要冬天了。假如我抵达开普敦，我就能在 1969 年 5 月回到英国。假如我抵达澳大利亚，最早也要 1970 年 2 月。

总结：

1）继续航行。6 月或 4 月抵达合恩角。50% 的机会。（翻船的可能性是 60%？）

2）在开普敦退出比赛——在公众场合露面（5 月抵达英国）。

3）航行到美国，我能以最好的价格把船卖掉。

4）回到英国，准备打破纪录。

这是一幅毫无希望的画面。然而，当他给克莱尔·克劳赫斯特打无线电话时，他完全隐藏起他的无望。他在无线电日志里，总结了他打电话时想要表达的要点：

---

① 这段有意思的话证明，克劳赫斯特开始越来越多地思考他的处境。他现在意识到，抽水的问题比他起初以为的更严重。即使那段失踪的软管在船上，他还是得打开舱口，把浮舟里的水排出来。因此，软管不会完全解决他的基本困难，尽管有软管能使在大浪中排水不那么危险。泰特利预料到这个问题，在他的"女胜利者"型帆船的前舱室里安装了固定的管道。但是，廷茅斯电子号在咆哮西风带连续的恶劣天气中根本无法应付渗漏的问题。——原注

1）你怎么样？

2）一切都好。

3）整理机械零件时遇到了问题——戴夫·贝克会整理好的。（这指的是制造"领航员"时家里遇到的问题）。

克莱尔·克劳赫斯特证实说，电话就是这些内容。克劳赫斯特也没有跟斯坦利·贝斯特提起他（关于航行）进退两难的困境，尽管这是他打电话的最初理由。很明显克劳赫斯特改主意了。克劳赫斯特的无线电日志里完全没有提到这个电话，但是贝斯特写下了关于电话的内容回忆。克劳赫斯特说他身体很好，但是对现在的进程很失望。他说自己的方位（乐观估计）在马德拉群岛以北几百英里。但是，谈话主要围绕着抽水的问题。他要求贝斯特核实一下是否有任何管子放在船上，然后问问周围的人该怎么办①，准备 3 天内再打无线电话。

接下去的周末，默里·塞尔在《星期日泰晤士报》上写了长文，称比赛到了这个阶段——"这星期决定一切"。亚力克斯·卡罗佐正艰难地前往里斯本，已经跟不上比赛了。对他而言，匆忙起航带来的问题没有体现在他的船上，而体现在健康上——他因为胃溃疡病倒了。比尔·金的高尔韦·布莱泽号在南大西洋的风暴中折断一根桅杆，变成了一只"海龟"，正被拖进开普敦。诺克斯-约翰斯顿已经打破了奇切斯特不间断航行的长度纪录。他

---

① 约翰·埃利奥特建议在舱口周围使用西尔拉斯提克密封圈，可能的话，钻通浮舟中央舱室的隔板，那里有作为自动扶正系统一部分的固定抽水装置。贝斯特自己想了很多主意，比如，把浮舟装满空的特百惠容器，这样就永远沉不下去了。——原注

正在新西兰附近,他的船损坏得很厉害,他的自动驾驶装置在翻船时粉粹了,他的船舵也坏掉了。但是,他干劲十足地修好了所有的东西,继续在奋斗中前进。泰特利已经超越了多体船的最长航行纪录,正在靠近好望角。尽管穆瓦特西耶没有无线电(他拒绝了所有给他装上无线电的企图,他认为无线电既让人生气,又危险,因为它让人从严肃的航行中分心),却众所周知地跟诺克斯-约翰斯顿拉近了距离。与此同时,他在航海日志里满满写下对文明的温和的指责,并且十分享受咆哮西风带。他的同胞富热鲁恰恰相反,很不喜欢咆哮西风带,狂风把他的船掀翻,船上大部分物品都损坏了。他断定文明毕竟不那么糟糕,正心怀感激地前往干燥的陆地。

塞尔唯一没什么兴趣写到的参赛者是克劳赫斯特。事实上,比起其他人,对克劳赫斯特而言才是"这星期决定一切"。他只是没有告诉任何人。

克劳赫斯特通过无线电,零零星星地听到了关于其他参赛者的新闻,这一定既让他感到害怕,也激励了他。新闻强调了在大洋中驾驶小船的危险性。但是,随着他的对手越来越少,他又燃起了微弱的希望,无论如何,假如他完成了航行,他也许就是唯一的一个。甚至诺克斯-约翰斯顿也似乎不可能回到英国,他的船都损坏了,尽管克劳赫斯特——从 11 月 19 日的"一点新闻"里——听说他驶过新西兰时,在航海日志里羡慕地写道:"他当然做得很好。祝他好运,这头猪。"

克劳赫斯特犹豫不决,几乎陷入瘫痪般的停顿状态。接下来三天,他在马德拉群岛北面的糟糕天气中慢慢兜着圈子,整个星期他只往南航行了 180 英里。

有证据表明,当时他差点驶入最近的海港丰沙尔(马德拉群岛首府),但很快放弃了。除了航海日志,克劳赫斯特身边还有一本大开面的便笺簿,用来写些零散的笔记。这些笔记有几张保存了下来,他在其中一张上画了丰沙尔的详细地图,进入港口的所有必要信息都在上面,包括潮汐、陆标和停系泊处等。船上还有跟他的航行有关的几卷《海军航海指南》,其中描述了全球的海岸线和伴随着它们的航运风险。当克劳赫斯特出发时,他的《航海指南》是新的,没有打开过;航行结束后,关于马德拉群岛港口的几页留下了很重的翻阅痕迹,还加了注释。

11 月 21 日,星期四,他第二次打无线电话给斯坦利·贝斯特。这时克劳赫斯特的行为确实变得很神秘。我们知道,他想向他的赞助人倾诉所有关于时间和金钱的困难。只要他充分地诉说自己遇到的困难和悲惨境地,贝斯特也许会被感动到主动提出放弃航行,这样就不是克劳赫斯特的过错了。打第二个电话之前,他甚至把《航海日志一》中推出的所有可能性转抄到无线电日志里,准备一条一条列出来。

但是,斯坦利·贝斯特又说了一遍,他们根本没有提起退出的话题。谈话持续了七八分钟,贝斯特说,主要是讨论排水的技术问题。克劳赫斯特还警告说,因为发电机的问题,将来可能不会再发无线电报。

这最后一点是通向克劳赫斯特的真实意图的第一条线索。他不肯坦白的一种解释是——因为克莱尔在廷茅斯——他终究无法丢脸地承认失败。然而,也有另外一种可能性。在计划打电话和实际上跟贝斯特说话之间,可能他的头脑里形成了另外一个解决问题的方法——这样可以抹去眼下的失败——这个解决办法,他不能跟贝斯特商量。

这是未来欺骗行为的第一条线索,我们只能证实克劳赫斯特的实际行动,因为此后他在航海日志里的叙述变得寡言少语。11月20日和21日两天,他只讳莫如深地写了一条简短的日志:"天气很糟,只能逆风停船。舱口的问题让人很沮丧。"然而,他看上去肯定作了某种决定,因为他的航行方法马上有了新变化,航海日志中对进退两难的讨论突然停止了。

第二天早上,他直接提到了更换哈斯勒伺服系统叶片的任务,叶片在11月20日的大风中折断了。这是件棘手的工作,因为固定销和夹子跟断掉的叶片一起不见了,他只能临时凑合。然后,天气好转,他开始下定决心往西南方向行驶。

星期六,他甚至决定爬上桅杆,解开前帆升帆索的双层土耳其结——这项工作他从廷茅斯开始就拖到现在。这件事立刻使他恢复了活泼自信的最佳状态,他写到了快速帆船,跟独特的克劳赫斯特式数学科普结合起来:

> 在桅杆上,我得紧紧抓着,因为即使现在只有相对很小的海浪(7英尺高),上面都会有很快的加速!我不知道这跟在快速帆船上比怎么样。桅杆会低一点,但也许一样可怕,我想因为大船更容易移动。快速帆船的实际移动距离会更大,但即便是在最糟糕的天气中,加速度也是一样的。动力学的有趣问题。无论如何,爬桅杆是很好的锻炼——我感觉

精疲力竭。"现在我要去锻炼身体了。"他说,每天两次消失在桅杆顶上!

现在他的平均速度每天超过 100 英里,为了不撞上马德拉群岛,他不必要地往西绕了一大圈(他的航海经线仪不怎么好使,因此他的导航不太准确)。"显然看不见马德拉群岛,"他不满地写道,"那样也不错。丰沙尔听上去令人愉快。"他起草了几封给罗德尼·霍尔沃思的、语气快乐的新闻电报,但因为无线电的情况无法发出。这几稿都喋喋不休地谈论着帆船遇到的问题(解释了他这几周前进缓慢的原因),但是,他最后改主意写了新的短讯:"比赛到了决定性的关键时刻。"

现在,他终于驶过了主风向是西风的海域。他面前的是东北信风带,可以连续一千多英里顺风航行。现在,他的三体帆船至少可以一往直前了。帆船驶过信风带的表现要非常精彩,才能让人相信他能继续航行下去。

克劳赫斯特的新意图的第二个线索出现在 11 月 26 日。他突然写道:"我显然会用完航海日志的空白。"没有明显的原因,然后宣布他会写两倍的日志,每个空行写两行。《航海日志一》余下的记录都是以这样微小的字迹写的,一页纸上能写超过一千个词。这是一个奇怪的决定:《航海日志一》里面还有 150 页空白,我们知道(除了无线电日志)还有两本空白日志。克劳赫斯特显然不会用完航海日志的空白——除非,他需要余下的航海日志另作他途。

与此同时,克劳赫斯特放弃了航行记录在右边、记叙文在左边的格式。他开始仅在航海运算中穿插简短的评论。评论本身

突然显得僵硬、不自然、不合逻辑:

> 卡普里鸡肉配新鲜洋葱非常美味,另加上豌豆干和
> 奶酪。
> 把小前帆升上帆杆。升帆的时候控制帆杆和帆遇到
> 问题。
> 观测到:球形物体、铁锈色、⅔没入水中。距离 4 根锚索
> 远。船旁边漂着垃圾、污物。也许是裂开的垃圾箱?
> 看上去直径 3 英尺。

现在,日志很整洁,显得不自然。他在导航结果上小题大做地画了两条下划线。经常有替自相矛盾的航线辩解的话:"金星的观测结果很令人担心""汉米尔顿航海经线仪停了……""重做了清晨的观测""那么我们在那儿!"在某个地方——翻过一页—— 一系列航海里程数突然减少了一百英里。当然,也许航海里程只是误读了——但是,里程数的错误不会延续到后面。这几页给人强烈的印象是按照准备好的草稿誊写出来的。

然而,我们相信直到 12 月 5 日,《航海日志一》里面的主要航海记录依然大致准确。这一天之后,航海记录肯定是杜撰的。

认为先前的信息准确的证据是间接的,但很有说服力。首先,12 月 5 日之前,克劳赫斯特没有理由伪造航海记录,尽管我们会看到,他后来这么做的特殊原因。其次,我们的航海顾问①检查

---

① 克雷格·A·里奇上校,伦敦航海学院讲师。——原注

过克劳赫斯特所有的计算,12 月 5 日之前,几乎没有特别自相矛盾的地方。还有第三条起辅助作用的证据,依据不是他的航海日志,而是在他的船上发现的文件。

克劳赫斯特起航前,别人给了他一叠廷茅斯城区议会的便笺纸。上面写着:

唐纳德·克劳赫斯特,独自驾驶帆船,不间断环球航行

在……装有这条消息的瓶子放入了大海…………几小时在…………196……我的方位是…………我的航海里程记录是…………英里

签名………………

这条消息的发现者将得到奖励,
假如他把消息寄给 D·H·夏普先生。
英国廷茅斯比顿豪斯

他们的想法当然是让克劳赫斯特把这些便笺装在瓶子里,每隔几天在世界各个大洋扔出瓶子作为宣传活动。我们会记住,克劳赫斯特使用一支非常硬的铅笔,所以每当他填写一叠便笺纸上面的一张,字迹就会印到下面空白的便笺纸上。事实上,航行结束后,我们检查了空白的便笺纸,一叠纸最上面一张可以看出两条日志的字迹。一条是 11 月 24 日,还有一条是 12 月 1 日。

我们从他接下去的行动中知道,在杜撰的航行期间,不管是真是假,克劳赫斯特都特别不情愿提供他的行踪的准确信息。当然,他也不会自动提供扔瓶子的确切时间和经纬度。这些都暗示直到 12 月 1 日及其后的几天,他在航海日志里记录的都是正确的位置。同样重要的是 12 月初以后,他突然停止了扔瓶子。

他在 11 月 26 日换了一本航海日志,理由也许是想试验一种新的信息量较少的日志模式,接下去伪造日志会更容易。他给了自己十天时间,来建立起新的版式。然后,12 月的第二个星期,从 6 日星期五起,克劳赫斯特开始故意地系统伪造航海记录。证据是毋庸置疑的。他甚至有可能故意把日志藏起来,因为他知道别人会发现。

12 月 10 日,克劳赫斯特接近了信风带的末梢,他接下去给埃克塞特的罗德尼·霍尔沃思发了一封慷慨激昂的电报,提供了他前五天的里程数:

新闻稿——德文郡通讯社 埃克塞特
向南飞驰 星期五 172 船首三角帆杆折断
星期六 109 星期天 243 新纪录
单人航行水手 星期一 174 星期二 145
东北信风带结束

霍尔沃思一定很高兴。前两个星期的电报非常愉快,这是真的——记录了令人满意的过程,接近佛得角群岛时,出现了不可

152

避免的"飞鱼早餐"。但是现在他的男孩实现了他所有打破纪录的承诺。12 月 11 日,霍尔沃思接到克劳赫斯特的无线电话,告诉他进一步的细节。然后,他开始急切地通知报社这些打破纪录的胜利。《每日镜报》的故事很典型:

单人水手宣布创下新纪录

环球航行帆船手唐纳德·克劳赫斯特昨日宣布创下单人水手纪录。

上周日,他航行了 243 英里——他相信这是单人帆船手在 24 小时内航行的最长距离。

皇家西游艇俱乐部的航海秘书特伦斯·肖上校昨日称:"恐怕没有任何人做得更好。"

来自萨默塞特郡布里奇沃特的唐纳德,是《星期日泰晤士报》组织的环球航行比赛中留下的四名帆船手之一。

他现在赤道以南,正前往开普敦。

新闻中宣称的距离几乎肯定创下了纪录:先前的最佳航行是杰弗里·威廉姆斯发布的,他在六个月前《观察家报》举办的横跨大西洋航行比赛中,记录到约 220 英里的里程数。三天后,《星期日泰晤士报》的报道中,长篇引用了克劳赫斯特打给霍尔沃思的兴高采烈的无线电话内容。第一次,克劳赫斯特没有屈尊成为比赛综合报道的最后一段。他的名字排在所有剩下的人前面:

克劳赫斯特航速打破世界纪录？

上周日，唐纳德·克劳赫斯特，《星期日泰晤士报》环球单人帆船比赛最后出发的人，驾驶他的41英尺的三体帆船廷茅斯电子号，航行了激动人心的243英里，有可能打破了纪录。鉴于他前三周非常慢的航行速度，这项成就显得更加了不起了；跟其他参赛者相比，他花了更长时间抵达佛得角。

克劳赫斯特在他最后的无线电通报中说，他一天24小时都在驾驶帆船。"这需要非常强韧的神经。我这辈子都没有开得那么快，我的速度只能达到15节，因为海浪从未超过10英尺高。假如我再有机会，海浪更高的话，我不知道是否会抓住机会，因为可能太危险了……"

作为一种公关宣传，打破纪录带来了不可思议的成功。它重新唤醒了一种可能性，即使在这么晚的阶段，也有可能拉到商业赞助。只剩下另外三名参赛者——诺克斯-约翰斯顿、穆瓦特西耶和泰特利——有人甚至认为克劳赫斯特可能成为比赛胜利者。霍尔沃思通过发布未发表的真实历史文本，巧妙地让故事在《星期日泰晤士报》上刊登了一个星期。

我们得承认，新闻记者之外有一两名表示怀疑的人。弗朗西斯·奇切斯特爵士打电话给《星期日泰晤士报》，称克劳赫斯特"有些开玩笑"，需要仔细地核实消息。他的建议显然不现实，因而被驳回了。给比赛组织者提供航海方面建议的克雷格·里奇上校，表示他相当惊讶。他一直在记"表现指数"，记录了航行同一阶段,参赛者和奇切斯特的速度的比率。跟其他指数相比,这个指数显然更恒定,但克劳赫斯特的速度像个溜溜球一样上下起伏。但是,在《星期日泰晤士报》的报道中,里奇的怀疑仅体现在第一段非常惊讶的语气上。此外,只有《观察家报》的游艇记者弗兰克·佩奇暗示过他的怀疑,称这是"唐纳德·克劳赫斯特典型的坦率宣言,现在他是比赛中可怜的第四名"。在很大程度上,舰队街和游艇世界完全相信克劳赫斯特的故事。

现在,我们能够回到廷茅斯电子号上,探究到底发生了什么。第一个星期,这艘三体帆船在信风带前面行驶,速度得到了充分的表现,但不是很引人注目。克劳赫斯特也许确实想创造 24 小时纪录,但他最长的行驶距离大约只有 160 英里左右。他知道信风带很快会结束,假如他想创造戏剧性的表现,重新树立起信心,那么只有现在可行。

然后,从 12 月 7 日到 11 日,他开始在一大张空白海图的左上角写下真实的航行细节——这是放在他的海图桌上的一堆海图里的一张。就像在正常的航海日志里一样,计算整齐地写成一列列,但是不同寻常地记录了大量太阳观测。这样额外细心地导航,不是为了直接帮助伪造数据,而是因为还有几英里航程,他就要经过佛得角群岛,但他不敢依靠他通常的不稳定的算法。要是在陆地上被人发现,那一刻就会非常尴尬,要是搁浅就更糟糕了。他作了恰到好处的判断,正好在离开圣安唐岛①尖端 14 英里的地方绕了过去。这条真实的记录表明,克劳赫斯特实际上沿着西南

---

① Sto Antão,西非佛得角第二大岛。——译者注

偏南方向笔直航行，表现非常出色，但没有打破任何纪录。

克劳赫斯特打开了另外一大张海图——把两张海图并排放在一起——开始另外编造一套杜撰的航海细节。在许多方面，他的伪造展现了对整个航行令人惊讶的专业技术知识。从想象出的距离，倒推出一系列每天的位置，并且根据磁偏角和其他表格，推算出正确的太阳观测，这是一种艰难而陌生的工作，比诚实的导航困难多了。

他清楚地知道，自己会被击败——威廉姆斯的里程数超过了220英里——他选择了更高的安全数字（但不太夸张）：243英里。他为打破纪录假设了似乎合理的条件（东北偏东风，6级，风速大到25节，却只有中等海浪）。他根据太阳设计了看似准确的航行定位。然后，他在第一张海图上写下另一个一丝不苟的小表格。表格有两栏。他在右边一栏写着从前一天中午到第二天中午的实际距离。他重复地把左边一栏的字迹擦掉，直到数据变得最为可信，这就是他"宣布"的距离：

			宣布	实际
星期四	5	}	172	60
星期五	6	}	109	110
星期六	7	}	243	170
星期日	8	}	174	170
星期一	9	}	145	177
星期二	10	}		
			843	687

这里他似是而非、东拼西凑的天赋发挥到了极致。为了听上去像真的,有必要来一次可信的小小事故。所以,他在表格里星期四到星期五的航行旁边,用铅笔写下评注:"帆杆断裂。"他后来加以润色,将其写进了航海日志。

他把这些距离换算成方位和太阳观测时,在两张纸上写满了算式和导航图,煞费苦心地反复核实。这里要避免两个陷阱。在航行的这个阶段,他依然有可能被过往船只看见,所以他不想让伪造的航程离开真实的位置太远。为此他发明了一种巧妙的数学解决方案。他把伪造的航线往西推进,然后再折回来——虚构的三角形两边给他的纪录增添了额外的里程数。他也十分小心地确保伪造的航线,跟真实航行一样,不会进入佛得角群岛任何岛屿的视野。为了确保万无一失,他在伪造的空白海图的危险地带画上了阴影。最后的结果记在第二张海图右边,一列整齐的太阳观测数据、计算出来的方位和每日里程,被精心抄写到航海日志上。

航行结束后,我们在廷茅斯电子号上发现了两张空白海图,现在我们保存着这两张图。我们找到的所有文件和图表中,这两张图颜色最黄,边缘卷了起来,上面涂画得也最多。它们显眼地放在船舱里,克劳赫斯特没有想要把它们藏起来。

我们没办法确切知道伪造的记录是什么时候抄录进航海日志的。也许,他到12月20日还没有把数据搞好,因为图纸上有一个关于赤道附近的圣保罗岩石的注释,直到当时才经过那里。但是,后来某一天,克劳赫斯特把它记了下来。在记下来之前,他不得不把12月6日已经写好的某些细节擦掉,这些细节可能跟伪造的航线不一致。他小心翼翼的迹象是,这么做了以后,他写下

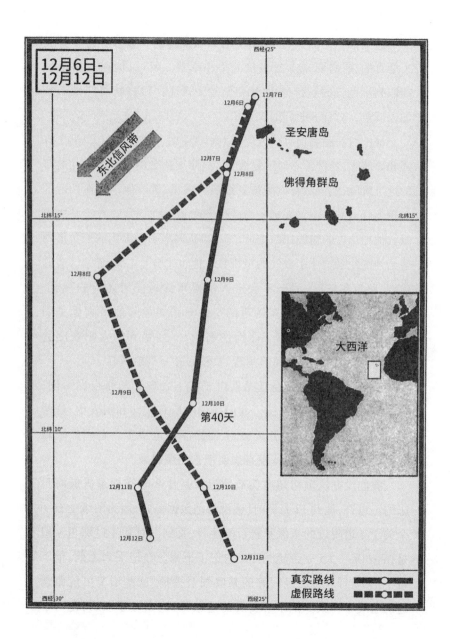

解释的话:"不准确的太阳位置。也许震得虫子爬回了船舱。"他忽略了每日里程自相矛盾的一些小问题,但是,这也许不是太重要,因为他的里程数字到处都记录得很不规律。

他把细节抄录到航海日志里时,忍不住加入一些描述,好让记录看上去更逼真。叙述的部分值得研究,我们能确定克劳赫斯特在撒谎时,就会有这种鲜明的语气:

12 月 6 日,星期五

继续往南行驶。约 24 小时内航行了 69 英里,并没有那么着急赶路,晚间行驶安全而舒适——差不多如此。应该试试从前一天中午到第二天中午航行 240 英里。必须想出确定中午位置误差最小的方法。我会告诉罗德尼,我们驶过了佛得角,差不多 18 点我们会在那里。吊杆端舷侧支索裂开了,船首三角帆杆折叠在侧支索上了——该死!

"该死"这个词是后来加上去的,用铅笔写得整整齐齐,毫不褒慢。有证据表明克劳赫斯特的船首三角帆杆确实在某个时刻断了。然而,很有意思的是,奇切斯特的《吉普赛飞蛾号环游世界》里最令人难忘的事故之一就是船首三角帆杆断裂。

12 月 7 日,星期六

13:37　这些景象看上去不错。太阳在正前方。

13:40　改变航向。升起第二大船首三角帆。

14:00　航行很顺利。风向东北偏东 6 级大风,风速超过 25 节。

16：00　　天气条件很好，平稳而清新的风。海浪不高于 10 英尺，速度不超过 10.5 节。（这里有个小算式，仿佛他是从里程数算出速度的。）如果这有把握的话，我们肯定能行——这里有海潮，往西航行的话时间更短。巨大的风帆，但是看见有个奇怪的大约 4 平方英尺的筏子，两边两个球形的浮舟浸入水中，就好像把手一样。那筏子猛冲过到 20 英尺开外——让我想起大海表面并非全是海水！风力保持恒定，天气转晴。我想，威廉姆斯的航程是 232 英里[①]。为了确保跟他的航程对等，我必须达到 3210 英里（13.40 小时 +12 ＝ 01.40 小时 -2 994 英里[②]）。船头可以看到壮观的日落。注意到天空的红霞倒映在蓝色的海面上，海水染成了明显的紫色。将近傍晚，天空变得晴朗，但是风依然在吹。

12 月 8 日，星期日

01：10　　假如风一直这样吹下去，我就能行！看起来风像是会永远吹下去！

13：35　　完成了！太阳还在升高。

（接下去是导航计算，以"证明"他的航程记录。）

16：38　　今晚我休息得很早。烧了一大块咖喱牛肉，啤酒煮西班牙肉菜饭。饭煮得很好吃，但多出了一大份食物。现在，我撑得简直动弹不了，但我想我会睡得很香。普赖尔还在

①　克劳赫斯特的数字有点偏高。——原注
②　原稿如此。——编者注

附近——我叫它彼得·普赖尔。我不知道它通常靠什么生活？我猜，跟先前那个是同一只？一定是的，因为我只看见过一只。假如他们交换位置，我会看见其他的，对吗？多么美妙的生活！它看上去不怎么喜欢水，但我想它一定会游泳？

12月9日，星期一。今天航海里程记录航行了174英里，没有太费劲！

假如克劳赫斯特从航行中胜利归来，拿出航海日志等待检验，人们会相信他伪造的记录吗？出乎意外的是，我们可以回答这个问题。我们研究克劳赫斯特船上的文件时，起初没有意识到两张空白海图的重要性。因此，我们请里奇上校检查航海日志里导航自相矛盾的地方，但没有提醒他去找伪造的证据：实际上，当时我们认为《航海日志一》完全是诚实的。

里奇上校在里程记录周围的日志中，注意到一两处轻微的怪异，但是，没有什么驱使他得出太阳观测位置是伪造的结论。

然而，他确实在文本的层面提出了疑问。他注意到整个星期的日志明显是用同一支铅笔写的，铅笔的粗细没有变化，写作的风格和速度没有变化，在忙碌的航行中不应该会这样。而且，航海日志中的评论听上去不像真的。

这本航海日志不会让疑心重的人相信克劳赫斯特的话。假如疑虑存在，就有可能看出更多的蛛丝马迹。另一方面，没有人有足够的证据，会冒着诽谤的风险，公开抨击克劳赫斯特。他有很大的可能就此浪得虚名。

10

计　划

　　杜撰速度纪录跟杜撰整个环球航行完全是两码事。直至 12 月 12 日星期四,没有确切的证据表明,克劳赫斯特打算撒这样一个弥天大谎。然而,对克劳赫斯特头脑中的想法,那天有一条更加明确的线索。他拿出了第二本大开面蓝色练习簿,开始用来写航海日志。

　　推理很明白。每个水手都需要记一份每天的航行记录来导航。克劳赫斯特打算在新日志《航海日志二》里记录。同时,他把《航海日志一》放在一边,这样他以后可以继续虚构越过好望角、澳大利亚、合恩角以及回到大西洋的航行记录——当然,假如他打算把欺骗进行到底的话。

　　注意附文也很重要。每种迹象都表明,他对这个计划心神不宁。他还没有想通所有的问题,但是,他知道即便是最直截了当

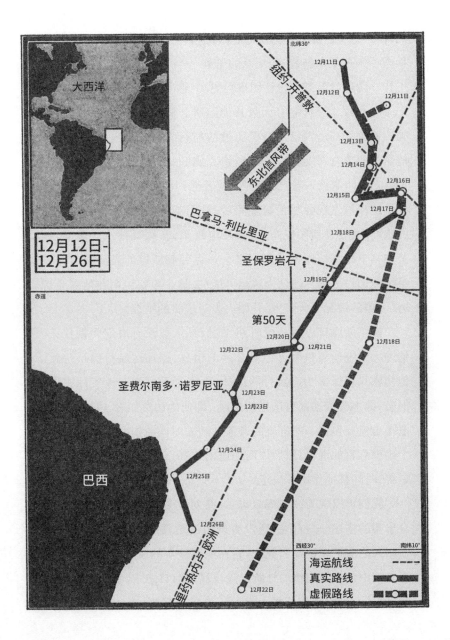

大西洋

12月12日-
12月26日

北纬30°

纽约-开普敦

东北信风带

巴拿马-利比里亚

圣保罗岩石

赤道

第50天

圣费尔南多·诺罗尼亚

巴西

纽约-热内卢-欧洲

12月11日
12月12日
12月11日
12月13日
12月14日
12月16日
12月15日
12月17日
12月18日
12月19日
12月20日
12月21日
12月18日
12月22日
12月23日
12月23日
12月24日
12月25日
12月26日
12月22日

西经30°
南纬10°

海运航线
真实路线
虚假路线

163

的部分——虚构有说服力的书面材料——也没有那么简单。他杜撰了一页纸来创造"破纪录的里程",当时花了他几小时耐心的工作。伪造导航细节也许困难会更少,假如不需要跟精确的航程记录相一致,但是,会有无数其他陷阱。假如别人核实天气报告呢?他怎么描述自己没有经历过的航行条件?别人会不会发现他东拼西凑奇切斯特、罗斯、斯洛克姆和杜马的文字?更加直接一点:假如他被人看见并报告,或者遇到困难、需要帮助,该怎么办?这样被发现会很丢脸。然后,最困难的是,他会受到英雄般的欢迎,会召开新闻发布会,接受电视采访,跟其他水手聚会,颁奖晚宴上跟奇切斯特一起回忆……克劳赫斯特的表演能力会把事情掩饰过去吗?他认为这是可能的,这个事实说明在他深受折磨、无望的情况下,他已经开始失去对现实的把握。

换了航海日志后一段时间,他最终依然没有决定要做什么。他的无线电通信只剩下绝对必须的信息,跟环球航行保持一致。他仿佛只想保留伪造航行的选择,而不是无可挽回地实际去做。但是,他不会永远都有选择的余地:即便他讳莫如深、模棱两可的电报也需要包含一些进展的迹象。随着时间流逝,简单地到达某个出乎意料的港口,然后体面地退出比赛,似乎越来越不合理了。最终,时间替他作出了决定。

我们可以认为,《航海日志二》是对克劳赫斯特的真实航行完全忠实的描述——首先,这没有理由不是真的(他毫无疑问打算在归来之前把它销毁),其次,它在能够核实的所有地方都完全准确。其中包含了完整的导航记录,跟《航海日志一》后面的记录很像,但是不再像是从草稿上誊写下来的。然而,旁边的评注越来

开始航行：克劳赫斯特在波涛汹涌的
大海里扬帆起航。
（德文郡通讯社/《星期日泰晤士报》）

165

越少,后来逐渐没有了。它们看上去就像个人备忘录,很少有解释说明和文字加工。毕竟,《航海日志二》不是为了公开检查写作的。

然而,拿航海日志对照一下无线电日志、克劳赫斯特的其他文字(后来写得非常多)、船上的文件、BBC的录音和我们在航行后进行的调查,我们就能继续重构事情的顺序和大量细节。

12月12日星期四一早,克劳赫斯特被发现因无风而停在赤道以北7度、离开利泽德3 300英里的地方。东北信风带在他身后,《海军南大西洋路线图》(他正开始研究这个)告诉他赤道无风带和东南信风带的风平浪静以及一阵阵暴风正在前方等待。他知道在这些情况下,他的三体帆船表现不会很好——然而,他不得不前行,因为他不敢让想象中的路线太超前于真实的位置——被发现的风险太大了。他在繁忙的巨轮航道延误了——这是他最不希望耽搁的地方。他的路线图显示,他正处于海上克拉珀姆交汇站①,北美前往开普敦、南美前往欧洲、西非前往巴拿马运河的路线,都在这里汇聚。他决定暂且推迟声称有惊人的进展。

清晨天色渐亮,风速20节的暴风从东面猛烈地刮来。暴风造成了另一场灾难,航行延误得更久了。克劳赫斯特简洁地记录道:"哈斯勒自动驾驶设备的侧板失去了控制。船舵急速摆动着往西行驶。"

接下去的晚上,他的哈斯勒自驾设备依然没有用,暴风越来

---

① Clapham Junction,伦敦铁路车站,交通枢纽。——译者注

越猛烈,他得在船首三角帆下面打两个结,还得花几个小时顶风停船。但是,他的新计划需要乐观的宣传。那天晚上,他给霍尔沃思发了电报:

> 昨日 45 节直线暴风 哈斯勒风向标和主伺服系统装配板粉碎 能想办法修理

星期六,他四小时内看见了三艘蒸汽帆船,他感到很兴奋,所以在《航海日志二》里唯一一次以"舆论的腔调"愉快地写下:

> 22:05,船尾西南方向航线上有一艘蒸汽轮船。打出闪光信号 MZUW MIK。没有答复。回答……以……不确定的前景。
>
> 01:30(星期天):两艘轮船在离开我的船尾 1.5 英里的地方擦肩而过!两者都往跟我相反的西南方向行驶。大约每行驶 1 000 英里,就会碰到一艘轮船,却看不见陆地。不过,我猜在合恩角不是这样的。

很有意思的是他提到打信号闪光灯。MZUW 是廷茅斯电子号的摩尔斯电码呼号,他接下去打了 MIK——"把我的方位报告给伦敦劳合社。"假如他真的这么做了,那么这肯定是航行中最后一次。这个航程中,他只向劳合社汇报过一次——那是在 11 月,从廷茅斯出发几天后。他带在身边六套白天使用的 MIK 旗帜(足够永远飘扬)几乎从来没有用过。航行之后,五套旗帜还是簇新的,第六套依然还有褶痕,尽管金属夹子上的轻微锈迹说明旗帜曾短暂暴露在海风中。从现在开始,他会把旗帜存放起来,避开其他轮船越远越好。

克劳赫斯特接下去的路线——西南方向往赤道航行,然后到达巴西海岸——依然有可能被南美的船只看见,但是,他现在决定冒适当的风险推进伪造的航线。起初,他只能撒一些小谎。

他开始根据《海军路线图》计划自己杜撰的航行。刚开始,他在地图左边做了一些计算:24 小时乘 4 节等于一天 96 英里;96英里乘 7 天等于一周 672 英里。他显然觉得这样现实的估算还不够,因为当他开始谋划伪造的方位时,发现到达那些地方需要更快的速度:

	伪 造 的 方 位	实 际 方 位
12 月 18 日	赤道以南 3 度	北纬 2 度
12 月 22 日	南纬 10 度;靠近巴西东北方向	南纬 2 度
12 月 24 日	南纬 15 度;里约热内卢东北方向	南纬 6 度
1 月 5 日	南纬 35 度;布宜诺斯艾利斯和开普敦之间	南纬 17 度
1 月 15 日	南纬 42 度,西经 12 度;咆哮西风带的戈夫岛①东南方向	南纬 22 度,西经 33 度

他计算好伪造的进程后,在 12 月 17 日下午把第一封故意误导的电报发送给罗德尼·霍尔沃思:

① Gough Island,南大西洋的一个岛屿,距离南方开普敦约 1 000 海里。——译者注

通过赤道无风带 越过赤道 再次快速前进

这封电报包含了三个谎言。克劳赫斯特还在赤道以北 180 英里的地方。四天来,他只向南航行了 150 英里。他看起来发现了迄今最快的穿越赤道无风带的通道。然而,克劳赫斯特之前已经打破纪录,霍尔沃思和整个世界都没有出乎意料的感觉。媒体几乎没有注意到这条消息。

12 月 20 日,克劳赫斯特发送了一份更戏剧性的进程报告。他在发送前,用铅笔把伪造的 12 月 22 日的位置经纬度,从路线图抄写到无线电日志里。因此,他的电报甚至比他自己的计划更超前一些:

离巴西不远 平均每天航行 170 英里 猛烈的西南信风 句号 祝廷茅斯圣诞新年快乐

这里他无意中说漏嘴,泄露出所有给媒体的电报都是伪造的。他把从巴西海岸吹来的东南信风,误称为西南风——假如他真的在那里,根本不会犯这样的错误。然而,没有人注意到这个错误,对于国内兴高采烈的粉丝来说,这无论如何都是一件无关紧要的琐事。现在,他们对他实际上在哪里只有很模糊的概念。"离巴西不远"是经典的模棱两可——实际上可以用来形容大西洋中部或南部的任何地方。至于克劳赫斯特宣称"每天航行 170 英里",充满讽刺的是,他现在正在经历航行中迄今最慢的一天,从中午到中午只航行了 13 英里。(也许他正在修理哈斯勒自驾设备?他没有说。)后来,波蒂斯黑德无线电操作员例行公事作了检查:"确定每天航行170英里。"是的,170英里是正确的,是克劳赫斯特敲出的电报。

但是,尽管克劳赫斯特表现出欺骗性的自信,他的内心还是充满了怀疑。他的脑子里还在犹豫,到底是老老实实地前进,还是光荣地退出。有两个证据可以证明这一点。

第一个证据表明,即便到了这个阶段,他也没有完全放弃修好船继续环球航行的希望,尽管他的逻辑告诉他这是不可能的。《航海日志一》后面列了一系列他需要完成的工作。他没有标注日期,但是看上去像在12月12日到21日之间。① 清单写道:

1）检查舱口的密封圈,连接好浸入板

2）制造空气绝缘盾

3）准备应急袋,列出应急行动

4）排出海水

5）装好浮袋。连接绿色桅顶灯。连接浮袋和软管。

6）找出浸入板引线

7）整理好控制面板和卡片

8）修理香农无线电和发报机

9）装好船舱里的东西

10）修理前帆杆

11）装好脱开帆缭绳的装置

---

① 《航海日志一》后面仍然用来写各种笔记,一张航海经线仪的评价表和原创写作。12月12日是一张故障列表的最早日期,其中包括前帆杆断裂和哈斯勒自驾设备损坏。12月21日船上发生了另一个严重故障(马上就要提到),但是没有列进去。这个日期也得到了航海日志里其他文字的证实。——原注

12）装好给浮袋充气的装置

13）装配发电机

14）重新组装发电机控制盒

15）重装后桅帆缭绳

16）修理哈斯勒自驾设备

可以看到，清单包括了最初关于自动扶正系统的所有计划，连接浸入板、控制面板（在比较重要的日子里，他称其为"计算机"）、二氧化碳充气装置、通向浮袋的软管和浮袋的配件，克劳赫斯特认为在南大洋这是必要的。此外，他甚至想完成脱开帆缭绳的装置，当船面临倾覆的危险时，这个装置能松开风帆。其他物品，比如空气绝缘盾（防止大浪溅入）和准备应急袋（帆船沉没时使用），都说明克劳赫斯特正认真考虑如何在恶劣的天气下航行。

12月21日，克劳赫斯特编完这个清单后，很快在《航海日志二》里记下一个新问题："发现右舷浮舟外壳有裂缝。顶风停船。"这个故障让他越来越忧心忡忡，可能最终使他失去了真正环球航行的希望。无论如何，我们知道这一系列的工作几乎没有开始。我们事后检查帆船，发现哈斯勒自动驾驶设备被多次粗糙地修理过，发电机有改造的痕迹，香农无线电话做了大量改动。但是，其他设备没有被碰过。

第二个证据是一大张棕色的包装纸，整齐地折好放在克劳赫斯特用来放文件的公文包里。上面有零星的笔记、电子计算公式和无线电发报机的开关装置电路图。根据他抄录的一些摩尔斯电码信息，可以准确地知道日期，大部分是附近船只收到的祝贺圣诞节的电报。

　　克劳赫斯特在棕色纸上列出了比赛的名单。他写下了金、里奇韦、布莱斯和富热鲁的名字，然后把他们划掉。他在泰特利的名字旁边打了个问号，在比赛领先的穆瓦特西耶和诺克斯-约翰斯顿两人的名字上加了方框。然后，他做了一个标题为"澳大利亚、合恩角和回程的时间"的表格，其中也包括了以前环球航行的杜马、奇切斯特和罗斯。然后，他放弃了这个任务，在旁边画了一幅里约热内卢海港的细致速写地图——跟他六周之前画的马德拉群岛的丰沙尔港一样。地图整理了他的海图和航海指南上的所有信息，列出了港口航道中的灯塔、距离、地标和航行中的危险地带。

　　进入里约热内卢这样的大海港，无法避免不被发现，从而退出比赛。这张地图的唯一解释是，圣诞节前两天，克劳赫斯特正认真思考放弃。

　　克劳赫斯特焦虑地犹豫不决——这样更糟：失败和破产，欺骗和可能暴露，还是冒着生命危险前行？——他又在航海英雄事迹中找到了庇护。

　　他开始发送另一封欣喜若狂的电报给罗德尼·霍尔沃思。这次，他暗示了自己的位置——名义上他的目标是特林达迪岛①，在他的路线图上打算 12 月 24 日抵达的地点以南 350 英里。不幸的是，电报抵达德文郡通讯社的时候，岛屿在传送过程中漏掉了最后一个字母②。

---

① 　The island of Trinidade，巴西的火山岛，位于大西洋海域，距离南美洲沿岸约 1150 公里，属于特林达迪和马丁瓦斯群岛的一部分。——译者注
② 　指 Trinidade 少了最后一个字母，误作 Trinidad，特立尼达岛位于西印度群岛最西南部，与委内瑞拉东北部海岸相望，最近处仅 11 公里。——译者注

愉快享受 绕过合恩角 在最后的东南信风和巴西海潮中向特立尼达岛航行

霍尔沃思把"绕过合恩角航行"牵强地解释为类似于绕过合恩角的航行。他意识到克劳赫斯特的意思不是正在前往西印度群岛的特立尼达。但是,接下去一星期各种报纸都刊登了解释,说克劳赫斯特正前往(并且后来很快经过)特里斯坦-达库尼亚群岛。克劳赫斯特从来没有在电报中提到特里斯坦,只能理解为霍尔沃思混杂着兴高采烈、乐观和无辜的心思,选择了最有可能的方式修改了"特立尼达"这个词。

应该解释一下,特里斯坦在近代快速帆船的航线上,但是比克劳赫斯特认为他正前往的特林达迪远 1 800 英里。而特林达迪比克劳赫斯特伪造的路线上标出来的地方远 350 英里。而标出来的地方比克劳赫斯特的实际位置远 550 英里。

从这一点来看,媒体对航行的报道变得很荒谬。唯一可信的报道是《观察家报》的游艇记者弗兰克·佩奇所写,他也许对各种报道觉得迷惑不解,于是"推测"克劳赫斯特在南大西洋的某个地方。(他碰巧是正确的:五天前,廷茅斯电子号已经越过赤道,进入南大西洋。)

那个圣诞夜,克劳赫斯特也拿出了他的 BBC 录音机,就像他在之前的危机时刻所做的一样,开始对着麦克风说话。

11

圣 诞 节

现在我们在好帆船廷茅斯电子号上，我的手表日期显示，今天是 12 月 24 日，离午夜还有 11 分钟。换句话说，今天是圣诞夜，我肯定这是我度过的最孤独的圣诞夜。我现在已经将近两个月独自一人，这段时间我没有瞥见一眼陆地，尽管我远远看见了费尔南多-迪诺罗尼亚岛的微光，那里在赤道以南，离巴西海岸不远。我从导航指南中看到，那里是刑犯的流放地——我希望罪犯们好好过个圣诞节。

快到圣诞日了，我在做些什么呢？好吧，在这样的航行中有如此之多的事情要做真令人惊讶。任务清单越来越长，每天都有新的故障，或者新的环境需要加倍小心。物品日渐磨损，风帆和用来缝帆边的线也有磨损。这些东西都需要照看，经常翻新。

在热带地区，下午没必要花费大量精力，因为那些活干了几小时后，你接下去就没力气做其他事情了。不管你要做什么，放到晚上做更好，假如必要的话，就继续整个夜晚干活。这样你做的事情会更多，你花的精力会更有效。

当然，帆船的航行是最重要的，路线和计划经不起一点延迟。比如说，一般偷懒一小时的话，你就会慢上半天。

这些话来自唐纳德·克劳赫斯特的圣诞节录音。他又一次感到需要在公众面前表演来鼓起士气，于是，他转向 BBC 的麦克风来治愈自己。他再也不过分担心延迟了，尽管他特别提到高速前进的压力。唯一真正纠缠他的压力是心理上的，因为他要决定到底应该放弃，还是继续他伪造的行程。即便在录音中，也能发现他的紧张，比如他用口琴表演完"平安夜"后说：

噢，这是一支美丽忧伤的颂歌，尽管演奏得不太好，但有种业余爱好的味道……演奏得很糟的口琴能唤起一种孤独和危险的情境，毫无疑问跟很多人心目中的这种乐器有关。这是闪电战或者炮击时——或者一千零一种人们会精神紧张的情况下，有人会演奏的那种乐器。所以，这并非完全不恰当。

我并没有很大的压力，但是大西洋的这个地方与世隔绝，令人非常忧郁，不知怎么我在圣诞夜表演口琴很合适。

无论如何，我不是沮丧或者自怨自艾，但是，此时此地有一种神性——圣诞节——这让人有一点感伤。我思念着朋友和家人，我知道他们也在思念着我，这里的孤独不知怎么增添了远隔千里的感觉，我刚刚演奏的乐曲就仿佛大洋的回声一般。无论如何，够了——我们来聊些开心的事情。

于是，克劳赫斯特又拿起了口琴，颤巍巍地吹奏"上帝赐予你快乐，先生们"。

公众面前的英雄和私下里的克劳赫斯特之间的关系越发紧张。他依然在扮演挑战自然的勇敢的男人，但是，他开始失去了控制。他每句话的语气都在改变，一会儿请求怜悯，一会儿又否认自己需要任何同情。他的态度或真或假越来越私人化。

因为他不着急赶路，手头还有时间。他现在到达了平稳的东南信风带，意味着他可以不用照看风帆，持续前进。跟很多人在意料之外的空闲中一样，克劳赫斯特开始从事业余文学创作和数学运算来寻找安慰。他开始阅读带在船上的书。也许这时他开始研究阿尔伯特·爱因斯坦的《相对论》，这本书尝试用通俗的语言来解释相对论。也许他后悔除了技术手册和数学课本，带在身边的书太少了。

他写下亨德尔《弥赛亚》的片段，他是通过无线电广播想起来的："哦，你将欢乐的讯息告知锡安……""荣光啊，上帝的荣光笼罩你……""他们居住在死亡的阴影之地……"。他还开始写作诗歌，他把诗行记在《航海日志一》后面的纸页上，有些短语在旁边修改过。

他的第一首诗，也许是在赤道附近的某个地方写的，是他的诗歌中最富梦想、最有英雄气息的，也是他最虚伪的一首诗——

无论是语气，还是地理位置。当他创作时，他离南大洋还有2 000
英里：

法　　则
南大洋之歌

南纬三十度和六十度之间，
横亘着南大洋的废弃物。
假如你想知道，这片海洋意味着什么
你必须亲自去那里，你就会明白。
其余的世界也许会涌入缺口，
但是为那些缓慢、粗心、生病与软弱的人，
古老的大自然敲响了野蛮的丧钟，
那里冰冷的白胡子老人缓慢踱步。

在茫茫大海的四千英寻深处，
找不到救生圈，没有信号灯，
也没有航运公司收取费用，
这里潮湿而舒适，睡意全无。
电闪雷鸣之后的年年岁岁，
所有的蛋白质由此而来，
大海深处的静谧，汹涌的海浪澎湃，
这些奖赏已足够，全都一样。

人们在那里能够学习海洋之路，

直接而亘古不变的法则，

几世纪以来，依然挺立，一如既往，

早在人们从海岸返回之前。

不像一团混乱的人类法律，

海洋的法则简单而真实。

她很少盲目打击，而是尽力毁坏

所有计划不周的一切，并不只是新的。

你会有时间重新思考，

关于偏见、权宜和负担的胶片

自落满灰尘的眼眸洗去，又一次

从目光锐利的童年时代，

泄露不受欢迎的细节和失落的地平线，

在你学会使幻想的边缘黯淡，

让长途跋涉的人妥协之前，

在岸上，你永远不会有时间。

　　尽管诗写得装腔作势，跟韵律一样模棱两可，但其中包含了克劳赫斯特的两种真正的痴迷：电闪雷鸣中，蛋白质发展成生命，这样既有诗意又有科学的时刻；在海洋孤独的诚实中，重新创造出童年的纯真。这些想法早就使他入迷，以后他会越来越沉溺其中。他还尝试写过一首给玫瑰的温柔诗歌，假如有任何意义的话，也许算是首情诗，他明显想起了从前分手的恋人，也许是伊妮德。他第一次把自己形容为备受折磨的灵魂：

玫 瑰 花 蕾

纤弱的枝条
几乎没有芳香
美丽
肤浅的语言
无从描述。

为何向着
（奇迹中的奇迹）
一个受折磨的
灵魂
俯下身来？

轻柔地,轻柔地
悲伤,还有
过多的渴望
几乎没有
欢笑。

我会给你满天星辰,
灿烂的阳光。

所有我能给予的
不过是两件
小小的东西。

所以,请先接受
秘密地
我的内心
我的思想
永远。

我也会悲伤地
转头离去
当玫瑰花蕾
完美地
绽放。

天意,永恒的
保护,
充满嫉妒地,守护
你的欢乐
永远。

比较一下克劳赫斯特的文学创作和另一位充满冥想的单人
航行水手伯纳德·穆瓦特西耶的作品,从这一点来看会很有意思：尽管他的航行远比克劳赫斯特更艰险，但他们对于孤独的反应却很相似。穆瓦特西耶也陷入了过于丰富多彩的想象：

> 伟大的海角无法简单地用经度和纬度来解释。伟大的海角的阴影和色彩具有灵魂，非常温柔，也非常激烈。这个灵魂就像孩童一样柔顺，像罪犯一样冷酷。这就是我去那里的原因。这既不是为了金钱，也不是为了荣誉——这是为了热爱生活。

但是，另一方面，穆瓦特西耶的文字自然而直率，对于他的经历的描述，没有任何模仿或想象的痕迹：

> 上帝，像一头动物一样生活有多好，受到温暖柔和的微风轻抚！凝视着南十字星是多么美好，每晚都离地平线更近一些。像醉汉一样睡去，填饱肚子，打出幸福的饱嗝，在太阳底下摊开四肢，直到你变得昏昏沉沉。我再也不害怕见人。我很平静。

即便是他更夸张神秘的段落，听上去也像真的：

> 当一个人连续几个月倾听海浪和风声，如此长久地聆听那无限的语言——他会害怕被残忍地扔进人群去听那些空洞无聊的谈话，那些飞短流长。我不是说自己比他们更胜一筹，我只是在某些地方与众不同了。以前重要的事情不再那

么重要，甚至无足轻重。许多以前不重要的事情，反而变得重要了。自从我离开之后，时间和物质不再有同样的维度。当你走到自己的内心深处，当你拥抱比星辰更遥远的广阔地平线，你归来时的目光就不同了，你会更多凭感觉而不是大脑思考。大脑是扭曲和虚伪的。大脑只有在亲吻你所爱的人们时才有用。而感觉描摹出所有事物的维度、确切的轮廓、真实的色彩和浓淡。我现在就是这样看待事物的，通过皮肤和胃。

罗宾·诺克斯-约翰斯顿——现在他已经越过新西兰——也同样受到圣诞节的灵感激发，进入哲学的沉思。他跟两位单人航行知识分子的差别非常强烈。他以水手的直率语气，非常自然地说话，克劳赫斯特一直竭力模仿这种语气：

当地时间下午 3 点，我喝了一杯向女王致敬，希望自己起得够早，能听到当地时间上午 6 点女王的讲话。不知怎么，聚在一起听这场演讲增添了圣诞节的魅力……晚上，我听到了阿波罗 8 号队员的广播，他们是第一批真正绕行月球的人，这给我带来精神食粮。他们三个人在那里，冒着生命危险以推进我们的认知发展，拓宽困住我们的、这个星球的边境。他们壮丽的事业和我的旅程之间的对比是惊人的……确实，一旦奇切斯特和罗斯证明航行的可能性，除了一位英国人，我无法接受其他任何人首先完成这一使命，我希望自己是那名英国人。然而，我心里觉得那样依然是一种自私。我在起航前,问过母亲对这次航行的看法,她回答说,她觉得这是"完全不负责任",在这个圣诞日,我开始认为她是对的。我驾驶帆船环游世界,因为我特别渴望如此——我意识到自己完全沉醉其中。①

　　圣诞节的那段时间,克劳赫斯特过得很糟糕,充满了自省和自我怀疑。他甚至在当时只有自己能看到的航海日志中写下:"这个圣诞节充满了多余的强烈感情!"他大部分真正的想法记录在了他画里约热内卢地图的一大张棕色包装纸上。他在听 BBC 的海外广播,努力听清当时排行榜前 20 名的歌词(其中一支曲子叫《珍妮弗·埃克尔斯》,另一支是断头台乐队的《粉色莉莉》)。跟诺克斯-约翰斯顿一样,他注意到了阿波罗 8 号在太平洋降落的消息。

　　圣诞夜,他给妻子打了个无线电话,这更给他增添了忧伤。她立刻问他确切的航行位置,这是罗德尼·霍尔沃思要求的。他用奇怪而清晰的声音拒绝了她。他告诉她,他没办法观测太阳。有些事情一定使他感到恐慌。他生平第一次撒下如此弥天大谎,这使得他小心计算伪造的航程变得很荒谬,会把任何想要弄清他的速度的人搞糊涂。他说,他在"开普敦附近的某个地方"。尽管克劳赫斯特这么说,他一定意识到这个谎言已经无情地使他深陷其中。他给出的位置如此失真,在里约热内卢往东 3 000 英里,他无法光荣地驶进这个港口。

_____

① 引自罗宾·诺克斯-约翰斯顿的《我自己的世界》(卡斯尔出版社,1969 年)。——原注

夫妻俩清楚地意识到无线电接线员正在监听电话,即便是在圣诞节,亲密的话也不是私下可以说的。而且,他又一次貌似在恳求克莱尔强迫他放弃。"你在家里还好吗?"他问道,"你确定自己应付得了所有的困难?"克莱尔·克劳赫斯特没有意识到他的状况,感到自己有责任让他放心:一切都很好,她肯定能应付得来。

圣诞日上午,克劳赫斯特一直在等无线电传来让他放心的私人信息。尽管他已经向罗德尼·霍尔沃思、斯坦利·贝斯特、他的家人、甚至布里奇沃特的镇议员们送去了祝福,他还没有收到任何回音(他们的回复都在两天后到达)。清晨无线电广播时间,他在那张棕色的纸上列出了各种没有声音的电台:

0430	Nil	GKL
0435	Nil	GKT4
0440	Nil	GKL
0450	Nil	GKH

他如此痛苦焦虑,因此半小时后他写道:

0527　　　听见叹息声。

这些叹息也许只不过是无线电干扰,但重要的是克劳赫斯特渴望联系到别人,所以认为这是叹息。他独自一人,每天单调地往前行驶,能激发他的想象的事情少得可怜。以他现在的心情,他能把任何微不足道的经历上升到广大无边的重要意义——随着时间流逝,这种情况越来越频繁。他没有收到圣诞节的讯息,就用手头有限的材料——船上的食品、数学知识和 15.402 兆赫兹频率上关于比夫拉湾①的无线电信息——添油加醋地表达出他的悲惨境地。他在那张棕色的纸上,写下一首圣诞日诗歌,这是电子学、数学和关心比夫拉婴儿的痛苦混合体:

> 夜晚不停看守着风帆,
>
> 独自一人,
>
> 绳索悲叹,充满宇宙的忧伤
>
> 也许明天哭泣的鸽子会死去
>
> 在 12.7×10^5 受辐射的橄榄树上。
>
> 叹息使人的灵魂充满悲伤。
>
> 波浪啊! 把我的忧郁冲走吧!
>
> 我的脚凳是装满 10 磅大米的箱子,
>
> 在东北方向 2.5×10^3 英里以外,
>
> 250×10^3 名婴儿会慢慢死去,他们太柔弱了,别大惊小怪
>
> (缺乏碳水化合物,他们告诉我们
>
> 在 15.402 兆赫兹)。
>
> 赫罗德,如此你无法解决人口过剩的问题?
>
> 请记住,那里有位圣诞老人!

　　绝望的情绪也不会改善克劳赫斯特的韵律或押韵,但是,这首诗跟《南大洋之歌》的差别就是真诚的悲痛和装腔作势的"勇

---

① Biafra,尼日利亚南部几内亚湾最东的小海湾。——译者注

气"之间的无限的差距。

圣诞日,克劳赫斯特的位置离巴西海岸不到 20 英里。他有可能看见了陆地。他给妻子打了无线电话后,改变航线向海岸驶去,冲动地需要看见一点陆地和独立生活的迹象。后来,他又转头离去,也许他心里觉得好过些了。《航海日志一》后面翻了好几页之后——也许是好几个月之后,克劳赫斯特写了以下文字:

> 圣诞节在里约热内卢附近。里约热内卢有灯光,发生着奇怪的事情。诗歌是滑稽的文字。

这是一段很不同寻常的话,因为我们现在知道他当时不在里约热内卢附近,而在一千英里以北的海岸附近。岸上只有一座小省会城市,叫若昂佩索阿①。假如他看见灯光的话,灯光就是从那里来的。

然而,他伪造的位置就在里约热内卢附近。他在海军路线图上,小心翼翼地计划自己在那里。当他后来写下这些奇怪的文字时,他也许没有必要伪造这样的观察。所以,这也许是他在巨大的压力之下,幻觉开始代替有意识的造假的第一个迹象。克劳赫斯特十分努力地想象他杜撰的地点和路线,因此他开始假装自己真的经历过这一切。在无声的无线电广播、想象出来的叹息、写下关于正在死去的婴儿的"滑稽的文字"宣泄后,他的幻觉也许短暂地控制了他,成为他头脑中的事实。

---

① Joao Pessoa,巴西东北部城市。——译者注

破晓之后，他从广播里听着琼·萨瑟兰唱《冬青树和常春藤》，看是否有人送给他圣诞礼物或贺卡。他只找到了彼得和帕特·比尔德给他的贺卡。彼得·比尔德的贺卡上写道：

> 唐，圣诞快乐！希望你一切都好。我猜你在加那利群岛附近。跟我猜的差多远？我们都向你送去了最深切的问候。不要担心克莱尔和孩子们。帕特和我会照顾他们。我猜你现在已经很熟悉我们的老朋友"大海"的脾气和路数了——你现在一定获得了很大的成就感。
>
> 祝福你，唐，
> 7个月后见。

帕特·比尔德的贺卡上写道：

> 送上我所有的爱，唐，还有最好的祝福。希望我和你在一起！

克劳赫斯特在《航海日志二》中描绘，他的圣诞晚餐是鸡蛋、咖喱腌牛肉、一个橙子（他最后的一个）、巴西胡桃和棕色爱尔啤酒。他在录音带里欢快地描述了烹饪和饕餮，然后在他的日志里悲伤地写道：

> 彼得和帕特是唯一给我写圣诞卡的人。能够得出任何真实的结论吗？还是动机难以准确猜测！

克莱尔·克劳赫斯特给她丈夫准备的圣诞礼物——装在没有带上船的手提袋里的、有着金色长发的搂抱娃娃,给了他的女儿雷切尔。它被阴差阳错地从廷茅斯电子号上拿走后,克劳赫斯特太太觉得娃娃太漂亮了,不应该浪费。她取出了它的填充物,在前面缝了个拉链,可以放进小女孩的睡衣箱,在伍德兰兹吃圣诞节午餐时把它给了女儿,跟给其他孩子的礼物放在一起。

布里奇沃特的节日气氛一点都不比南大西洋更欢乐。克劳赫斯特的第三个儿子罗杰接连不断地做噩梦,看见父亲站在他的卧室门口凝视着他。他的大儿子詹姆斯很安静听话。只有西蒙心情很好,他认为环球航行很容易,他打算长大后环世界游泳。比尔德夫妇信守他们圣诞节许下的"照顾"克莱尔的诺言,带了只鸭子来伍德兰兹。但是,克莱尔用她自己的火鸡做了圣诞节午餐。全家饱餐了一顿,但这一点都没有让他们开心起来。

两天前,伍德兰兹旁边的马厩毁于大火。没有人知道是怎么着火的,但是,克劳赫斯特的工作室大部分被烧毁了,还有他的小帆船"金盆"的帆和索具。电子用途公司也遇到了困难。开公司要处理很多问题,克莱尔没办法出去做其他工作挣钱。然而,公司并没有给她带来期望中的每周 10 英镑的收入,斯坦利·贝斯特对公司越来越不抱幻想。三个月后,克莱尔开始靠"政府补助津贴"生活——失业救济金的最新委婉用语。

1969年1月,克莱尔·克劳赫斯特和伊夫琳·泰特利会面。她们的丈夫后来开始了并驾齐驱的比赛。

(阿伦·巴拉德/《星期日泰晤士报》)

奥南发电机(航行之后拍摄)因为驾驶舱舱口海水渗漏而生锈,克劳赫斯特用发电机损坏来解释持续两周的无线电沉默。
(罗恩·霍尔/《星期日泰晤士报》)

在萨拉多河秘密停泊时,被克劳赫斯特用螺丝拧上的两块胶合板补丁。
(罗恩·霍尔/《星期日泰晤士报》)

190

桅顶的浮袋还没有装上去,在航行的最后几天,它
仍旧不恰当地甩动着。
(罗恩·霍尔/《星期日泰晤士报》)

出了问题的左舷前舱口,可以看到克劳赫斯特试图修补过西尔格拉斯密
封圈。
(罗恩·霍尔/《星期日泰晤士报》)

12

寂 静 与 孤 独

接下去一个月,海上的廷茅斯电子号没有发生值得注意的事情。克劳赫斯特从流漂荡,一会儿往南,一会儿往西,没有确定的目标,他的航行蜿蜒曲折、漫无目的,主要是为了远远地开进空荡荡的大海,离开繁忙的南美洲海岸。他现在只需要消磨时间,不需要赶路,南大西洋的这片海域风平浪静——通常既没有过往船只,也没有猛烈的风暴。

他还需要检修损坏的帆船。节礼日①那天,他打开右舷浮舟舱口,彻底检查了他 6 天前注意到的裂开的船壳。他记下浮舟内部木质骨架中的一根已经脱离胶合板船壳。船壳在浮舟中央有一道稍大的裂缝,在船壳下面的金属条旁边,金属条是用来拴住

① Boxing Day,每年 12 月 26 日,圣诞节次日或圣诞节后第一个星期日。

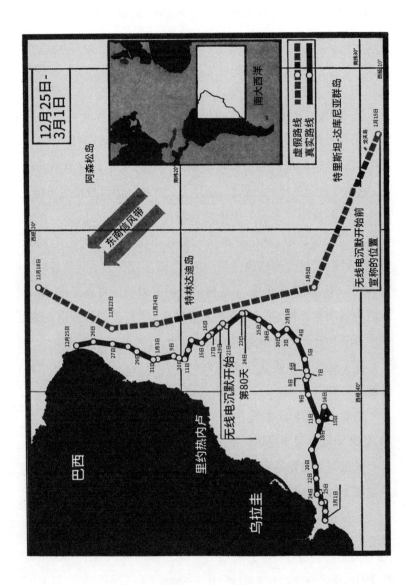

12月25日 - 3月1日

南大西洋

阿森松岛

东南信风带

虚假路线
真实路线

特里斯坦·达库尼亚群岛

无线电沉默开始前宣称的位置

南纬30°
西经10°

升天岛

1月15日

西经20°
12月18日

12月22日
12月24日

特林达迪岛

1月5日

南纬20°

12月25日
26日
27日
29日
31日
1月3日
9日
10日
11日

15日
17日
19日
21日
24日

16日
23日
25日
26日
30日
3日
4日
5日
6日
7日
8日
9日

里约热内卢

无线电沉默开始
第80天

2月1日

巴西

16日
15日
11日

18日
20日
22日
24日
25日
3月1日

乌拉圭

西经40°

193

桅顶侧支索的。覆盖浮舟的玻璃纤维跟甲板双层胶合板汇合的地方，他发现一条 3 英尺长的裂缝，船是伊斯特伍德公司造的，这一切似乎证明他起初跟造船商争执时，所有的怀疑和愤怒都是有理由的。克劳赫斯特在航海日志里对损坏的描述完全准确和诚实①（尽管他在发往英国的电报里给人的印象并非如此）。

还得想想驾驶舱里渗漏的发电机舱口。这些问题解释了他当时蜿蜒曲折的航线和不稳定的航速——为了不让海浪溅到里面，他经常右舷抢风迎风航行，这样不会对损坏的浮舟造成负担。

上页的地图说明了关于他这段时间航程所有的信息。在离开东南信风带之前，他在空荡荡的桅杆下忍受了几天恶劣的天气，因为痛风发作，他顶风停船一天，弄断了第二片（也是最后一片）哈斯勒伺服系统叶片，于是他试着用支索帆做自驾系统，努力让测程线准确工作，并且抱怨贮水容器中有"棕色的营养物沉淀，其中有各种有趣的诺福克郡腐烂的昆虫、几缕玻璃丝和油漆。"

除了这些乏味的细节，这段时间《航海日志二》里没有什么航海趣事。

然而，无线电日志里有吸引人的线索。一月份的第一个星期，他开始记下很多船运广播——电报通信、新闻简报，最重要的是天气报告。航程结束时，这样的消息他写了大约 10 万个词，都是以极小的字体潦草记下的摩尔斯电码。

乍看起来，它们像是为了消磨时间随意写下来的，或者强迫自己记下摩尔斯电码。仔细研究一下，能看出它们有大致的模

① 我们自己对三体帆船的检查证实了这一点。——原注

194

式。他显然竭尽所能写下了他伪造的环球航线的当地天气条件和海上事故。其中也有大量毫无关联的材料,但是,即便如此,航线似乎渐渐越过南大西洋,然后进入了印度洋。气象预报显示的证据很清楚,这也许是他大量练习电码的主要目的。

1月和2月,大部分消息来自开普敦电台,该电台定期发布东南大西洋和南印度洋的天气预报,也转播毛里求斯的气象预报。他不加选择地把这些都记下来。但是,当某次气象预报跟快速帆船航线上的某个气象海域完全一致——比如,特里斯坦、戈夫岛西风带、流星西风带、马里恩西风带和克罗泽西风带——他就会整齐地在下面划线。3月,他记下的天气预报比较少,也许因为澳大利亚的悉尼和新西兰的惠灵顿的无线电信号很难接收。然而,还是有一些成功接收到的信息,相关的气象海域的天气预报又一次整齐地加了下划线。克劳赫斯特系统进行这个任务的迹象,可以在廷茅斯电子号船上的一本书里找到:《海军无线电信号表》第三卷,其中记录了全球各地的天气预报。所有的覆盖快速帆船航线的气象地图都明确地标注出来,其中有些带着注解,这本书其余的部分完全没有动过。

除了做这些令人精疲力尽的琐事,克劳赫斯特也担心着他发回国内的电报。他越来越进退两难,此后的每一封电报都使人对他的位置的印象越来越模糊。每一天,他忸怩着不肯广播他的确切位置,变得越发古怪;每一天,他担心着在错误的地方被发现的危险。尽管海岸边的无线电台很难察觉信息来源的方向,然而一旦他的信号强度、发信号的区域显出错误,他就会有麻烦。合乎逻辑的解决办法是编出些理由来完全停止广播,在无线电日志接下去的页码中，这个方法可以接着使用。

他已经警告过国内的人们，因为发电机的问题，他也许有一段时间会停止发送信息，12 月 29 日，他给霍尔沃思写过一条消息，再次暗示了这一点。这条消息一开始是通过开普敦电台发送的，这样会给人造成他在非洲附近的印象。开头他写道：

在特林达迪岛附近 前往西风带……

但是，他把这句话划掉了。这太确切了，会破坏先前的电报中模糊而乐观的印象。他将电报改成激动人心的模糊措辞，加上暗示发电机故障的语句：

都很好 向南航行前往西风带开始工作 句号 也许应该密封发电机隔间

出于小心、优柔寡断或者不会操作无线电，他没有发出这条消息，后来他修改了内容，发了出去。

1 月 3 日，他向开普敦无线电台发出一段很短的信息，告诉他们，他正进入范围很广的无线电话区域 2a，这个区域沿着南美洲海岸，覆盖了大西洋的西南地区。这跟他在路线图里谋划的假位置是一致的，但国内的印象是他现在经过了特里斯坦-达库尼亚群岛，正在前往好望角。然而，因为这误解太复杂了，没有人注意到这一点。1 月 8 日，他给霍尔沃思发了另一封充满豪言壮语却守口如瓶的电报：

新年雪利酒派对之后 痛风病侵袭 现在走路跟美人鱼一样 句号 差不多进入西风带了

霍尔沃思回了两封电报。其中一封告诉他，比赛中其他人的各种位置：

罗宾领先 伯纳德越过了塔斯马尼亚岛 泰特利在印度洋东部 你的平均速度每天 30 英里以上 星期日泰晤士报估计胜利者 4 月 9 日回国 这是你的目标

（为了达到目标，克劳赫斯特必须每天航行 300 英里，比卡蒂萨克号①快一倍。）

霍尔沃思在第二封电报中恳求他提供硬新闻，这是一首充满新闻挫败感、渴望而悲伤的小诗：

请每周提供位置及里程数 祝好罗德尼

克劳赫斯特发出的关键信息是 1 月 15 日写的，1 月 19 日最终发出，从而结束了 11 周以来的通信。第一条改写过发给了霍尔沃思：

戈夫岛东南方向 100 英里 1086 发电机舱口密封 可能

---

① Cutty Sark，世界帆船史上航行速度最快的一艘船，1869 年在苏格兰建成。——译者注

时通信 特别是东经 80 度西经 140 度

克劳赫斯特在这封电报中做了三件事。首先,他出于对他的公关的怜悯,给了他一个准确(但虚假)的位置——处于咆哮西风带的戈夫岛东南方向 100 英里(这跟他在海军路线图里计划的当天虚假位置是相同的);其次,他明确地警示所有通信即将停止;第三,他在自己的无线电轨迹中提出两点来转移注意力,要求海岸无线电台将来在这两个他应该会出现的地方听他的消息,这两个地点是东经 80 度(穿过印度洋中央)和西经 140 度(新西兰和合恩角中途)。

他的另一封给斯坦利·贝斯特的电报写得更小心。他在航海日志中写了好几份草稿,才确定最终的文字,主要是对帆船损坏的夸张描述:

很遗憾浮舟骨架碎裂 船壳裂开 甲板连接处断裂 需要修理 不能保持速度 所以秋天抵达合恩角 发现船坏了 句号假如准备好删除无条件购买的条款会试试 否则建议考虑报纸的提议 过些天再联系 握手

这是一条模棱两可的电文,会让最厉害的律师感到高兴。从字面上看,没有一句话不是真的,但他给人的印象是船损坏到了难以承受的程度。比如,他提到了甲板连接处断裂,令人想象出横木和甲板跟浮舟分开。然而,实际上只是玻璃纤维和胶合板之间出现了小裂缝。克劳赫斯特的目的是强调英雄气概,以折磨斯坦利·贝斯特让步,并暗示假如他决定退出比赛,强迫电子用途公司购买一堆四分五裂的木材的合同条款是不公平的。也许,他还希望贝斯特会命令他退出。

这一天,克劳赫斯特在《航海日志二》中写道:"发掉三封电报!"这表明这些电文对他有多重要。第三封电报有点神秘。无线电日志里,写有那两篇电报的同一页上方,有给斯坦利·贝斯特的另一封电报的文字,他显然尝试着建立一套密码来发送秘密电文,里面写道:

XYZAB CDEFG HIJKH LMBNO PHQZG XYZRS TUVHW
没有 打字员 猎狐 确定 破解密码 尽快

也许一开始无法理解,但是任何密码学家都不会有一刻迟疑:这显然是一套字母替代密码。那句"没有打字员猎狐"是一个信号,让对方在这一组密码字母旁边,写下包含字母表里每一个字母的著名打字机金句——"敏捷的棕色狐狸跳过懒惰的狗。"①——这组密码字母按字母表顺序从"x"而不是"a"开始直到结束,当中偶尔被重复的字母打断。密码完成后就很清楚:

THEQU ICKBR OWNFO XJUMP SOVER THELA ZYDOG
XYZAB CDEFG HIJKH LMBNO PHQZG XYZRS TUVHW

① The quick brown fox jumps over the lazy dog.——译者注

克劳赫斯特自己在无线电日志的对页，准备了这些字母解码和编码的列表。有这样的提示，所有人都可以立即阅读相应的代替字母。推测起来，假如贝斯特回复说密码破解了，克劳赫斯特也许就有胆量交待他的真正的困境，问起他绝望地想要得到的建议，贝斯特可能早就让他放弃了。

这是克劳赫斯特发送的第三封邮件吗？贝斯特是否知道密码？证据显示克劳赫斯特改变了主意，从来没有把电报发出去。他在另外两段文字周围划了线，在旁边写下"1月19日发送"，但他在这封密码电报上没有这么做。无线电日志里没有收到过回复的迹象，斯坦利·贝斯特确认他从来没有收到这样的电文。此外，无线电日志前两页有一小段对霍尔沃思的电报表示确认的电文，旁边也写着"1月19日发送"，也许说明这可能才是克劳赫斯特发出的第三封电报。

无论如何，这最后一次交流很不错。克劳赫斯特很机灵，拐弯抹角地乞求别人替他做决定，电报用语中展现出他在压力之下的性格。

接下去几天，克劳赫斯特随便写了几段更正式、更有英雄气息的电文：

> 期待中的纳尔逊 毫不犹豫的霍恩布洛尔①都令人尴尬
> 地完了 重新修理一遍 看上去有希望

---

① Hornblower，塞西尔·斯科特·福雷斯特（Cecil Scott Forester, 1899—1966）创作的 11 部系列小说的主人公，描绘了拿破仑战争期间霍恩布洛尔在皇家海军的职业生涯。纳尔逊为其中的历史人物。——译者注

他甚至想给家人写一封充满爱意和安慰的告别电文。但是，他决定还是不写更明智。接下去将近三个月，他再也没有使用过一次发报机，他继续完整地接收着发来的电报，但他没有回复。斯坦利·贝斯特慷慨地同意去除合同条款：

收到电报 你来决定 句号 不要求无条件购买 祝你好运

他还收到姨妹海伦亲切的电文：

一路顺风 句号 精神高涨

开普敦电台一次又一次传送这些电文，却明显将它们投向了虚空。唐纳德·克劳赫斯特每次都将电文记下来，却从来不敢回答。它们在接下去的无线电日志页面里重复回响。

当时，罗德尼·霍尔沃思在德文郡通讯社真的碰到麻烦了。为了头条新闻，他需要克劳赫斯特速度爆发的记录，需要确切的位置来证明。报纸读者知道的消息是，我们的主人公要么正在前往特里斯坦-达库尼亚群岛，要么刚好已经从那里经过。霍尔沃思受到报道克劳赫斯特太太过圣诞夜的启发，肯定希望克劳赫斯特至少已经到开普敦了。但是，他手头只有一条精练的电文：

新年雪利酒派对之后 痛风病侵袭 现在走路跟美人鱼一样 句号 差不多进入西风带了

现在他到底该怎么办？编辑们早已对没有经纬度的飞鱼早餐故事感到不耐烦了。在这个阶段只写雪利酒派对，会引来嘲笑。几天后，克劳赫斯特的预言就该变成事实了，任何怀疑看上去都不合理。因此，电报里的"差不多进入西风带"变成了"进入咆哮西风带"，然后他围绕着这个成就，以怀着希望的揣测织了一个诗意的网：

唐纳德·克劳赫斯特已经抵达咆哮西风带，这个周末他将要绕过好望角……一个月之内，他将在澳大利亚的视野范围内……克劳赫斯特发来的电报显示他的心情很好："新年雪利酒派对之后，痛风病侵袭。首先（原文如此）现在走路跟美人鱼一样。进入咆哮西风带。"克劳赫斯特可以跟热情的群众共度新年了。他接到了好几封祝福的电报，为了庆祝这良辰美景，他打开了埃克塞特地主乔治·米尔福德赠送的雪利酒桶……

《星期日泰晤士报》出于谨慎没有刊登这则故事，而是写了一则更好的报道，称克劳赫斯特"已知最近的位置"在南纬36°30′，东经15°（这个位置在快速帆船航线上，就在好望角前面），并且根据推断进行推断，宣布："唐纳德·克劳赫斯特现在应该在印度洋。"

这次想象的飞跃使克劳赫斯特离真实的自己又远了 300 英里。

接下去一周，荒谬爆发成了闹剧。霍尔沃思现在要跟两封 1

月 19 日的电报作斗争。无线电话停止了,将来好几个月,这都是他收到的最后一封电报,这寥寥数语是他所有的信息。所以,他决定把封闭发电机舱门的消息和夸大其词的损坏报告糅合起来,合并成一篇在艺术上令人满意的文章。这样的损坏需要一个理由,所以,霍尔沃思提供了理由:

唐纳德·克劳赫斯特先生驾驶环球航行的三体帆船廷茅斯电子号,在印度洋遇到了麻烦。一个巨浪拍击了船尾,损坏了驾驶舱,并且引起上层建筑周围断裂。

(霍尔沃思在此发明了船的多余部分。驾驶舱周围根本没有上层建筑。)

克劳赫斯特先生进行紧急修理时,不得不把所有的帆拿下来三天。这样就要完全封闭驾驶舱后面有发电机的舱室。为了避免更多损失,他也不得不彻底慢下来,现在他离开非洲海岸约 700 英里……

因为克劳赫斯特先生现在拿不到发电机,他不得不保存好电池,他说自己后续只会发两次无线电消息回来。

我们现在离开真相有 4 000 英里,但是,当然霍尔沃思很倒霉收不到电报。要记得克劳赫斯特发送过确切的位置和每周里程数:"戈夫岛东南方向 100 英里,1086。"唉,这段电文在传送中被误读为"东南方向 100 英里很艰苦,1086。"霍尔沃思自然而然地认为,这句话的意思是克劳赫斯特航行得很艰苦,并且认为他在开普敦附近。假如传送的文字正确的话,就会带来一些尴尬,因为这样他就往回"退"了1 500英里——尽管克劳赫斯特本来就已经夸大了实际距离。即便如此,这也已经让所有人的期待冷却下来。

从那一刻起,没有克劳赫斯特的消息引导他们,他们估计的航行位置与实际相差的距离越来越远,直到进入印度洋(当然,克劳赫斯特就希望他们这样做)。因为数据是根据他先前宣布的时间估计的,所以一切看上去足够合情合理。他们让弗朗西斯·奇切斯特爵士在英国科学研究所作了一次演讲(当年2月2日刊登在《星期日泰晤士报》上),他在描绘这位孤胆英雄的时候显得很不客气。他只肯说:

> 最后的参赛者唐纳德·克劳赫斯特……宣称了爆发性的速度,包括打破了一天最快航速的世界纪录。但是,他的平均速度并不快——一天101英里——根据他最后的方位,1月10日他在好望角以南,他比穆瓦特西耶落后8 800英里,所以,他看上去不像会赢得奖金。

后来,在弗朗西斯爵士的文章里,有一段文字提出了更多质疑:

> 最近,有些人随心所欲地宣布帆船航行的距离和速度,我希望有体育俱乐部能检查和确认这些数据,就像皇家飞行

俱乐部和国际航空联合会认可飞行速度那样。

当时,即便是弗朗西斯爵士也不知道,远在南大西洋的唐纳德·克劳赫斯特对呼吁成立这样的监管制度提供了多么有力的论据。

在航行的这个阶段,克劳赫斯特对遇到的海鸟和海鱼着了迷。他不停地在航海日志里提到这些小事件。他画了一些陌生的鱼,仔细地描述每种鸟。对他来说,这不仅是自然历史,他非常需要活着的生物陪伴。写到这些生物时,他变得有趣却不扬扬自得,精确而不呆板,生动却没有模仿先前的作家,这显示出它们变得对他非常重要。

他的第一个同伴叫彼得·普赖尔,他曾经跟罗德尼·霍尔沃思形容过,这是一只像野鸟一样的海鸥,一直跟着他,吃搁浅在船上的飞鱼。在第一本航海日志伪造的部分,他写道"它看上去不怎么喜欢水,但我想它一定会游泳。"12月13日,他注意到海鸟还是跟他在一起。第一本航海日志的最后一页,他形容这只海鸟:

> 下半身几乎是纯白的。上半身是斑驳的灰色。翅膀末梢有深色的"V"字,燕子一般的尾翼,长长的喙,优雅地延伸到脑袋一侧眼睛后面的黑色印记。

克劳赫斯特也给其他海洋生物起了名字。他最喜欢的是老剑鱼德斯蒙德,它最后被一条鲨鱼吃了,克劳赫斯特悲伤地记了下来。

克劳赫斯特一直对自己的心情闭口不言，1月29日，他暂时打破了沉默。他写道："昨晚，我躺在甲板上看着月亮，想起我的……"接下去的一个词模糊不清，也许是"宿命"，或者"运气"，或者"父亲"。无论他在思考自己的死亡、现在的困境，还是他已故的父亲，对他来说这明显是充满感情的一刻。

不开心的情绪，加上他对鸟类和鱼类的观察，促使他写了一则叙事寓言，以表达他的心境。他在其中写了一只海鸟（从他看见的那些中概括出来）、一条鲭鱼和一只信天翁。海鸟不再只是一种逼真的有用的东西。他看见了海鸟，它浑身污泥、受到了命运的诅咒，在自然环境中无望地挣扎，是他的心境和他可能自我毁灭的命运的强烈象征：

不适应环境之物

当我走近这个同伴时，我一定打扰了它。我习惯清晨早起，在船尾无所事事地看着海水深处，我开始意识到它像陆地上的鸟儿一样，鼓动着翅膀奋力飞行。它停在小船的任何一个地方。这是一种枭，从喙尖到尾稍大约8英寸。它的羽毛是褐色的，覆盖着浅黄色的斑点，翅尖（正面）有两块白斑。它难以接近，不适应环境之物就该如此。只要我设法接近它，它马上就飞走，飞上后桅顶的横杆，他绝望地挂在摇晃的杆子上，它的爪子却很难完成这项"任务"：它满身污泥、颤抖着，因为深深的疲惫合上双眼，它抖蓬松羽毛，却无力抵挡刺骨的寒风，它的翅膀颤抖着，时不时稍微扑腾一下，短暂地飞起来，仿佛它的爪子快抓不住了。

地平线始终如一的昏暗的灰白色——突然被遥远的微光打破——它飞走了。然而，地平线合拢了，它飞回来了，停在后桅的横杆上，绝望地抓着帆后下角的拉索。我升起了更多的帆，他更艰难地全速追上了帆船，又更艰难地紧紧抓住他选择的那根帆杆。

可怜的、该死的、不适应环境的东西！一只巨大的信天翁，它阔大的翅膀像弯刀一样掠过天空，一拍也不落、有节奏地拍动着翅膀，毫不费劲地绕着帆船飞翔，跟海鸟为了生存徒劳的挣扎，形成了嘲讽的对照。

我无法慢下来，让不适应者的生活更容易。我在遥远的地平线上，看到了自己的通行证。最终，那只枭放弃了不安全的帆杆，勇敢地迎风奋力飞去。我目送它离开，心也随之而去。它飞向东方，寻找太阳的光芒，是适宜的——迎风向东方飞去，最近的陆地在 4 000 英里以外。它没有轻易地顺风飞几百英里去南美洲。它飞向了现在还灰蒙蒙的地平线。它下定决心要往东去，它便向东飞去了。

我再次感到放松下来的诱惑，这样假如它奋力飞翔得太累，就可以再歇歇脚，我是这么替它着想的——但是，我不知怎么觉得它不会回来了。我们实在是同病相怜。得了这种病的人，逐渐适应了小城镇，学会了不再追问，只凭借机会的偶尔眷顾，利用他们有限的资源。他们努力地拖延，却无可避免地精疲力尽，沉入冰冷的死亡的水底。

它是迁徙的候鸟中最孱弱的，还是最强壮的那只，足以独自离群，不顾老一辈的警告，去探索危险的海水那一方？据我所知，枭并不迁徙。我情愿认为，它找到机会去发现新大陆。无论它是哪一种，它都无法适应环境，它多半注定像某些人类一样，孤独而无名地死去，不为同类所见，然而，它却有百万分之一的机会，去了解未知的世界。

我想起了一条小鲭鱼，游到了一条 10 英尺长的鲨鱼面前，直瞪着它的眼睛，当鲨鱼转身想把它当做点心吃掉，它又箭一般游走了。他也许是海洋中唯一一条鲭鱼，知道鲨鱼尖锐的牙齿凑近看是什么样子，即便他侥幸才躲过一劫——带着记忆。

除了文章，克劳赫斯特还就同一主题写了一首短诗：

给不适应环境之物一些怜悯，以渴望的心灵继续战斗；
这不是一条普通的道路，它不是寻常地飞行。
怜悯，给他一些怜悯吧。然而，没有鸿鹄之志，
它就看不见那微光，指引着不适应环境之物前进。

"不适应环境之物"是克劳赫斯特写过的最有张力和最精心构思的文章，但这表明他通过扮演另一个角色来从窘境中寻找安慰。以前，他自认为是受到社会歌颂的英雄，现在，由伪造航海日志和伪造航程产生的罪恶感，强烈到令他无法再这样坦率地表现自己。如今他利用反叛的、艺术的、罪恶的经典浪漫形象，把自己投射为被社会排斥的英雄：不适应环境的人。

13

秘 密 登 陆

唐纳德·克劳赫斯特知道眼下最需要担心的问题是怎样修理损坏的右舷浮舟。裂缝越来越大，要避免缝隙浸到水里，意味着没法按照有逻辑的路线来行驶。他也知道由于在廷茅斯装载时一片混乱，他没有修理船只需要的材料；因此，他一定要上岸，才能找到胶合板和螺丝。然而，上岸要冒被发现的危险，从而被取消比赛资格，而且真相会曝光，他根本不在他宣称的地方附近。

将近1月底，他似乎没有决定往哪个方向航行。他往西南方向缓慢漂流了一个星期，跟南美海岸平行，然后——又掉过头来往东南航行一天后——他开始缓慢而平稳地往拉普拉塔河①口开去。看来某天暴虐的天气让他最终下了决心；2月2日，他把所有

① River Plate，西班牙语 Río de la Plata，南美洲第二大河流，位于乌拉圭和阿根廷之间。——译者注

的帆放下来航行,然后坚定地前往陆地。他的目的地不是布宜诺斯艾利斯或蒙得维的亚①,或者那里的任何大城市;他的头脑中形成了一个新的计划。他拿起了《海军南美航海指南》第一卷(这是他带在船上的 11 本航海指南之一),查遍海岸线的所有细节,寻找一个合适的登陆地点。他想要找的是一个小型沿海定居点,足够大到能供应木材和螺丝,但足够小能够对他的到来保守秘密。

不管他的心情如何,他在搜寻时跟往常一样,既仔细又高效。《航海指南》里有几页掉了下来,还有弄脏的手指印,清楚地显示出他搜索的区域,旁边的铅笔记号透露出他要寻找的东西。他研究了书里的海湾入口,从拉普拉塔河到往南 600 英里的圣马蒂亚斯湾。有段时间他肯定认为圣马蒂亚斯湾是可能的目的地。他在海湾的入口处对面用铅笔画了一条线:

> 卡罗两姊妹岛(丘陵)在海湾附近升起,岸边有一些房屋。罗萨斯湾附近深度合适,船只可以在那里抛锚。

这里的小型定居点附近有个很好的抛锚地点,对他的目的来说很理想。但是,要往南航行很长一段路,所以,他找了另外一处更合他胃口的入口,就在拉普拉塔河口里面:

> 桑博龙邦湾:……海岸向北延伸了约 13½ 英里,直到萨拉多河口(南纬 35°41′,东经 57°21′),然后渐渐上升……在

---

① Montevideo,乌拉圭首都。——译者注

萨拉多河南岸,有一些棚屋和建筑,形成了很好的地标。萨拉多河堤坝附近有 1 英尺深,里面更深一点……桑博龙邦湾的最佳下锚地离岸大约 5 英里,在 9 号运河和萨拉多河的入口处之间,深约 18 英尺,河底是坚实的黏土和沙子,地面抓力很强。

在桑博龙邦湾的萨拉多河停泊的话有个优点,假如他登陆被发现,从而被取消资格的话,这里离开布宜诺斯艾利斯和其他大城市很近,看上去不像是个太奇怪的登陆地点。

所以,克劳赫斯特 2 月份就悠闲地往陆地开去。他没有特别匆忙赶路,他的路线比以往更随意。他在航海日志里写道,天气经常"下着毛毛雨、闷热潮湿、很可怕"。6 天来,有两天刮着强风,桅杆光秃秃的,没有升起帆,他驾船来回打转。到了月底,他在海岸边差不多停了下来,2 月 27 日,他一整天因为没有风而停船,只航行了 3 英里。这些拖延部分是由于不理想的天气和他性格中的优柔寡断,但是,他也许算到必须推迟登陆,以防被发现。假如他不得不放弃,他越晚上岸,从戈夫岛(他最后电报中提到的地点)长途折回越显得可信。

3 月 2 日,他在桑博龙邦湾的圣安东尼奥角看见了两束灯光。他转头向灯光开去,寻找海岸。他在航海日志中写道:

直接的问题:

1:建立视觉联系(看见的沿岸贸易船、圣安东尼奥、度假胜地)

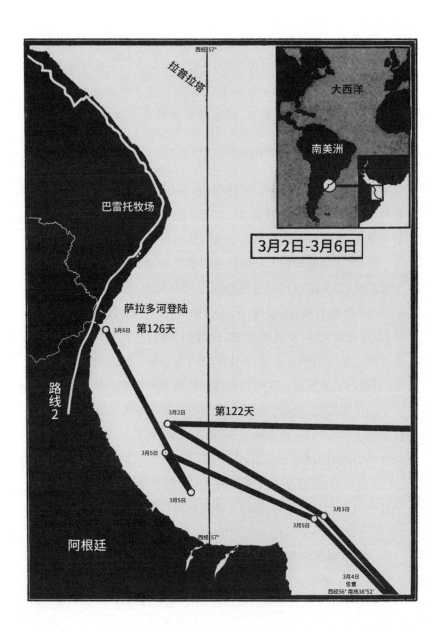

拉普拉塔

西经57°

巴雷托牧场

大西洋

南美洲

3月2日-3月6日

萨拉多河登陆

3月6日 第126天

路线2

3月2日

第122天

3月5日

3月5日

3月3日

3月5日

西经57°

阿根廷

3月4日
位置
西经56° 南纬36°52′

212

2：修理浮舟——没有合适的材料——大型的薄板——大型的木材——螺丝——胶水。还需要：燕麦、甲醇酒精、大米、咖喱肉酱。

然后，他肯定有一刻很惊慌。他往东南方向又一次出海，离开海岸太远了，无法发现哪里可以登陆。两天后，他又掉转船头，笔直地往圣安东尼奥角航行。他向大海冲去，使他能够从南方靠近陆地，假如他绕过了合恩角的话，他应该是从这个方向过来。当他在航海日志里列出来的海滨度假小镇圣克莱门特雷图尤①出现在正前方时，他取下风帆，漂流过去。他试探着水深，发现下面只有6英尺的水；所以，他又一次转头，现在朝萨拉多河驶去。他估算出到达时间是3月6日凌晨5点，并且列出了涨潮的时间。像往常一样，他过于乐观了。早上8：30，他在萨拉多河抛锚，水深3英尺，潮水迅速退去。他很快发现自己搁浅了。

55岁的内尔松·梅西纳在萨拉多河右岸的小屋里生活了一辈子，离开萨拉多河流入桑博龙邦湾的入海口只有几百码；他用肉眼就能看见所有进入拉普拉塔河口的船只。那天清晨，当他向海湾望去，看到这艘奇怪的帆船，他感到很困惑，船的甲板宽阔而平坦，两根桅杆又短又粗，底下是橙色的。他猜这可能是一艘河口挖泥船。"但这只是第一印象，"他后来说，"我很快意识到它实际上是什么。我以前见过一次三体帆船。"他也意识到，尽管锚链

---

① San Clemente del Tuyu，阿根廷海滨小镇。——译者注

从船头挂了下来,船还是搁浅在坚实的地上了,需要帮助。他跑到隔壁去问邻居圣地亚哥·弗兰切西该怎么办。问弗兰切西就对了,他是管理当地海岸警备站的高级士官,警备站在河上游几百码的地方。

克劳赫斯特很幸运地选择了萨拉多河的这个入海口,《海军航海指南》里没有提到这个地方,"一些棚屋和建筑,形成了很好的地标",其中有一幢四个房间的棚屋,属于"国家海军分管辖区"或者阿根廷海岸警备队的前哨。那里只有三名警备人员(外加一条棕白色的柯利牧羊犬),警备队的功能是瞭望进出拉普拉塔河的船只。不然,这地方就再幸运不过了。萨拉多河离开布宜诺斯艾利斯不到一百英里,但是没有电话、铁路和正常的社区,只有一条狭窄肮脏的沿海小路通往文明社会。平缓低矮的地貌生长着树木和高高的草丛,但这里太荒凉了,没有人放牧牛群,不像阿根廷大草原那些繁荣的地区。沿着海岸的潟湖经常被洪水注满。这个地区人口足够稀少,可以引来鸵鸟、鹿和野猪,因此经常有猎人光顾。游客常绕道而行,螃蟹横行,把海滩变成它们的地盘。

在这样的环境下,难怪萨拉多河海岸警备支队的工作状态十分松弛。他们甚至没有够大的摩托艇来拖走廷茅斯电子号。所以,内尔松·梅西纳带着弗兰切西和年轻的海岸警备队士兵鲁文·丹特·科利,乘坐他的渔船法沃里托·德·康巴塞拉斯号,驶进了桑博龙邦湾。

早上 10∶45,他们到达了三体帆船停泊的地方。出乎他们意料的是,甲板上只有一个人。这是一个男人,极为瘦削,留一把纤细柔软的胡须,还算年轻,穿着卡其布裤子和酒红色衬衫。弗兰切西在渔船上用西班牙乡下话，跟那个水手打招呼，但对方只是无助地微笑，试探着蹦出几个词，一开始用英语，然后用法语。最后，这个外国人开始打手势，指着他的右舷浮舟上的洞，用力模仿骑手用鞭子抽打马屁股的动作。弗兰切西理解了：这个陌生人想说，他要修理游艇，因为他在参加比赛。

为了把梅西纳的拖绳系到损坏的三体帆船上，弗兰切西从渔船上往前跨上帆船的一个浮舟。用新近的形容英雄事迹的警句来说，对他而言是一小步，对唐纳德·克劳赫斯特而言则是一大步。尽管这次航行到此为止都不算正规，但是，事实上高级士官圣地亚哥·弗兰切西踏上廷茅斯电子号的甲板，他就违反了环球航行比赛的规则。

法沃里托·德·康巴塞拉斯号毫无困难地把帆船拖离沙滩，牵引着帆船沿萨拉多河溯流而上，来到海岸警备站的码头。克劳赫斯特在航海日志中写道："11点被阿根廷国家海军辖区警卫拖进萨拉多河。"当他最终到达码头，第三位水上警察低级士官克里斯托瓦尔·迪普伊在他的事故日志里记录道：

> 3月6日，14点30分，这里的港口来了一艘叫廷茅斯电子号的帆船，船上飘着英国旗，船体有损坏，船上有一位名叫查尔斯·艾尔弗雷德的英国籍水手，他的护照号码是842697。

他在语言上蒙混过关，唐纳德·查尔斯·艾尔弗雷德·克劳赫斯特变成了查尔斯·艾尔弗雷德先生。毫无疑问，迪普伊认为

"唐纳德"是个英文尊称，就像西班牙语里的"唐"。他的姓氏克劳赫斯特，写在护照的下面一行，被忽略了。但是，迪普伊准确地记下了护照的号码。

克劳赫斯特花了半个小时，试图向水上警察表达，他需要一块胶合板、螺丝和木材，来修理浮舟，但是这样复杂的意思，用手势是表达不清楚的。他还想要一些电子设备，在《航海日志二》里画了一张发动机或者发电机的电枢。他感到这样的电枢也许是从12伏特的玩具汽车引擎里拆下来的。水上警察似乎看懂了画的意思——他们其中一个在旁边写下了布宜诺斯艾利斯一家商店的地址。最后，他们决定开吉普车沿着海岸公路往北行驶17英里，送他去找会说法语的人。他们还有机会用最近的电话机汇报这次事故。迪普伊在日志中写道：

> 3月6日，15：00，负责人乘坐吉普415去巴雷托牧场打
> 电话。

尽管巴雷托牧场有个富有正式感的名字，但它实际上却只是2号海岸公路边一个改建的鸡棚，埃克托尔·萨尔瓦蒂和他的妻子罗丝、女儿玛丽住在那里。他们有个小卖部，向公路上的司机出售果酱、蜂蜜、啤酒和酱菜，偶尔也提供饭菜。埃克托尔·萨尔瓦蒂是个老打瞌睡的法国军队退役士兵，自从1950年一家人移民到阿根廷后，他就让妻子和女儿经营买卖。

萨尔瓦蒂一家很高兴水上警察开着吉普车过来，对里面的乘客更是感兴趣。后来，有人给罗丝·萨尔瓦蒂看克劳赫斯特出发

前拍的照片,胡子刮得干净、身体强壮,她几乎不能相信是同一个人。"尽管我们碰到的这个人看上去很健康,却瘦得可怕。他的体重减轻了那么多,他不得不扎牢裤腰带。他告诉我们,他离开英国的时候,裤子大小正合身。当然,他有一个月没有刮胡子了。"

克劳赫斯特站在牧场的角落里,用流利的法语告诉萨尔瓦蒂一家,他四个月前从英国航行过来,参加一个"帆船赛",他绕过了合恩角,现在他打算一个月内回到英国,成为帆船赛的冠军——假如他可以修好帆船,马上出发的话。因此,他说,他需要胶合板、钉子、一些螺丝和木材。

埃克托尔·萨尔瓦蒂把这些话翻译给弗兰切西听,多半出于无聊的好奇心,萨尔瓦蒂问克劳赫斯特,他怎么证明自己真的绕过了合恩角。克劳赫斯特肯定被吓到了,但他大笑着摆摆手回答,合恩角有个岛屿上,固定着一台仪器,可以登记和识别过往船只。他也提到了,他在合恩角拍过一些照片。

克劳赫斯特在杂货店的包装纸上,画了三幅速写草图。其中一幅画了金球杯帆船赛的环球路线,一根线从南美洲南端的路线引出来,指向萨拉多河。另一幅速写画了一艘三体帆船,分为侧视图和俯视图,标上了以米为单位的测量值。他在上面写着"10月31日—68",那是他从廷茅斯出发的日期。

第三幅速写最有意思。它显示了完全不同的路线,从英国到南非海岸附近的戈夫岛,然后穿越海洋来到南美洲,然后,一根颜色更淡的线回到英国。这张地图使人回忆起5个月前,从雅茅斯开往廷茅斯时,他开玩笑给彼得·比尔德画的那张图。后来,弗兰切西和萨尔瓦蒂一家都想不起,克劳赫斯特是怎么解释这张地图的。这肯定跟他最初的解释并不一致。他们说,他画地图的时候很"滑稽"。他花了很长时间大声说话,并且前言不搭后语。

弗兰切西给克劳赫斯特拿了一瓶啤酒,然后走开了。他通过翻译解释说,他必须给 60 英里以外拉普拉塔湖辖区的上级打电话,请求指示。这显然使克劳赫斯特很激动。"假如他们发现我在这里,我就会被比赛取消资格!"他朝埃克托尔·萨尔瓦蒂喊道。然后,他平静了下来,似乎更明智地接受了自己的窘境。(他们发现,他是他们碰到的最善变的人,因为他经常改变主意。)"好吧,假如我被取消比赛资格,我会去布宜诺斯艾利斯,好好玩一阵子,然后,继续上路去里约热内卢。"他没有解释自己怎么能做到,因为他也告诉他们自己身无分文。

害怕泄露秘密也许解释了他画戈夫岛地图的原因。假如在萨拉多河被人揭穿,他总可以拿出这张速写,当作他真正的路线图,航行到戈夫岛,然后因为浮舟损坏,回到南美洲。其他令人尴尬的事实,比如,他声称自己"赢了比赛",他可以解释为翻译错误引起的误会。另外一张地图,他会说是比赛大致赛程的图解。第三张地图确保了他伪造的过程不会被发现,他依然能光荣地退出。

然而,他运气很好。高级士官弗兰切西在巴雷托牧场的公共电话亭,打通了一位在拉普拉塔湖值班的海军准少尉的电话。海军准少尉是能接收这份报告并且作出决定的军衔最低的军官。他根本不知道有任何比赛。海军准少尉听弗兰切西描述了客人之后说,可以给那个英国人提供他需要的一切,并允许他方便的

218

时候再次起航。海军准少尉显然认为这完全是日常事务。他甚至没有跟在布宜诺斯艾利斯的拉普拉塔河辖区总部的上级汇报。

在等待弗兰切西打电话的结果时,克劳赫斯特对罗丝·萨尔瓦蒂说"Il faut vivre la vie①"。他兴奋地重复了好几遍,仿佛"你一定要活下去"蕴含着什么深刻的真理。他经常这样热血沸腾,听的人觉得不知所云。罗丝记得他提到了一件"晶体管仪器",他说正在航行中试验。后来,罗丝·萨尔瓦蒂强调说,她的外国客人"经常大笑,仿佛他在取笑我们。我们觉得有些不对劲,他可能是个走私犯"。

克劳赫斯特跟弗兰切西和科利骑摩托回到了海岸警备站,他们马上给了他需要的材料。当晚,他睡在他的三体帆船上,第二天早上开始修理右舷浮舟。到了下午,他用螺丝拧上了补丁,一共两块,一边一块,大约18英寸见方,把它们漆成白色。那天晚上,迪普伊和科利煎了牛排,邀请他到海岸警备站他们睡觉的地方一起吃饭——他俩都没有结婚。所以,克劳赫斯特仪式般地刮了胡子,到他们驻地的厨房里帮忙。吃饭的时候,克劳赫斯特喝了一杯加苏打水的酒,心满意足地坐下来,跟他们一起喝咖啡。但是,他生怕泄露秘密,所以没有多说话,因此没有让吃饭的气氛活跃起来。他用模仿表演开了些无关紧要的玩笑,但大部分时间闷头吃喝。第二天晚上,他睡在廷茅斯电子号上,帆船系在码头上。

第二天,他们把渔夫梅西纳叫来了:那个英国人想要离开,需

---

① 法语,你一定要活下去。——译者注

要把船短距离拖下萨拉多河,进入桑博龙邦湾。最后一刻,克劳赫斯特和弗兰切西很想交流,尽管语言不通,他们还是很喜欢对方的陪伴。弗兰切西和鲁文·丹特·科利都在《航海日志二》里写下了他们的名字,弗兰切西加上了他们的地址:

> 萨拉多河驻地
> 拉斯皮皮纳斯
> 阿根廷共和国

这位高级士官对他的客人的印象跟罗丝·萨尔瓦蒂截然相反:"他很喜欢这里。我敢说他精神状态极佳,表现完全正常。"

在萨拉多河的海岸警备队日志里,他们写下跟克劳赫斯特的三体帆船告别的话:

> 3月8日,14点,那艘叫廷茅斯电子号的游艇起航了。

14

"前往迪格尔·拉姆雷兹"

弗朗西斯·奇切斯特爵士说过，他在航行中心理最紧张的阶段是在离开澳大利亚后。再次看见人类并没有缓和他的孤独感，反而使他的孤寂更加强烈。接连好几天，他都无法重新适应海上的艰难困苦，他知道第二阶段的航行，不仅跟第一阶段一样漫长，而且有更多风浪。很久以后，奇切斯特和罗宾·诺克斯-约翰斯顿在一起探讨，中途停顿实际上能否让单人长途航行更容易。他们得出结论说，对于船上的损耗来说，显然中途停顿更容易些，但对人的精神损耗来说，停顿也许令后续的航程变得更艰难。

当奇切斯特从澳大利亚出发时，他已经是一位英雄，他的船经过了专业的修理，他遇到的问题真实却可以控制。而克劳赫斯特从萨拉多河解开缆绳起航时，却笼罩在欺骗的罗网中，帆船东拆西补、破烂不堪，他一定感到了沉重的压力。

甚至他的航海任务也很沉重。他现在离开英国 7 500 英里——尽管这只有到澳大利亚的一半距离，但对任何小船来说，依然是一段很长的航程。另外还有撒谎带来的更大压力。海岸警备队会对他的登陆保密吗——假如没法保密的话，他该怎样解释如此奇怪的举动？怎样撒谎也是实际问题。接下去几个星期，主要问题就是等待走完杜撰中的南大洋航线所需要的时间过去，然后回到大西洋的实际航线。但是，他应该出现在大西洋的哪里？他应该什么时候打破无线电的沉默、如何办到？这些都要巧妙而娴熟地做到——本来可信度就很勉强。

　　离开萨拉多河之前，克劳赫斯特已经决定往南航行。这不仅是出于习惯，他的选择还有重要的原因。他需要在最佳地点监听惠灵顿电台预报的新西兰天气情况——他甚至有可能给惠灵顿发送讯息。在南美洲的错误地点发送讯息很危险，再往南航行便会减少被发觉的几率。无论多么短暂，他都需要尝试一下咆哮西风带。他在航海日志里要有第一手的描绘，他也知道用几英尺的胶卷拍摄南大洋泛着白色泡沫的大海，能增加他这个故事的可信度。他一直能避免碰到船只，但他担心不会运气一直好下去。他在荒无人烟的南大洋会更安全。

　　他把离开萨拉多河后的路线，小心地记在《航海日志二》里，这显示出他的头脑是怎么思考的。驶往拉普拉塔河口后，他立刻掉转船头往东北方向开，似乎他要开回英国。他对水上警察编造的故事是这样的，为了掩饰自己伪造的细节，他不得不小心翼翼。40 小时后，海岸线消失在天际，他突然掉头往南方驶去。

　　他回到海上第一天的日志里，只记了一件小事："游出去找原

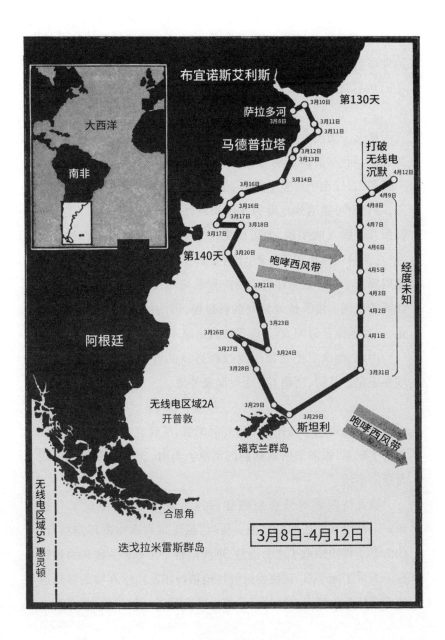

223

木板材。"即便上过岸之后,他似乎还是缺少修理帆船用的木材,因此需要离开船只找到更多。(他肯定又该咒骂缺少重要的备件了。)然后,接下去几天,他不得不开始计算自己"重新出现"的时间。

从戈夫岛出发——他假装 1 月 15 日经过那里——途经好望角、澳大利亚、新西兰到合恩角的正常航线距离约 13 000 英里。一月和二月(南半球夏季)深入南方的话,可能距离会稍微减少一点,尽管更可能遇到危险的冰山和风暴。克劳赫斯特出发前,曾经跟几个朋友吹牛说,他可能为了节省时间尝试南方路线。但是,克劳赫斯特现在算出来,不管走哪条路线,从戈夫岛到合恩角起码要三个月。这意味着他要声称平均每天航行 140 英里,比奇切斯特更快。由于他开始时航行很慢,国内的人也许会怀疑,但是,假如他拖延时间太长,即便造假也赢不了比赛。

因此,他决定把想象中越过合恩角的时间定在 4 月 15 日。现在还是三月初,还剩下 6 个星期要等待。

其他比赛选手是计算中重要的因素,尽管克劳赫斯特跟伦敦失去了联系,很渴望听到他们的消息。当时,比赛中发生了一些奇怪的事情。

穆瓦特西耶继续在跟咆哮西风带谈恋爱,他越过了合恩角——却没有办法回到欧洲。所以,他决定再次出发环球航行!他的妻子很快知道了这个消息,迅速给他下了诊断:她认为他独自一人呆了七个月,这使他短暂性地精神错乱。穆瓦特西耶知道他们会认为他疯了。他给自己的出版商写了一封长信,并在第二次经过好望角的时候将它扔到了过往的船上。他写道：

> 你会问我最近是不是爬上桅杆，摔下来跌坏了脑袋。好吧，我没有。这太难以解释了。有些事情你无法解释，因为这太简单了……

尽管如此，穆瓦特西耶还是洋洋洒洒地解释了一大篇。他在航海日志里写道：

> 我一点都不想回到欧洲，跟他们虚伪的神祇们在一起。你很难奋起抗击他们——他们吃你的肝，吸你的髓，最后残忍地对待你……离开欧洲再回来毫无意义。就好像离开乌有乡，又回到乌有乡。我终有一天会回到那里，但我想会是以一个旅人的身份，而不是生活在那里……我知道生活是一场战斗，但在现代欧洲，这场战斗是愚蠢的。
>
> 挣钱，挣钱——然后干嘛？汽车还开得好好的，就去换辆汽车。穿得"体面"——这个词让我觉得好笑——支付过高的租金，把船停泊在港口支付的使用费，几乎跟巴黎一个仆人住的房间一样贵，也许有一天再买台电视机。营营碌碌，被那些虚伪的神祇驱来遣去……我要去的地方，你可以随处停泊，阳光是免费的，你呼吸的空气、游泳的海洋也是免费的，你可以在珊瑚礁上晒太阳……

穆瓦特西耶给出版商写的信更加富有诗意：

为什么我要玩这样的把戏？想象一下你身处亚马逊森林，寻找一些新的东西，因为你想感受泥土、树木、大自然。你突然路过一座消失的代表古代文明的小神庙。你不会简单地回来说："我发现了一座神庙，还有无人知晓的文明。"你会待在那里，努力去理解它，努力去解释它……然后，你发现继续航行100公里就是另一座神庙，这回是一座大神庙。你还会回来吗？

穆瓦特西耶疯了吗？还是众人皆醉他独醒？假如他疯了，这跟慢慢侵蚀克劳赫斯特的病症完全不同。两个人使用的词汇经常很类似。（"在大海中，"穆瓦特西耶不久后在航海日志里写道，"时间有了宇宙的维度……你感觉自己能航行一千年。"）但是两者内容不同，他们的个性和动机也不同。穆瓦特西耶本人并不怀疑自己疯了：

> 我不认为自己疯了，但我有印象某些东西似乎不是三维而是四维。我重复一遍，我不认为自己疯了。我的健康状况非常好。

实际上，穆瓦特西耶现在已经退出了比赛，尽管他曾经似乎能同时拿下两个奖项——更不用说在法国有"荣誉军团①"等着他。这样只留下诺克斯-约翰斯顿、泰特利和克劳赫斯特（全世界

---

① 原文为法语。——译者注

都这样认为）继续战斗。当时，人们最看好泰特利，因为诺克斯-约翰斯顿的船很破，他的无线电发报机功率很低，从他最后一次被人看见从新西兰前往合恩角之后，已经四个月毫无音讯了。他的赞助者《星期日镜报》已经发表了一篇沉痛的文章，读上去就像措辞含蓄的讣告。但是，实际上他挣扎着越过了合恩角，现在他的船上飘拂着孤独的英国旗，正穿过大西洋北上。他甚至再次抵达了飞鱼的纬度，他在航海日志里充分地描绘道：

> 3 月 11 日：我做了自认为不错的鱼肉馅饼——用早晨我发现躺在甲板上的飞鱼做的（最后我还是掌握了调芝士酱的技巧）。

此外，诺克斯-约翰斯顿开始花时间阅读《英诗金库》，努力模仿爱丁堡公爵拍摄跳跃的企鹅的照片，在文章里愤怒地指责戴高乐胆敢羞辱英国大使，回忆起战时（五岁时）的个人经历：

> 凌晨两点醒来听新闻。艾克死了。好吧，他已经病了很长时间，最近病情恶化，但是，我依然感到心里些微的失落。我依然记得，1944 年我们回到法国时是多么兴奋，当然尽管蒙蒂是"自己人"，他也不得不跟艾克分享荣誉。让一个骄傲的国家承认自己不再拥有最强的权力，并把军队置于外国人领导之下，永远不是一件愉快的事情……

4 月 6 日，诺克斯-约翰斯顿最终被一艘经过的油轮发现了，国内立刻开始准备迎接他胜利归来。他现在毫无疑问会赢得金球杯。但是,他的航行速度如此之慢(平均每天96.5英里),两艘三体帆船有望在时间上战胜他,获得5000英镑奖金。同时,泰特利3月20日成功越过了合恩角,掉转船头往大西洋北上。他的路线离开正在福克兰群岛北部游荡的廷茅斯电子号只有150英里。克劳赫斯特依然没有任何事情可做,唯有等待。

克劳赫斯特怎样打发时间?我们推测他只有一件事情可做。我们知道克劳赫斯特在廷茅斯买了四本航海日志。然而,帆船被发现时,船上只有三本航海日志——《航海日志一》《航海日志二》和《无线电日志》。克劳赫斯特在航行的某个阶段可能销毁了第四本日志,假如他没有用过这本日志的话,他明显没有必要这么做。但是,日志里会写些什么?

克劳赫斯特也许会用它来创作源源不断的诗歌、小说和散文,但是,我们认为这不太可能。他已经把《航海日志一》《航海日志二》后面的页面全都用来写这些,还留下了充分的空间。也有许多迹象表明,他打算创作自己的事迹,一旦成为英雄后,可以用来发表——难以置信的是,他竟然会把自己所有的作品扔掉。

第二种理论是他用空余的日志记笔记,比如航行计算、电路和无线电信息等。但是,这似乎也不太可能。航行结束后,帆船里扔了一堆乱涂乱写的纸头,空白海图、无线电日志和技术手册的空白边缘也用来记笔记。所有的一切都显示,克劳赫斯特没有系统地记过笔记。

有第三种理论:空余的日志用来起草一份假的航程。现在,克劳赫斯特在《航海日志二》上，几乎连简短的水手笔记也不写了。除非他打算完全依靠记忆和发明来创造可信的细节，他肯定会每天起草伪造的航程。我们觉得这个解释很有可能是真的。甚至有可能克劳赫斯特编了一整本新的航海日志，伪造了整个航程，因为我们看到《航海日志一》里面风格的改变很可疑，这肯定让他觉得担心。录音带里还有进一步的证据，说明《航海日志四》不仅存在，而且被使用过。这能解释为何克劳赫斯特在伪造航程时，几乎完全没有一丝不苟的细节准备，而他杜撰其他小事情的时候，却准备充分。

他留下的所有文件里，只有两页纸的内容看上去明显是打算放在伪造日志里的。（诗歌《南大洋之歌》是虚假的，但也同时表达了他的愿望。）从页码的位置来判断，《航海日志一》后面的空白页上的两段关键文字，大约就是那段时间写的。一首是忠实的小诗，克劳赫斯特的角色是桂冠诗人，即将成为廷茅斯的英雄，他感受到了呼唤：

在廷茅斯城里，在廷茅斯城里，
闪闪发光的沙滩上，人人都晒成热带的棕色，
人们欢笑着，几乎不皱一下眉头，
口口相传，仿佛律令，
噢，回到廷茅斯小镇。

他似乎（相当正确地）担心第四行，那里的字迹擦掉过好几次。对页上另一段"伪造"的草稿更有意思。这显然是关于绕过

合恩角的一部分叙述,包含克劳赫斯特撒谎时的所有迹象:不自然、心神不宁,对于"证据"(他假设照相机坏了)的缺失,找了很多含糊的借口。其中也出现了他的另一位挚友"马克"——他记忆中的 BBC 电影指导。

> 绕过合恩角,我拿出了摄像机,装上胶卷,开始拍摄。我拍了大约 50 英尺,然后机器声音刺耳地停了下来。我不得不把机器拆开。(马克说"任何时间都行,小伙子,弹簧和 38齿轮会撞上舱顶"。)但我找出了问题,把空驱动轴上的磷青铜摩擦三脚架弄偏了一点,并且擦掉多余的油,解决了这个问题。评论完给别人二手摄像机的人以后,我又重新开始拍摄。观测了太阳中天之后,我转头往东北方向开去!

对于我们伪造航海日志的理论,还有一种相反的观点。假如他还有任何自我批评的能力,他一定很不喜欢创作孩子气的零星诗歌和充满谎言的散文。也许,他在两次不充分的尝试后,搁下了这个任务,发现自己根本无法完成。

同时,克劳赫斯特 3 月份航行了数千英里,去了福克兰群岛①。因为布宜诺斯艾利斯以南航船很稀少,他现在能待在南美洲海岸 100 英里以内。这能帮助导航(他能使用自己的"领航员"接收海岸无线电信号),也使得他在越来越糟糕的天气中找到庇

---

① "福克兰群岛"系英国与阿根廷有主权争议的地区,"福克兰群岛"为英国官方对该地的称谓,而阿根廷则称该地区为"马尔维纳斯群岛"。——译者注

护。然而,他很小心不进入陆地的视野范围之内,除了有一次,他离开马德普拉塔①不到 17 英里。这不算太冒险,因为这里是阿根廷最有钱的度假胜地之一,即便看见一艘陌生的游艇,人们也不会大惊小怪。在圣马蒂亚斯湾②附近(他起初考虑过在那里登陆,他又打算驶入海湾了吗?)他突然转向东南,朝福克兰群岛驶去。

他花了很长时间听无线电广播里的的摩尔斯电码,大部分来自开普敦和布宜诺斯艾利斯。然后,3 月 21 日起,南美洲的无线电静区减弱了,他终于接收到了新西兰惠灵顿的无线电。他的无线电日志里接连出现了一系列南太平洋的天气报告。然而,接收情况并不好,天气报告经常被"QRM"的信号打断,这是国际 Q 码③中代表大气干扰的符号。

克劳赫斯特思考了很长时间是否要给澳大利亚或新西兰发一封电报。他伪造的路线应该已经经过了东经 140°——(他的无线电沉默之前的最后一条讯息里)他说过在这个地点会试着联系。两天来,他在一张零碎的纸片上,一遍又一遍起草可能要说的话。他主要的目的是想看看自己是否被发现,但是不说自己的位置会显得很古怪。这让他感到担心,他试了好几种不同的措辞。他也思量着是把电报发到惠灵顿还是悉尼。他最终模棱两可地在电报前面加了 Q 码,打算碰运气:"QSP(你能否免费转到……)ZLW(……惠灵顿……)VIS(……或悉尼)。"这是希望假如有人收到消息,会转发到国内——但是只有通过正确的频道才

---

① Mar del Plata,阿根廷海滨避暑胜地,位于布宜诺斯艾利斯以南 370 公里处。——译者注
② Golfo San Matias,阿根廷南部海湾。——译者注
③ Q 码是一组 Q 开头的三个字母,在摩尔斯码通信中用于正式的问答。克劳赫斯特出发前,曾在布里斯托上课时用功地学习 Q 码,能在电报中专业地使用。——原注

行。电报继续写道：

　　埃克塞特德文郡通讯社 = 四月中旬在合恩角的航线上必须也知道其他人的位置 担忧是否有人报告看见 因为发电机问题很少发电报 担心克莱尔

　　在最严格的意义上，这些措辞没有撒谎。当时，克劳赫斯特正沿南美洲一侧航行，确实"在合恩角的航线上"。他模棱两可地探问是否有人看见他，假如回答是肯定的，他也许很难替自己辩解——但是，他也许依然能找些借口。

　　有迹象表明，他一遍又一遍地试图发出电报，因为从 3 月 23 日到 25 日，通常加在电报前面的日期和时间，在草稿里修改了好多次。然而，他显然没有成功发出去。他保存着那片纸头，但是无线电日志里没有发送的记录。

　　3 月 25 日傍晚，他从英国的波蒂斯黑德无线电台接收到很弱的、正在消失的信号，他记在了无线电日志里：

　　MZUW（廷茅斯电子号……）DE GKG（……发自波蒂斯黑德……）QRU？（……你有什么要告诉我们？……）0200Z12MCS（……我们会在格林威治时间 2：00 收听 12 兆赫）

　　他们为什么呼叫他？是否意味着他被萨拉多河的人告发了，他们认为他现在一定正靠近英国？或者只是例行公事的呼叫，希望在世界的某个地方联系到他？克劳赫斯特对两者都无能为力。除了澳大利亚和新西兰，跟哪里联系都不合他的目的。无论如何，他的无线电发报机太小，无法传送到英国。他决定把打破无线电沉默的问题推迟到以后。

现在，克劳赫斯特算是尝到了咆哮西风带的滋味。他一路风平浪静地航行到福克兰群岛，似乎只要再航行两天就能看到陆地。然后，他突然遇到了风暴，被吹离航线 100 英里以外。重新梳理克劳赫斯特的欺骗行为时，很容易忘记在南方的海洋中航行需要极大的勇气。当时，他离合恩角 500 英里出头，正如许多水手发现的——这里的风浪跟合恩角的风浪一样猛烈。

克劳赫斯特的任务之一是为 BBC 拍录像，航行中巨浪拍向三体帆船的甲板时，他透过船舱的窗口拍了好几个场景。胶卷没有记录时间，但有些可能是这段时间拍的。他可能也希望在福克兰群岛拍摄合恩角式的戏剧性照片。假如这样的话，他就要失望了。3 月 29 日，当他抵达福克兰群岛的时候——比他预期的时间晚了三天——风暴减弱了，海面平缓得不同寻常，海浪柔和地起伏着。他什么都做不了，只能花了一个下午和晚上，在离开斯坦利海港以北几英里的地方游荡，拍摄没那么具有英雄气概的日落景色。我们在船上找到了 BBC 的影片，画面显示了地平线上福克兰群岛黑暗、低矮的剪影。

这是克劳赫斯特航程的最南方。录像拍摄结束后，他在廷茅斯电子号上度过了第 150 个夜晚。第二天早晨，他突然转头——尽管还有时间——开始航行 8 000 英里回家。两天来，他顺着咆哮西风带的西风,迅速地航行,也许他只想尝尝西风的滋味。后来,他慢了下来,转向北方,退回更安全的水域。

现在,传送无线电信息的问题带给克劳赫斯特许多压力。他显然觉得,在伪造的航程"抵达"合恩角之前进行无线电联系,对增加可信度很重要。假如他没有这么做,那么明显他在整个航程中,所有的无线电信息都是在大西洋发出的。假如没有一则简单、直接的信息,通过新西兰的惠灵顿转回国内,那他无论如何也得制造一点可信的事情来混淆视听。

他最先想到的是答复一月份无线电开始沉默后,他收到的两封无线电报——一封来自斯坦利·贝斯特,解除了他"无条件购买"的合同,还有一封是姨妹海伦"鼓舞人心"的电报。他查阅了两封电报的参考编号,起草了一封表示收到的电报,还加上他现在的无线电区域5a——在南美洲西面。他发电报给开普敦电台,但是通过惠灵顿转的。他知道惠灵顿很难收到他的电报,但他也许希望开普敦会收到回电,电报中有关于惠灵顿的指示。然而,他在无线电日志里起草了各式各样的电报,最终却把电报划掉了,旁边写道:"这可能会在开普敦引起麻烦,不会发送。"

然后,他起草了一封在通信程序中被称为"TR"的信息。这类信息由船只定期发送给长距离无线电报服务系统,给出位置和目的地的信息,这样电报就能有效地按路线发送。克劳赫斯特的TR是一系列由Q码写成的复杂的指令,其中几乎包含了所有的信息,除了TR应该包含的一件事情——他的经度和纬度。电报总结起来就是,4月15日之前,他在5a区(南美洲西面的区域,由惠灵顿电台服务），然后，他会到 2a 区（南美洲东面的区域，由开普敦电台服务）。从枯燥的通讯术语翻译过来，他的意思是计划 4月 15 日绕过合恩角。（有趣的是，后来一份 TR 信息草稿中，他把日期改成了 4 月 18 日——他决定将假设绕过合恩角的日子往后推了三天。）克劳赫斯特也附加了他收听发来的电报的时间，但他加了一句："假如无法回复，请假设回复已经收到。"他显然不想被拖着不得不定期通信。

4 月 7 日，克劳赫斯特发送了 TR，先到新西兰的惠灵顿、英国的波蒂斯黑德，最终到开普敦（他实际上是在该区域）。显然，没有一个电台回答。接下去发生的事情不太清楚，但是，4 月 9 日，他突然在无线电日志里记录了跟布宜诺斯艾利斯的大帕切科电台令人捧腹的摩尔斯电码对话。这个电台并不是英国船只常用的无线电网络的一部分，却是离克劳赫斯特实际位置最近的大型无线电站。无线电日志里没有记录，是克劳赫斯特呼叫了布宜诺斯艾利斯，还是他们呼叫了他（也许他们听到了发给惠灵顿的不成功的电报）。但是，根据克劳赫斯特写下来的片段推测——这些记录混合了 Q 码和西班牙英语——布宜诺斯艾利斯的话务员因为他的迟钝感到很困惑。他们一遍又一遍地问"QTH?"（你的经纬度在哪儿？）和"QRU?"（你有什么想说的？）尽管克劳赫斯特没有写下自己是怎么回答的，但他显然在闪烁其词。最终，克劳赫斯特被说服通过布宜诺斯艾利斯发了一封电报。电报措辞故意含糊不清：

埃克塞特德文郡通讯社 ＝ 前往迪格尔·拉姆雷兹 计程

仪绳故障 17697 28 日 什么是新的海浪拍击方向

罗德尼·霍尔沃思担心了很长一段时间。自从 11 个星期前收到警告的电报,他再也没有从他未来英雄那里得到一个字。克劳赫斯特答应的无线电话没有接通,劳合社没有报告看到过他。尽管有段时间报纸满足于"印度洋风暴"的描述,但即便霍尔沃思再足智多谋,也早就没有戏唱了。没有什么可以报道的,除了谨慎地相信克劳赫斯特也许慢慢经过了澳大利亚。在廷茅斯的轮船酒馆,地图上的黑线显示出,霍尔沃思提供的每日航程报告,噩兆般地停在了印度洋中间,有些人甚至担心起克劳赫斯特的生命安全。

4 月 10 日早晨,电话响起的时候,霍尔沃思正在刮胡子,话务员读了克劳赫斯特简短的讯息。霍尔沃思的脸上还涂满了泡沫,他打电话给克莱尔·克劳赫斯特报告了这个欢乐的消息。他空闲的时候翻译了这些含义模糊的词。"迪格尔·拉姆雷兹。"他想了一下,一定是指迭戈米拉雷斯岛——合恩角西南方向的一个小岛。他注意到,在航行 17 697 英里后,3 月 28 日计程仪绳坏了,克劳赫斯特似乎很渴望了解关于"海洋拍击"别人知道什么。霍尔沃思想,这真是喜怒不形于色的绝好幽默。

他立刻意识到,假如克劳赫斯特能保持这种速度,他一定能以最快的速度赢得这场比赛。这条消息只有一件事情让人恼火,克劳赫斯特没有提供确切的信息。他似乎没有理解,绕过合恩角是一件大事,需要日期和时间。因此,霍尔沃思仔细地揣摩字里行间的意思,如占卜般得出结论说,克劳赫斯特的意思是他离合恩角 300 英里——所以,他明天应该能及时赶到那里,好上明天早晨的报纸。因此,半条舰队街认定廷茅斯电子号在 4 月 11 日绕过了合恩角——比克劳赫斯特小心翼翼筹划的日期早了一个星期。

克劳赫斯特的航行速度开始快得令人怀疑起来——德文郡通讯社报道廷茅斯电子号曾以平均每天 188.6 英里的速度航行 13 000 英里,这个错误的数据加重了这种印象。(尽管计算到了小数点后一位,这个数字还是多了约 30 英里——即便假设克劳赫斯特在合恩角。)令人惊讶的是,一星期后的 4 月 18 日,几家报纸再次报道克劳赫斯特"正在绕过合恩角"——消息的源头还是霍尔沃思,但这次是比赛组织方发布的新闻,而且,依据显然是克劳赫斯特跟无线电报话务员的对话。当然,霍尔沃思和比赛组织方都不知道真相,但至少第二个错误声明是克劳赫斯特所希望的样子。

但也有自相矛盾的地方,电报是从布宜诺斯艾利斯,而不是惠灵顿发来的。但是似乎克劳赫斯特有些过分担心了:消息顺利通过,没有人注意到这一点。报道完全没有引起怀疑的唯一解释是,当时报纸上到处都是诺克斯-约翰斯顿即将回家的消息,他们激动人心的故事使人忽略了关于克劳赫斯特的一小段话。像往常一样,只有一个人表示反对。弗朗西斯·奇切斯特爵士现在相信发生了奇怪的事情,在法尔茅斯等待诺克斯-约翰斯顿归来时,他公开向比赛官方表达了自己的怀疑。

15

午 夜 油 灯

　　南方的冬天来临,白昼变得越来越短,克劳赫斯特决定在廷茅斯电子号上临时点一盏油灯,来节省电池。他拿出一个空的奶粉罐,在其中焊上一根管子,充当灯芯,里面灌上石蜡。也许因为缺少燃料,他只做了一盏油灯。灯光摇曳闪烁,散发着油臭味,克劳赫斯特直到后半夜才睡,听着无线电广播,修补他的装置,费劲心思地伪造航程,吃喝、写作。

　　他这段时间的写作,跟从前一样奇怪地混杂着对比强烈的陈腐和喧闹、忧郁和孤独。这似乎显示了他性格中矛盾的两面,他成年以后,这个特点一直很明显:酒吧吹牛大王和孤独、专注的科学工作者;军官食堂里的活跃分子和意志消沉的小镇知识分子。但是现在裂痕似乎比从前更宽了。

　　其中最陈腐的是他在《航海日志二》后面写的略有些粗俗的

打油诗。即便对打油诗来说,它们也难以容忍地糟糕。通过对诗的阐释,克劳赫斯特在这组诗开头加了一则辩解书:

> 参加《星期日泰晤士报》航海比赛时,
> 我以快速帆船的速度航行,
> 还写下流的诗歌,
> 我从而升华了性欲。

为了节约读者的时间,这里只引用两首:

> 有人问一个来自直布罗陀的姑娘,
> 她光着身子快速游向马耳他,
> 她说脚后溅起的水花,
> 飞了四百英尺远,
> 让试图强暴她的人望洋兴叹。

(在这里,克劳赫斯特加了一句:"我想,嗬,嗬! 我戴上了潜水呼吸器。"这个主题似乎使他着迷,他写了另外好几首打油诗,内容是戴着护目镜和潜水呼吸器追逐那个姑娘,但自然没有穿紧身潜水服。另外一个经常出现的主题是悉尼,他成功地杜撰了一次航行比赛,尽管克劳赫斯特谨慎地改成了《观察家报》的横渡大西洋比赛。)

> 一位横渡大西洋的参赛者名叫悉尼,

把飞机票贴在了他的腰子上，

他说："我航行去了纽约，

在一个软木塞上，

海洋如此之大，它把我藏了起来。"

在同样兴高采烈、自我嘲弄的情绪下，一天晚上他在油灯下喝醉了，在 BBC 的机器上录了一长段话。[①] 他喝了一瓶酩悦香槟，这是出发前约翰·诺曼给他的，他一口气把酒干了，他觉得就应该这样喝香槟。他喝醉以后没有像常人一样哭哭啼啼，反而精神振作，变回了那个老练、爱喧闹的酒吧小丑，除了享受醉态，也爱好扮演喝醉的角色。下面是他记录的一小部分，一字不差：

有毛病要挑。

你有毛病要挑。你给了我一整瓶香槟，伙计，闪闪发光的一整瓶酒，放不了多久，对吗？你这个邪恶的人。你应该给我两个半瓶酒，因为我喝醉了，你这个环球航行家，你这愚蠢的老环球航行家，你醉得就跟个环球航行家似的。（笑）

嗨，我告诉你一些事情，要严格保密啊朋友。我录了一段最他妈糟糕的废话，肯定是你这辈子听到过最糟的，朋友……然而，看我怎么还……看着水平面，朋友……你会充满那磁滞什么玩意儿——（唱歌）

---

① 这段录音在克劳赫斯特的日志里没有记录日期，但是根据内部的迹象，显然是 4 月 23 日或 24 日录制的。——原注

"不要充满磁滞回线，

磁滞回线不能饱和。

你一定不能充满磁滞回线。"

那是怎么回事？

你想知道什么，朋友。是啊，我在哪儿，我在干嘛？好吧，我告诉你，朋友，我记不清你给我那瓶香槟，约翰，是为了庆祝绕过合恩角，还是圣诞日，还是随便什么事情，好吧，我决定保管好这瓶酒，直到那些时刻，比如，我越过了夏季区带①，向北方航行。好吧，我过去了（笑）我过去了，朋友。我越过了那条可怕的线，那是大约南纬 36 度……我气喘吁吁，完完全全地喘不过气来，朋友。我尖叫着穿过南大洋，我现在可耻地以三四节的速度缓慢前行……我的手碰得到风帆的每个针脚。假如今晚可能有暴风的话，朋友，我的环球航行就是自找倒霉，我能告诉你，朋友，无论如何，我的状态不好，根本应付不了，假如我去见了深海阎王戴维·琼斯②，把这一切扔下，你们偶尔发现我放录音带的特百惠小盒子，你会有很多问题要回答，朋友。关于我的毁灭的唯一一记录，就是这些可怕的录音带，我想让全世界都知道，BBC 的约翰·诺曼先生是罪魁祸首，朋友。

我的上帝，我们必须以 3 节的速度前进。你们听见浩瀚

---

① Summer Zone，一年内蒲氏风级 8 级或 8 级以上不超过 10% 的海区，允许终年使用夏季载重线。——译者注
② Davey Jones，欧洲传说中的水中恶魔，在飓风或暴风雨的夜晚会出现在船上，见到他的人必死无疑。——译者注

的大西洋的海浪声吗，朋友……

噢，出海是一件可怕的事情，朋友。18 英寸高的大山般的巨浪，可怕的黑压压的乌云，排山倒海般翻滚着，朋友，向远方伸展，直到目力所及的尽头。现在，我要把目光投向测风记录器。我的上帝，6 节……噢，我现在航程的紧要关头，朋友，但这像恶魔般可怕，朋友。这比可怕更可怕。这就是恶魔般可怕。为了不吓着听众们，我就不描述究竟有多可怕了。(笑)

现在，我想知道的是这个。我在经历什么可怕的困难？好吧，我告诉你。够可怕的困难，伙计，我告诉你，够可怕的困难。比如说，我给你们举个例子，照亮我的船舱的肮脏角落的唯一光线，来自一盏我自己用旧罐头造的石蜡灯，以前是用来放奶粉的，朋友。(咯咯地笑)这是我唯一的光源，朋友，除了装上电池，可以开一盏日光灯，朋友。现在问题是，我所经历的可怕的困境……没完没了，我感到特别地渴。(停了一下)当我坐下来喝金标啤酒时——大麦酒——我得到了很大的满足。作为这种琼浆玉液的结果，也许……啊，这盘录音带会非常出色，朋友，所有的磁带都忠实地记录了我的糊涂话，永远保存。这是多么清醒的头脑，朋友。我流着口水说的胡话永远都留在录音里了。当然，除非你们打算把它擦掉，这会是个严重的错误，因为如此有纪念意义的胡话是很难得的。我敢说 BBC 所有的档案里，都找不到我现在说的胡话那样的胡话。这就像"大鼻子情圣"西拉诺·德·贝热拉克的鼻子。一座胡话的纪念碑，不只是胡话，不是粗俗的、缺乏想象力的胡话,而是贵族式的胡话,胡话的王子,胡话的皇帝,胡话艺术的最佳典范。

不要擦掉它。不要擦掉它。为了子孙后代的缘故保存它。为了尚未出生的下一代保存它。

好吧,现在,噢,天啊,噢,天啊,噢,天啊,我好像把一卷磁带都录完了,多么残酷的遗憾……实际上,朋友,我告诉你,朋友,我有很多录音带可以录。我根本就不觉得,朋友,我会把磁带都录满,但是,假如我再喋喋不休下去,有人就会一枪崩了我。我想 BBC 的台长也许这会儿正像往常一样,把某颗散弹装进他的十二口径枪。噢,我不应该担心,那是唐纳德·克尔。噢,会有几把尖刀等着唐纳德·克尔。(咯咯地笑)他给了这个疯子克劳赫斯特一台录音机。这是一件可怕的事情,但是,我想我会再次痛饮他的酒。(喝酒)

录音即将结束时,他开始喝一瓶朗姆酒,喝得更加烂醉如泥。即便如此,他假装已经航行过南大洋的事也从来没有说漏过嘴,他依然发音清晰、能够自控。(在某个地方,他甚至给 BBC 的人讲解了删除录音的技术方法,在技术上很专业。)尽管他身边带着足够的酒,大部分是啤酒、雪利酒和大麦酒,但就透露的证据而言,航行中喝醉很不寻常。

《航海日志二》后面的其他文字跟打油诗和录音截然不同。它们显示出一个完全不同的人,孤独、沮丧,寻求智力刺激,并且探索他的头脑和记忆来找到它。他写下的东西变得越来越充满幻想。

他用数学符号表达的一种忧郁的思绪,不协调地写在了打油诗的对面,一整页只写了一个公式。他称之为"宇宙积分":

$$\int_{-\infty}^{+\infty} Man = [o] - [o]$$

意思是人的总和,从负无穷到正无穷等于零——或者,用通俗的话来说,人类在整个历史进程中,终归于一片空白。

同时,克劳赫斯特回忆起了他在印度的童年,对人类和上帝的本质作出沮丧的推论。他把自己的想法写在标题是"回忆"的部分,紧接着打油诗。这是一段午夜油灯下写的、歪歪扭扭的文字,充满了删补的痕迹。这段文字完全是理智的,然而,它的内容第一次清晰地显示出精神错乱的预兆,并且越来越走向疯狂。

这部分有两个童年故事,透露出他对自己的欺骗行为深感困扰。他被奇思怪想纠缠着,把头脑中的意念和宇宙的系统当做相互竞争的计算机。这部分开始时,他回忆起自己起初对宗教的幼稚的观念:

> 当我五岁时,知道关于上帝的一切。他创造了一切。这是父母告诉我的,他们知道所有的事情。他是一个年纪很大、很大的老人,有着长长的灰色胡须,他爱我,但是,假如我淘气的话,他就会惩罚我,就像爸爸那样。(这太像计算机了!)我也知道关于他的儿子基督的一切,我七岁的时候,想起他善良的一生和他死时的情形,就忍不住哭了。(这并不像计算机,但毫无疑问上帝知道得更多。)

一天晚上,当我看着星星、思索上帝时,我发现星空中有个形状很像基督戴着荆冠的头像。我转向同伴,试图向她指出,但她看不见。我也看不见了。我是听着神迹的故事长大的,我觉得这是一个以某种方式计算的神迹。

不久以后的一天,我注意到食品储藏室里有个水果蛋糕,跑去感谢母亲带给我最喜欢的食物。"我没有买水果蛋糕,"母亲说。"你买了!""不,我没有。"我很担心。该怎么解释这件事呢?你瞧,我从来没有意识到母亲会撒谎。"但是,我刚刚在食品室看见了。""噢,"母亲说,"我买来是为了给你个惊喜。"母亲向我撒谎了!我的脑子被弄晕了,但只持续了一小会儿,这不是被事实戳破的谎言,而是为了给我带来快乐?这种计算方式真是一团乱麻。

所以,克劳赫斯特认为撒谎是正确的,只要能给人们带来快乐。他杜撰的环球航行会给别人带来快乐吗?也许会——但是,克劳赫斯特记得另一个童年场景,使他想起上帝对不诚实的人们的愤怒:

不久以后,一个男人被火车撞倒了。像大部分小男孩一样,我很喜欢火车,我很快看见一群人围在他的尸体旁边。他被车轮夹住了,火车压过了他的胸部。他的左臂无力地搭在铁轨上。他的头部、右臂、胸部躺在铁轨的一边,他身体的其余部分在铁轨的另一边。他脸上胡子拉碴的,他的容貌很粗犷,看上去很壮实。

我开始计算。他穿着体面,我猜是个伊斯兰教徒,一个有趣时髦的人。也许为了免交车费,他在火车到站前就跳了下去。现在,我知道这是"不对的"。但是,上帝确实惩罚得有点过头了。还有另一件事。我能看到这个男人曾经拥有我理解为灵魂的东西。"灵魂"深藏在他的心中,当他死去时会慢慢地上升,但是,这种令人满意的安排,被火车粉碎了,这令我担心起他的灵魂,它本该迅速地跑出来。我的计算机被这类问题阻塞了,根本无法计算下去!我正在面对千年来一直困扰人类的问题。

假如上帝不能计算,那么一定是哪里出了问题。他一定对人类怀有敌意——起码漠不关心。这样的话,一定要创造一个不同的上帝的概念。年幼的克劳赫斯特继续费力地思考这个问题,因为从外部世界"更多的信息输入了他的计算机":

我20岁时,得出一个结论,人类似乎没有任何正当理由,可以从上帝那里得到帮助——假如他真的存在的话。除了许多年前,我仰望星空时的"感觉",我没有任何理由,但我就是无法否定上帝存在的可能性,只能伤心地向自己承认,他也许对人类不感兴趣,不然怎么会"允许"贝尔森集中营①存在,让纳粹政权的燃烧着获得成功。

我认为人们经常向上帝寻求帮助,是在逃避自己的责

---

① Belsen,纳粹德国集中营。——译者注

任,对母亲依赖上帝,我变得十分敌视。最初,我温和地劝说她,责备她依赖上帝,我跟她争论得越多,就越相信自己是对的,她是错的。随着争论变得越来越激烈,我的挖苦变得更辛辣、更冷酷。有一次,我恶毒地讽刺母亲经常参加耶和华见证会,母亲放弃了争论,只是慈爱地望着我,简单地说了句:"随你怎么说。"我惊呆了,因为我知道,她在某些方面是对的,而我错了,她以屈服"胜利"了!

我的计算机扔掉了我迄今为止放进去的所有东西。我又回到了原点!我权衡着确定性。我出生、活着,并且注定会死去。这是计算。这些事件定义的时间间隔之外的任何东西,对物质世界来说都是无形的。假如我想要改变物质世界中的事件,我最好抓紧时间!怎么办呢?人怎么定义进步?我问自己。最接近满意的解决方案的是"成功"赚钱。我想做个有钱人。这没有什么错,我想,并开始努力赚钱。

克劳赫斯特把文章写在航海日志的边边角角上,他接着解释说现在理解了"经济系统、政治系统和静止而强有力的宗教系统互相之间的影响。"进一步阐释这个主题之后,他的文字越来越不知所云,他没有地方写了,这篇文章句子写到一半就停止了。

克劳赫斯特也写了一些笔记,做了一些他的两本工程学教科书里的练习题。他做这些似乎没有什么热情,只完成了一两章。即使不学新的理论,也已经有很多实际的工程学问题让他心烦。他在旅途中做的数学计算,大部分跟修理无线电装置直接有关,他还尝试设计新的自动驾驶装置。

然而，爱因斯坦的相对论更合他的胃口。这不是一部特别神秘的作品，尽管克劳赫斯特一遍又一遍地把它读成了神秘主义。这本书是爱因斯坦本人写的，以尽可能地向"教育程度达到大学入学考试标准"的人们解释他的理论，不需要太多数学专门知识。爱因斯坦也许有些高估大学入学考试需要的智力了，这是真的，他确实承认读这本书需要"读者有大量的耐心和意志力"。克劳赫斯特确实有耐心和意志力。

克劳赫斯特在书页边缘做了注解，在《航海日志二》上写了批评文字，(显然)目的是为了说明普遍理论并不普遍。应该记住，这本书是他在廷茅斯电子号上为数不多的精神食粮之一。他把这本书变成了他的福音书，就像公共图书馆和便宜的平装本出来之前的家庭圣经一样。克劳赫斯特会从爱因斯坦文字的片段中，读出深刻的宇宙意义，就像从前的正统派基督教徒会从圣经中引用特别的段落，阐释出原本没有的意义。

他尤其对其中一段话着迷，爱因斯坦说道：

> 光穿过路径 A 到 M，跟穿过路径 B 到 M 需要的时间一样长，在现实中并不是关于光的物理本质的假定或假说，而是一种规则，我可以听从自己的自由意志，来对同时性做一个定义。

实际上，爱因斯坦只是暂时找到一些词语以特别的方式来定义"同时性"，这样所有人就会知道他使用的这个词是什么意思，除此以外，他什么都没有说。但是，克劳赫斯特把爱因斯坦的话看作神谕一般。他认为，这里有个更高的存在，他能出于自己的自由意志运行诸天的本质！他把这一页的角折了起来，一遍又一遍地翻到这一页，引用这段话。克劳赫斯特开始在文章里称爱因斯坦为"大师"。他把公式 $E=mc^2$ 看作宇宙的启示，相当于基督教的公式"上帝是爱"。

克劳赫斯特在后来的文章中，描述了自己改变信仰的过程。他说，当他第一次读爱因斯坦对同时性的定义，他认为这是欺骗的诡计：

> 我恼火地大声嚷嚷："你不能那样做！"我想，"这个骗子。"然后，我看着作者晚年的一张照片。这个人的光彩使我相形见绌，我一遍又一遍重读了这段话，努力领会写下这段话的人的精神。作为数学家我没有辨别出任何新的东西，来减轻那些原理令人厌烦的特质。但是，作为诗人我从字里行间读出了深意，他的意思是："然而，我已经这么做了，让我们来检验一下结果。"

这是对爱因斯坦宗教般的特殊崇拜。克劳赫斯特也许否定了参加耶和华见证会的母亲的圣经基要主义，但他依然需要另一种"福音书"来填补这个空缺。他后来的妄想症状中，围绕着爱因斯坦作品的阐释占了很大一部分。

16

赢 还 是 输？

我们很久没提起那场伟大的比赛了，上回说到诺克斯-约翰斯顿在大西洋的最后一段航程，现在他肯定赢得了颁给第一个回来的人的金球杯，还有两艘三体帆船在继续为最快航行速度和5 000英镑奖金奋斗。由于克劳赫斯特不可思议地重新出现，泰特利的支持者们被弄得心烦意乱，本来看上去他们的人显然最有希望拿到奖金。泰特利的帆船显示出糟糕的损坏迹象，但他还是被催促着背水一战，以全速航行。

《星期日泰晤士报》匆匆作了新的统计。这份报纸对克劳赫斯特抵达日期的预测，反映出他的航行的奇特模式。开始阶段，他们预期他在1969年11月之前不会回来，甚至更晚。在"打破纪录的航行"之后，时间往前推到了9月30日，然后，两次修改到9月8日（在"特里斯坦-达库尼亚群岛"报告之后）和8月19日

（报告他在印度洋之后）。现在计算尺显示，克劳赫斯特"最晚7月8日"会回到廷茅斯。

所有人都认为，克劳赫斯特抵达合恩角的总时间，比泰特利快了两个星期。尽管泰特利绕过合恩角北上后航行很出色，重新恢复活力的克劳赫斯特被认为会航行得同样好。除了少数几个愤世嫉俗的人，现在没有人认为他不会赢，罗德尼·霍尔沃思的骄傲与钦佩之情溢于言表——他一贯对克劳赫斯特信心十足。"这证明了唐纳德是我们时代伟大的运动型水手之一。"他说。

这些数据的灵感都来自克劳赫斯特4月9日假装前往"迪格尔·拉姆雷兹"的电报，从那天开始，他连一个字都没有发送过。跟从前一样，国内发生的事情接二连三，克劳赫斯特的意图被忽略了。因此，让我们回到4月9日的廷茅斯电子号上，梳理一下唐纳德·克劳赫斯特眼中比赛的进程。

发出假装前往"迪格尔·拉姆雷兹"的电报后，克劳赫斯特花了三天时间紧张地调着无线电等待回复。答复会透露出他是否被萨拉多河警备队举报，或者被过往船只看见。电报最后终于来了，回答令人放心：

> 你只比泰特利慢了两周 相差无几的比赛结果会成为大新闻 句号 罗宾一到两周内会到 ＝罗德尼

很明显他侥幸成功了。但除此之外，这封电报没提供什么信息。意思是他在泰特利之后两星期抵达合恩角？还是从比赛"经

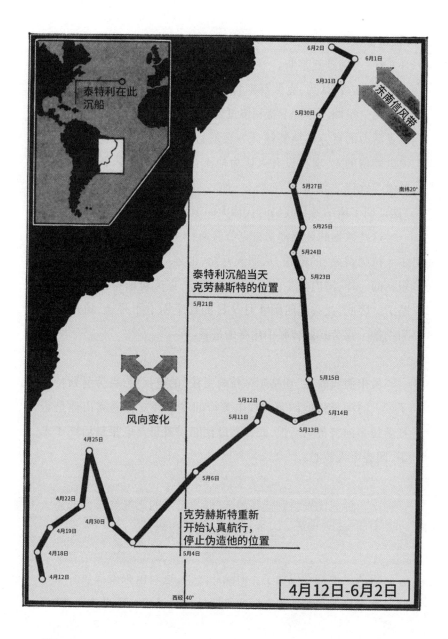

泰特利在此沉船

6月2日
6月1日

5月31日

5月30日

东南信风带

5月27日

南纬20°

5月25日

5月24日

5月23日

泰特利沉船当天
克劳赫斯特的位置

5月21日

5月15日

5月12日

5月11日

5月14日

风向变化

5月13日

4月25日

5月6日

4月22日

4月30日

克劳赫斯特重新
开始认真航行，
停止伪造他的位置

4月19日

4月18日

5月4日

4月12日

西经40°

4月12日-6月2日

过时间"的意义上,说他慢了两个星期?① 穆瓦特西耶怎么样了?克劳赫斯特无法马上知道,因为接下去几天,他打算继续沉默,甚至不确认收到霍尔沃思的电报。

4月18日——他计划假装绕过合恩角的日期——他确实短暂地打破沉默,回答了来自英国波蒂斯黑德电台的呼叫。呼叫是希望确认霍尔沃思的电报是否收到。克劳赫斯特能直接跟英国通信,波蒂斯黑德本该觉得奇怪,因为他应该还在南美洲附近跟自然力量搏斗,但是,自相矛盾的地方又一次被忽略了。克劳赫斯特冒险回答,似乎主要是为了知道比赛更确切的细节。跟波蒂斯黑德的话务员用摩尔斯电码对话时,他得知穆瓦特西耶退出了比赛,知道了泰特利的准确位置。现在知道这些信息后,克劳赫斯特可以开始制定确切的计划了。

这段时间,克劳赫斯特平稳地在大西洋上向北行驶,现在差不多跟布宜诺斯艾利斯一个水平线。他的问题是如何规划他杜撰的路线,从而渐渐跟他的实际位置重合。克劳赫斯特必须在回到繁忙的船运航线之前,让真实和想象的路线"汇合"。

随后的航行中,克劳赫斯特有段时间奇怪地踟蹰不前。他知道下次发回国内的电报发表后,他就不得不把欺骗进行到底,再也无法回头,他解脱自己的最后一点希望也会消失。这种想法似乎使他陷入另一种危机,迟迟无法决断。然而,这次我们没有直接证据,可以知道他在考虑哪些选择,我们只能努力解释他的行动。

---

① 碰巧无论哪种计算方式,电报里关于泰特利的信息都是错误的,但克劳赫斯特当时并不知道。——原注

克劳赫斯特选择跟自己"会合"的地点,显然在他的实际航线上。这个地方在福克兰群岛东北方向 1 000 英里,布宜诺斯艾利斯正东方向 700 英里。这是一种小心谨慎的选择,因为即便他伪造的航线沿大西洋再往北 1 000 英里,也几乎不会有被发现的重大危险。像往常一样,他徒劳地多等了好几天——漫无目的地在布宜诺斯艾利斯孤独的海洋中飘荡——直到他伪造的路线跟实际路线重合。

然而,待在这片海域有一个最大的好处。两个星期以来,他都在很容易跟布宜诺斯艾利斯打无线电话的范围内。克劳赫斯特显然很渴望打电话回家,跟克莱尔说话。他希望直接跟她说话,而不是通过有限制的电报用语。4 月 23 日接下去几天,他好几次用摩尔斯电码跟布宜诺斯艾利斯电台联系,要求他们接通布里奇沃特的克劳赫斯特家的直线电话,他起草了给克莱尔的电报,告诉她什么时候准备接电话。这个尝试没有成功,因为尽管布宜诺斯艾利斯能清楚地接收到廷茅斯电子号上的无线电话信号,但他们并不能同时通过纽约跟英国连接起陆上线路。

为什么电话变得如此重要?显然,克劳赫斯特在长期沉默后,渴望跟人接触,即便只是在断断续续的电话里讲上几句话。但是,他的行为隐含着更多东西。电话似乎变得无比重要,他坚持了 9 天希望可以接通电话,甚至往南航行,以待在布宜诺斯艾利斯的通信范围内。他航行的最后阶段——我们会看到——跟克莱尔说话的渴望越来越变成了一种心理强迫。跟前面几次危机时刻一样,他似乎希望克莱尔能感觉到他的困境,给他勇气——或者借口——从这场骗局中抽身。

同时,克劳赫斯特也在准备给霍尔沃思的关键的新闻电报,其中需要明确声明自己绕过了合恩角,正紧迫地沿着泰特利的踪迹北上大西洋。这封电报的文字经过一系列修改,形成了另一份虚伪的杰作。电报中充满了不合理的细节和半真半假的事实,其中唯一能马上核实的是从天气预报中提炼出来的信息,克劳赫斯特耐心地把它们抄录在无线电日志里。另外,其中加入了对奇切斯特的典型模仿,他也在良好的天气条件下绕过了合恩角,但是后来很快遭遇了一阵狂风:

离开利泽德 201 天[1]后第一次观测

到达福克兰群岛 将近一小时顶风停船 在卡里斯福特海角[2]观看日落 海风吹来秋季傍晚木材燃烧的烟雾 然后匆忙慌乱地驶向安全的南大西洋 句号 合恩角的天气不错 但是第二天星期二刮起了猛烈的东南风下了冰雹 确定时间有点紧

起草完电报后,克劳赫斯特拖了一个星期没有发出去,同时,他继续试图给克莱尔打电话。最后,4 月 30 日,他打破了三个星期的无线电沉默,向国内的人宣布自己在比赛中往回航行了。那天,他先发了到达福克兰群岛的电报。(霍尔沃思认为这封电报令人赞叹。他宣布克劳赫斯特的书应该起名《海风吹来烟雾》。)

---

① 克劳赫斯特本来想说 171 天。计算方式在无线电日志的边缘,他不小心多算了一个月。——原注
② Cape Carysfort,东福克兰群岛东北方向的海角。——译者注

然后,他给伦敦的 BBC 新闻办公室发了电报。在祝贺诺克斯-约翰斯顿成功归来的掩护下,克劳赫斯特主要的目的是暗示,尽管现在有人赢了金球杯,他仍然很有希望赢得比赛最短"经过时间":

BBC 新闻办公室 = 高兴得像有两个木钉的水手似的① 祝贺诺克斯-约翰斯顿成功 但是请好心地注意到他还不是比赛的赢家 需要准确分辨金球杯和比赛胜利之间的区别 = 另外南大西洋令人愤怒 克劳赫斯特

发出这两条消息后,克劳赫斯特坚定地回到了比赛。他早已待在选定的地点,使他伪造的路线和现实路线汇合,他临时放弃了给克莱尔打电话的意图。然而,他的航程又出现了奇怪的空档:他一动不动又停了四天,实际上继续慢慢朝南漂去。他仿佛故意甩掉了不诚实地超过泰特利的优势。是不是内疚迫使他这样做? 还是他照字面意义听信了霍尔沃思的话"相差无几的比赛结果会成为大新闻"? 也许他只是把航线算错了? 还是他有意无意地想要输给泰特利?

关于克劳赫斯特在大西洋中的航行为何如此奇怪,最后这种解释很吸引人。失败也许意味着失去那 5 000 英镑奖金——但极其重要的是没有人需要查看他的航海日志。同时,接近的比赛成绩会给克劳赫斯特带来令人兴奋的新闻头条,无论如何他也会成

---

① Tickld as tar with fids,这句话是海员开玩笑时常说的下流话("tar"是水手的意思,"fid"是一种木钉)。克劳赫斯特变得越虚伪,他的电报就变得越活泼。——原注

为英雄——商业利益和社会地位一样都不会少。我们知道克劳赫斯特经常有摇摆的倾向，假如他因为写一本杜撰的航海日志而感到心神不宁，他就有可能觉得这是摆脱困境的一种方法。他古怪的举动表明，他从来没有下定决心。他继续投入比赛的航程，有时候出于很大的决心，有时候半心半意，仿佛在两种选择之间徘徊不定。我们要记得克劳赫斯特性格的另一个特征是很容易列出选项，却没有能力解决问题。

直到5月4日，克劳赫斯特最终决定他应该认真地往北航行了。他现在真正地开始跟泰特利竞争，无论他的目的是险胜还是险败，他都要下定决心勇往直前了。仿佛为了庆祝他回归真正的航行，克劳赫斯特第一天的航程充满戏剧性。

在准备这本书的过程中，我们把克劳赫斯特做的所有航行计算都重算了一遍，就我们所知，他在5月4日和5月5日太阳观测时间之间，真实的航行里程数跟他早先航程中宣布的伪造数据243英里非常接近。根据布宜诺斯艾利斯的天气报告，他的航行条件很好，有稳定的顺风，但即便如此，这个速度依然令人吃惊。这说明要是顺风顺水的话，廷茅斯电子号和它的舵手都没有什么大问题。讽刺的是，克劳赫斯特在航海日志里对这件事竟然没有做什么评论。① 但是无论如何，创纪录的一天航行已经无关紧要，重要的是他如何在最后一个月保持这个速度。

---

① 关于克劳赫斯特的航行另一种无法解释的反讽是出于巧合重复出现243这个数字。在他航行的早期，他估计甲醇酒精能维持243天，他实际的航行持续了243天。他伪造的一天最高航行记录是243英里，而且，他实际的一天最高航行记录也——大约——是243英里。——原注

实际上，克劳赫斯特的航速没有维持多久。一星期后，他遇到了顶头风，三体帆船的老问题又出现了。他没办法再往北行驶，花了三天时间往东开，希望自己能到达比较好的位置，可以迎上东南信风。

就在此刻，克劳赫斯特发现自己陷入了国内粉丝的争论。霍尔沃思在克劳赫斯特再次出现后感到很兴奋，他相信自己的人不仅在预期中比泰特利更快，而且他们到达英国时，克劳赫斯特还会在实际位置上超过他。从简单的非黑即白的新闻热点故事中，他知道获得这场"时间战"的胜利已经很不错了，但是他期待公众更多的理解。在归来最后一段航程奋力前行的途中，没有什么能真正击败胜利者一往无前的形象。霍尔沃思因此催促自己的人加油鼓劲，他深信唯一能阻止克劳赫斯特的是粉碎性的五吨大浪造成的损坏，这种大浪在印度洋吞没了廷茅斯电子号，造成帆船"支杆"松散。于是，他发电报给克劳赫斯特：

……埃利奥特发现船上支杆松了 为确保帆船安全 请尽全力大修 泰特利现在正靠近赤道

克劳赫斯特傲慢地答复了，纠正了霍尔沃思的航海用语，粗鲁地评价了约翰·埃利奥特，并且沉溺于关于帆船设计的有疑问的自我辩护：

关于安全横木附件断裂 我注意到错误概念 假如支杆指的是横木 但是由于我的设计和小心安装 没有问题了 标准

设计的地方损坏 现在断了六根框架 右舷浮舟水线以上有两
英尺裂缝 没有闲着 埃利奥特的数据和其他纸上谈兵的安全
南纬 31 度西经 34 度 由于不同寻常的东北狂风耽搁了四天
应该最快 只有运气好才赶得上泰特利……

他们来往了两封电报来平息怒火。霍尔沃思可怜地回答:
"只想努力帮助……"克劳赫斯特最后宽宏大量地让步:"理解你
们的动机,我不生气。"但是,克劳赫斯特生气的原因似乎是为了
避免他追问起以前的事情。他意识到四个月前,他夸大其词地描
述了船体的损坏,很快他回来后所有人都会看见。1 月 14 日电报
里所说的"甲板连接处断裂",现在突然变成了"两英尺裂缝"。

克劳赫斯特一直担心着他伪造的航程中微小的矛盾之处,无
论何时只要有可能,他就会努力为之辩解开脱。另外一个例子
是,他假装绕过合恩角的时候,奇怪地成功直接发电报到英国。
三个星期后,克劳赫斯特给波蒂斯黑德发了封电报,解释说"我们
的直接联系是一次侥幸",通常只有通过开普敦才能联系到他。
然后,还有福克兰群岛的天气问题。他假装在那里的那段时间的
气象报告是强风和冰雹。这跟他实际上去那里时拍摄的柔和的
日落并不一致。所以,他在 BBC 的一盘录音带里讲了一段轶事,
回忆起他如何"在镜片遮起来的情况下,拍到了一次壮丽的日
落。"假如胶卷意外地毁坏的话,这会提供一种解释。在另一盘录
音带里(5 月 16 日录制),他讲了一段洋洋洒洒的话来描述他在
南大洋试图发送电报的经历:

信息是从波蒂斯黑德发往全球各个电台,通过开普敦、悉尼、惠灵顿等电台进行全球通信,当然,还有其他电台如加拿大的温哥华等……但是,我先提到的那些当然是我最感兴趣的……

我要是能全世界畅行无阻①就好了。我的确接通了悉尼和——好吧,我——也许说接通不对,但悉尼和惠灵顿听到了我的声音,所以,我感到没有那么难过。但是,我要是能从悉尼和惠灵顿转发信息就好了。不幸的是我办不到,我的信号很弱,我的电池电量极其低,而且,正如我所说的,我不想添麻烦,把密封的舱口打开。好吧,这不单单是麻烦的问题,因为实际上在当时的情况下这样做有危险。天气很糟糕,驾驶舱里进了好多水,我确实觉得冒险花好几个小时打开密封舱——然后,当然最重要的问题是实际上发电机到底有没有用。当我离开合恩角1 500英里后,有一段比较平静的时间,我确实打开了舱口,天气平静下来,气压很高。我打开了舱口,但是当然我没法用发电机,这不太让人惊讶,因为它已经很长时间没法启动、没法发电了,周围环境很糟糕,其中一个通风机有点渗漏,我没法关掉它,但是,我用一个旧的帆袋盖了起来。顺便说一句,这是个我特别喜欢的袋子。我买那艘小船"金盆"的时候得到了这个袋子……

克劳赫斯特录音带不诚实的部分,说明他虽然很擅长撒谎,

---

① 　无线电业余爱好者用来称呼发送信息的术语。——原注

260

但心中仍有不适。即便在誊抄之后，这些部分也跟诚实的部分对比强烈——杂乱无章、惴惴不安，过于渴望消除疑虑，充满了"事实上"、"当然"和"实际上"等词汇。当克劳赫斯特为他杜撰的故事准备这些细节的时候，他肯定很担心自己是否有能力蒙混过关。假如独自一人专心面对录音机时，他都只能做到这样，那么他回来后，在新闻发布会和非正式交谈等场合该怎么应付？也许他头脑中闪过这样的念头，他这辈子都需要以小心谨慎、不舒服的方式来谈论他的丰功伟绩了。也许正是在航行的这个阶段，他开始真正地怀疑自己能不能坚持到底。

越来越多的电报涌向廷茅斯电子号，这是前方英国第一批到达的令人精神振奋的欢迎辞。不仅有他妻子（"很骄傲"）和帕特·比尔德（"你很棒"）的私人赞美，还有廷茅斯政府、BBC 和《星期日泰晤士报》正在彩排的豪言壮语的公共演说。霍尔沃思发电报称：

> 廷茅斯为你的奇迹热血沸腾 全镇正在准备盛大欢迎——罗德尼

克劳赫斯特现在只有一条路可以脱身：输给泰特利。这不会解决他所有造假的问题，但是至少会把问题变得简单。仿佛为了表明自己下了决心，他的航行开始突然变慢：过了五月中旬，速度下降到了平均每天 70 英里。因为他令人迷惑的速度，《星期日泰晤士报》已经给他预期到达的时间增加了一星期。

从克劳赫斯特五月中旬制作的录音，也可以看出他在航行中的心不在焉。他有个口头禅叫"水手事务",指严肃的航海事务,比如适当整理风帆、按最佳航行驾驶、保持船上整洁等。他说起来总仿佛是些偶尔的杂事,而不是完全投入精力的事情,比如,修理无线电或发送信息。5月上旬,他显然短暂地投入了"水手事务"的尝试,但是,从5月中旬开始,他的录音说明,他又开始忙于摆弄他那些外部设备。

5月16日,克劳赫斯特给国内的粉丝发了电报,显然是让他们做好准备他可能不会赢:

> 埃克塞特德文郡通讯社……南纬27度西经30度 这些部分很好 没有机会赶上泰特利 现在可能结果很接近

四天半后,本来就已经多灾多难的比赛出现了最大的讽刺。

皇家海军少校奈杰尔·泰特利,55岁,甚至在孩提时去达特茅斯前,就开始完全专注于"水手事务"。他在航行中度过了一段艰难的时光,他看上去比出发时苍老了许多,他的"女胜利者"型三体帆船的问题甚至比克劳赫斯特还大。然而,他秉持坚忍不拔的海军精神,咬紧牙关挺了过去,并且,他已经取得了一些值得赞赏的成就:他第一个驾驶多体船绕过合恩角,当他出发的路线和返回的路线在赤道以北交叉时,他(根据某种定义)完成了第一次多体帆船环球航行。机智善辩的克劳赫斯特在合恩角附近突然出现,让他感到惊讶,但只不过激励了他咬紧牙关,更加努力地前行。

像克劳赫斯特一样,泰特利也有浮舟渗漏的问题,但是他的问题要严重得多。他甚至在浮舟前面的隔间里钻孔,让水排出去。他在巴西以北的地方遇到狂风,为了跟克劳赫斯特争几个小时,他开得太用力了,他的帆船渐渐散架。甲板有几处翘了起来,船体和浮舟的整个框架散了。克劳赫斯特有点担心帆船的玻璃纤维表面上的小裂缝。在泰特利的"女胜利者"型帆船上,整个左舷浮舟的表面涂层都剥落了。他还是继续航行,假如他没有那么想打败作弊的竞争对手,他可能已经回来了。但是,当他的30 000英里的航程只剩下1 200英里,他在亚速尔群岛附近遭遇风暴时又开得太猛了。5月21日,刚过午夜时分,左舷浮舟船首完全裂开,撞进三体帆船中间的船体,整艘帆船开始进水。泰特利在橡皮救生筏里,等待救援,看着他的"女胜利者"型帆船慢慢沉入北大西洋。

17

无法逃避的胜利

现在,克劳赫斯特如作茧自缚般被他的作弊行为牢牢绑在纠缠的网中。他的反讽窘境如此干净利落、如此令人崩溃,不由得让人怀疑众神的口味如同廉价的肥皂剧。克劳赫斯特一定很欣赏整件事情的逻辑:假如他没有伪造环球航行,泰特利不会把船开得太猛,应该已经安安稳稳地归来,赢得 5 000 英镑奖金。假如泰特利没有沉船,克劳赫斯特也会同样安安稳稳地开回来,作为勇士和英雄接受喝彩,而不会有人盘根究底。现在,他余下的航程中,公众的全部注意力都会聚焦在他一个人身上——然后,会集中在他的航海日志中。无论他是否愿意,他都无可避免地会赢。如果比诺克斯-约翰斯顿更慢,意味着他要拖延两个多月的时间,这样就突破了可信的边界。所以,克劳赫斯特的谎言不仅使泰特利的"女胜利者"型帆船沉没,也使他自己丧失了最后逃脱的机会。

或者，至少是他保持理智的最后机会。克劳赫斯特听到泰特利的灾难新闻整一个月后，找到了另一条完全不同的出路。他完全放弃了"水手事务"，缩进了私人的小天地，他关心的只有慢慢在他的头脑中形成的哲学启示。

中间一个月的故事基本上可以用克劳赫斯特自己的话来说——录音带和无线电报逐渐占据了他的时间。最值得注意的是这一切看上去都很正常。克劳赫斯特在公众面前的表象，丝毫没有透露出他深藏、沉思的想法，直到他录制最后一盘录音带——那是他开始创作自己的"伟大启示录"的前一天。他最后的危机时刻到来——非常可怕地突然到来。

克劳赫斯特从 5 月 23 日克莱尔发来的电报里得知泰特利遭遇不幸的新闻。她告诉他，援救行动很成功，提醒他发出慰问电报。克劳赫斯特及时发了电报，略微轻快的语调仿佛自己正盼着如此：

伊夫琳·泰特利——对戴维·琼斯的肮脏把戏深表同情 熟练的援救令人高兴——克劳赫斯特

然而，他同时发给罗德尼·霍尔沃思的新闻电报语气非同寻常地悲观，也许我们更能从中推测出他真实的感受：

最后 6 天平均 23 英里 甲醇酒精汽油量低 面粉大米发

霉 水弄脏了 奶酪变质了

接下去两星期,克劳赫斯特航行经过巴西东北海岸,进入热带地区。随着气温升高,他大部分时间完全赤身裸体——除了佩戴手表。尽管他很瘦,但他被太阳晒得黝黑,看上去很健康,虽然有些脏兮兮的。他尽可能让帆船自动航行,很长一段时间,他甚至懒得升起主帆。

但是,这根本不是开着游艇度假。他那艘没有准备好的帆船上,老问题一直不断出现。即便减少了风帆,速度降到只有 3 到 4 节,甲板变得很干燥,他还是得动手把浮舟里的水排出来。自动驾驶装置现在已经没用了。在一盘录音带里,克劳赫斯特说明了为何自驾系统会坏掉,并且描述了应对的方法:

> ……摇摆的伺服系统并不真的够牢固——多体船能达到航行速度下不行。这个系统基础不稳定……导致过多振动和校正。这意味着比如说,当你(顺风)航行时,朝某个方向偏离航线 45°,随后你校正航向,然后,你马上朝另一个方向转 45°——顺风的情况下,你实际上沿着巨大的折线航行,总共转了 90°……更不用说其他事情了,(这)增加了不必要的负担,因为你越长时间不去校正,船舵和所有组件就会承受越大的压力……
>
> 基础的机械装置坏掉了。我花了很长时间,在这里那里做了一系列修补和加固,只不过是苟延残喘,但现在都不管用了,它完全、完全坏掉了……所以,我不得不临时用了很多

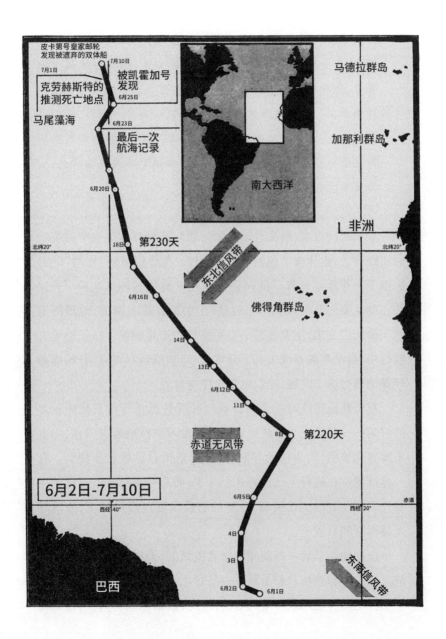

皮卡第号皇家邮轮
发现被遗弃的双体船

7月10日

7月1日

被凯霍加号
发现

克劳赫斯特的
推测死亡地点

6月25日

马尾藻海

6月23日

最后一次
航海记录

马德拉群岛

加那利群岛

南大西洋

非洲

6月20日

第230天

北纬20°

18日

北纬20°

东北信风带

6月16日

佛得角群岛

14日

13日

6月12日

11日

8日

第220天

赤道无风带

6月2日-7月10日

6月5日

西经40°

西经20°

赤道

4日

3日

东南信风带

巴西

6月2日

6月1日

267

东西来替代,很多装置都用到了橡皮圈,在风向多变的情况下,这不是非常令人满意的自动驾驶方法,因为每次风力有变化,你就不得不重新布置所有的东西。这意味着你不得不耗费时间……每次真的只能移动不到一英寸。当然,窍门是通过风帆,而不是船舵,努力保持基本平衡,这样船舵所做的校正就比较小了……花一个小时左右搞定事情是值得的,因为接下去你就可以忘记它了。

很长时间以来,解决自动驾驶问题就算没有体现克劳赫斯特的实践技艺,也体现了他的理论独创性。他曾就减弱"振动"的方法做了一些数学计算。他在别处描述了其他独创的实验——比如在侧支索上升起风帆——但是,正如录音带表露的,他最终退回了传统的方法,主要依靠小心平衡那些正常的帆。在长途单人航行中,自动驾驶系统失灵十分常见,奇切斯特和诺克斯-约翰斯顿都遭遇过这个问题,他们也是这样应付的。

克劳赫斯特临时凑合的自动驾驶设备意味着他只能睡很短的时间——通常一次不超过4小时。他习惯性地通宵工作,一直不睡直到黎明,因为他的导航灯坏了,他怕自己被轮船撞到。有一盏灯悬空在桅杆上已经好几个月了,而克劳赫斯特不亮灯的主要原因还是省电。在狭窄、昏暗的船舱里度过漫漫长夜,使他越来越孤立和自省。

正如他在最后一封新闻电报里提到的,他也开始担心物资短缺。他的甲醇酒精只剩下最后一品脱半,只能节省地点燃烧饭的炉子。他尽量使用最少量的酒精,但是,假如他放得太少,他就得花好几分钟等火炉冷却,然后重新点燃。"这类事情,"克劳赫斯特在录音带里说,"经常在物资比时间更重要的时候发生。假如我得花一个小时点燃火炉,但我还是不能用更多的酒精,因为只能这样了。"这样即使泡一杯茶都成了紧张的智力活动。泡好茶又有另外一个问题:

> 茶变质了。一定是发生了什么……我想它是发霉了或者怎么了,要是我喝了茶的话,我会生病的。我有很多茶——大约 14 磅——但我不知道该怎么处理。

然而,接下去的好几盘录音带透露,克劳赫斯特还是继续喝茶。后来,克劳赫斯特在录音中描述了更多细节:

> 我先前提到茶变质了……好吧,我做了个实验。我感觉茶叶罐也许受到污染,长了些霉菌。我不喜欢这样子。所以,我试着直接舀几勺放进杯子,往里面倒热水,这样看上去不错……我想秘诀是再度靠近英国的心理效果——身为英国人而不喜欢茶,这种想法让我无法忍受。所以,我一定要坚定意志,努力重新适应这种口味!

其他食品也发霉了,但是克劳赫斯特还有足够没有坏掉的食物,所以尽管单调,也还算饮食安稳,他依然一丝不苟地服用大片棕色的维生素。他的食材之一是浸水的混合物,他称之为面包浓汤:

我很喜欢这个，但我现在有点厌烦了。我都快吃了两个月，但味道还是不错，我会告诉你们怎么做。鸡蛋粉加燕麦片和面粉，直到变成面糊，刚好可以倒出来。面糊倒进涂有（罐装）黄油的煎锅，还加了很多盐。盐是为了防止煎饼粘锅，当然也是为了调味。煎饼两面煎熟，装盘后浇上很多蜂蜜……我想没有营养学家能挑出什么毛病来……糖、淀粉、蛋白质——都是好东西。

在酒的储量方面，他只剩下最后一瓶朗姆酒和18瓶大麦酒。他只能控制自己的饮酒量——只有完成一项不愉快的任务后才能喝一点，起码可以在他勉强处理"水手事务"时提供一些动力。然而，跟汽油的迅速减少相比，他对酒类短缺的担忧要轻得多。5月29日，他给约翰·埃利奥特发电报问，使用奥南发电机的时候能否把石蜡混合进汽油，这样可以用得久一点。这是他假想的航行中另一个自相矛盾的地方，但是没有被注意到：假如他这么长时间把发电机密封起来，没有使用，那么这些汽油哪里去了？

克劳赫斯特发电报问汽油的同一天，他给国内发电报提到了一个新问题，对他来说，这个问题使其他任何困难都显得无足轻重。他的马可尼红隼发报机出了故障，形成高压电的变流器部分损坏了。他给马可尼工厂发了封电报咨询建议。对方回答说，他必须好好保养设备，只能有限地发电报，尽量不打无线电话。即便如此，这台设备也只能勉强使用。

这个消息让克劳赫斯特深感震惊。他的雷卡无线电接收机能继续收到发来的电报，但是他直接跟克莱尔通话的希望泡了汤,再也没有定期电报能给他安慰。几天后,无线电发报机完全坏了。他愈发跟外界失去联系了,随着航行接近终点,他变得更加孤独,对事务更加失去控制。在这种重要的时刻,他跟外部现实世界的唯一联系,就这样残忍地被切断了。

现在,跟重新恢复广播的任务相比,一切都显得次要起来。克劳赫斯特神志正常的最后两个星期,在热带的酷热中赤身裸体,一天16小时坐在自己的小桌子旁边,发疯似的焊接各种电子组件,试图使无线电发报机重新工作。

他的另一项主要活动是花很长时间对着录音机说话,仿佛为了强迫自己保持个人身份感和跟人联系的感觉。克劳赫斯特对着麦克风说话时,听上去依然很镇静,尽管这很显然只是角色扮演的"公共声音"。因此,他的最后一段旅程,成为整个航行中记录最完善的部分,即便只是表面文章。录音中表现出,克劳赫斯特是个有勇气的人,他排除万难上演了勇敢的一幕,充满智慧和敏锐的观察。至于在表象之下,他的脑子里在想什么,就只能依靠想象了。

面对孤独和压力,他跟从前一样,在海洋生物的陪伴中得到了一些短暂的安慰。7月9日,他离开那些电器一小会儿,给在帆船周围嬉戏的高分贝尖叫的海豚录音。给海豚录音很困难,这让克劳赫斯特感到很迷惑——人类的耳朵似乎能"调频",在一片海浪和索具的噪音中,选择自己想听的声音,而麦克风却无法分辨这些声音。他描述了自己跟海豚玩的一种淘气的游戏,显然想引起它们的注意和尊重:

……它们绕着船玩得很开心——你瞧,它们以为自己占领了这里。游戏是爬上船头,当它们正准备纵身一跃,无法改变姿势,你朝它们打去一束强光。这个玩笑也许有点恶毒,因为我肯定这给它们带来了短暂而巨大的惊恐……它们在空中扭动身子,它们又掉进水里,以惊人的速度逃开,没有方向地乱撞,努力避开我追逐它们的光束……它们能在两三秒内逃开大概 150 码远——它们游泳的速度真的很惊人……然后,渐渐地,它们又回来了,想看这个奇怪的生物这次会怎么行动——所以,它们真的很勇敢,尽管它们很容易受惊。它们会回来,再看看你。

现在,克劳赫斯特越过赤道,穿过了赤道无风带,正遇上东北信风。这意味着他可以让廷茅斯电子号平稳地往西北方向开,只升起船首三角帆和后帆,缓慢、无人照看地驶向马尾藻海①的水草和漂浮物,而他待在下面修理无线电发报机。他进程缓慢,还被风吹到了预设航线的西边,但这些都没有让他担心。他如此沉浸于电子设备,有些日子他失去了时间概念,忘记中午做导航观测了。现在,他的航行早几天晚几天,或者沿着错误的航线开几英里,对结果都没什么影响。

他给自己设定的修理无线电发报机的任务令人气馁。他先拆开了马可尼红隼,但是不会修理。所以,他想了一个更有野心的主意。他在船上还有个小香农无线电话机,设计用于短途中波

---

① Sargasso Sea,是一个围绕着百慕大群岛的"洋中之海",大致在北纬 20°—35°、西经 35°—70°之间,覆盖大约 500—600 万平方千米的水域,海上漂浮着大量马尾藻。——译者注

操作。克劳赫斯特决定改造它，来发送长途短波摩尔斯电码——换句话说，几乎是完全改造这台发报机的类型。其中包括了重新设计、重建全套电路、混合晶体管和真空管，并且把红隼上的晶体和零部件拆下来用。尽管克劳赫斯特在船上有一堆零件，但是，他没有任何教科书、设计手册和测试设备来做基础开发工作。在他开始实际工作之前，他必须先自己制造测试设备，从基本原理开始推算出整套理论。这在任何环境下，都是一项艰苦的工作，更不用说是在海上摇晃的小船舱里了——正如克劳赫斯特指出，这本身就造成了许多不便：

> 客气点说，假如船很颠簸的话，我可能会严重受伤。我大概会触电身亡，没有人会在旁边提供急救或者把我从那些零件当中拉出来，我自然想要避免这些事情。然而，我在高压电下操作那一堆杂事已经很熟练了。我年轻的时候，对大功率发报机很着迷，尽管我不喜欢强烈的电击，但也许我已经培养起了某种程度的耐受力。正如我所言，当你独自一人时，事情就会有些不一样……

他工作几天后，船舱里变得一片混乱，这种状况一直保持到他航行的尽头。克劳赫斯特自己在 6 月 17 日的录音中，形象地描述道：

> 事情变得有点混乱……五个特百惠盒子里的东西，一半在里面，一半在外面，剩下的早餐，还有几个罐头，这些是我

有一天清理浮舟舱室里的积水时拿出来的，12 听肉排、24 听牛奶、20 磅奶酪全都堆在地板上。床铺上到处乱扔着电子零件，更不用说还有睡袋和几件衣服。工作台上撒满了两台发报机的内部结构。马可尼红隼的晶体管变流器堆成一堆。香农发报机内部的零件全都堆在工作台上。所以，到底什么是什么，简直就是一片混沌。

船舱里也很热。现在，廷茅斯电子号在北回归线附近，因为差不多是夏至，中午太阳就正好在头顶。克劳赫斯特装了一个帆布通风管，使船舱里空气流通，气温从华氏上百度降到了八十几度。这样温度就可以忍受了，尽管他还遭受着一种尴尬的痛苦……

我刚刚说过光着身子是多么舒服……除了有一块地方有点疼。我坐下来的时候，烙铁滑到座位上来了，我的臀部被烙了一条印子。假如我出汗的话，伤口就会发痒。我在吃饭的桌子上搞这台发报机，还有另外一种危险，融化的焊锡会溅出来掉在我的膝盖上，这可不是闹着玩的！所以，几次这样的事情发生后，我必须很小心融化的焊锡会溅到哪里！

克劳赫斯特裸体的形象就是这么奇怪，他的臀部烙了一条印子，在一堆杂物中间汗如雨下。这完全不是国内民众们想象中的英雄画面，跟廷茅斯镇议会和《星期日泰晤士报》商议的"凯旋归来"完全无法匹配。

克劳赫斯特在工作的所有时间,都把无线电接收器开着,听着国际板球锦标赛的评论,记下收到的电报(当然,他无法回答)。6月18日,克劳赫斯特正在录一盘磁带的时候,收到了BBC的电报:

> 祝贺前进 归来之日准备了电视节目联播 你的家人迫切盼你归来 你能准备好电影和录音资料吗 假如有任何建议请务必在抵达廷茅斯之前四天告知 能安排船只或直升机 请速回复离亚速尔群岛布列塔尼或锡利群岛多近 = 唐纳德·克尔

即便克劳赫斯特先前没有意识到,怎样的欢迎形式正在等待他,他现在一定意识到了——船只、直升机、特别的电视节目联播……但是,假如他感到惊恐,他也没有在录音带里流露出来。他只是简单地惊呼了一声:"那该怎么办!"便决定更加努力地修理无线电发报机,这样他就能回复了。接下去三天,从BBC发来的接连不断的电报催得更加急迫。由于没有克劳赫斯特的消息,唐纳德·克尔现在建议他们在亚速尔群岛的圣米格尔会合,那里比克劳赫斯特准备去的地方更往南。

克劳赫斯特在录音机里出声地思考这个问题。为了满足公众的需要,他又加了一段话,谈到关于《星期日泰晤士报》比赛规则之严格的信——考虑到他已经破坏了所有的规则——听上去特别的虚与委蛇:

当然，唐纳德，你现在一定在想我有没有收到你的电报……我没有办法告诉你，假如我有办法的话，我不打算去圣米格尔……我认为任何会合都必须在《星期日泰晤士报》的观察下进行——他们应该派一名观察员，但是，我无法告诉你。他们很可能不会答应参加，他们不会相信你的话，认为你没有给我任何帮助。但是，假如他们在场的话，我会很愿意这样。

他在6月21日午夜录下这些话——离他开始哲学启示的呓语、结束认真比赛，只有60小时。几乎直到最后，他还在建设性地计划给他的伪装增加一些可信度。

也许是为了回应BBC的电报，那天早些时候，他决定给自己拍一些影片。在这么做之前，他得先穿上几件衣服，如他所说，鉴于观众脆弱的感情：

我找出了一块颇为艳丽的毛巾，把它当围裙系上了。我记得比尔·豪厄尔大力提倡过穿围裙在热带气候中航行。我现在看上去很花里胡哨，像一只天堂鸟。我不知道拍摄的效果怎么样，但就我现在看见的而言，这很引人入胜。这条毛巾不算太宽。我先尝试着螺旋形绕几圈。但是，首先这个螺旋滑得越来越低，快散架了，其次，它绕在膝盖上很不舒服。现在，我把它围成一种最迷你的围裙。然而，这样正合我意。

在摄像机面前,克劳赫斯特表现出正在观测太阳的样子,当然——午餐喝啤酒就着飞鱼。("你知道,我并不真的吃鱼,"克劳赫斯特坦白说。)从浮舟的一个舱口拿啤酒的过程中,他的围裙几乎导致一场灾难:

> 舱口盖砸在我的脑袋上,现在起了一片淤青,微微擦伤了。我猜我肯定给砸得有点头晕眼花,因为当我从甲板上爬起来,我差点摔了一跤,也许是因为围裙在膝盖上裹得太紧,加上我的脑袋刚好被撞了一下。

但是,他接下去解释说自己为什么没有显得太在意:

> 当风平浪静的时候,我不会认真系上(安全)背带,为了以防不测,我在船尾系了一根长绳漂在水里,假如我掉下船去,顺着绳子就能爬上来,帆船航行的速度大约5节。我想这可能比背带更有用。

克劳赫斯特以前在航海日志里提到过这根漂在水里的绳子,他以后还会在录音中提到。他现在似乎经常要用到它。

拍完录像后,克劳赫斯特说自己把拍摄的内容都记了下来:

> 我得把胶卷拿出摄像机,装进盒子,用胶带封在纸板箱里,把录像内容记在航海日志里,这样录像内容就有两份记录,其中一份录在胶卷盒里的胶带上,另一份写在航海日志

里,这样假如有人出于任何理由想要破坏,就还会有一个副本。

这是克劳赫斯特在写第四本航海日志的确定的证据。无论是《航海日志一》或《航海日志二》还是无线电日志里,都没有记录克劳赫斯特拍的录像。他在《航海日志一》后面整齐地记着录音的清单,但是没有相应的录像清单。假如他确实在《航海日志四》中写了录像记录,这倒不太出乎意料,因为我们知道他大部分录像都是在航行中隐蔽的阶段拍摄的。

6月22日一大早,克劳赫斯特重新制造的无线电发报机终于能用了,他用摩尔斯电码跟波蒂斯黑德取得了联系。他给 BBC、罗德尼·霍尔沃思和他的妻子发了信息。后来,他精神很愉快,整个晚上都快活地自我庆祝,在录音中充满英雄气概地反复咀嚼着这种情绪:

> 我想,正是如此使驾驶小船这种劳动充满收获。这是人们乐此不疲的原因。(它)提出了问题,实际上不是太困难的问题。有些问题他们没有能力解决——我碰巧会修无线电发报机,不是每个人都会的——但这是一种典型的问题。这很好地说明了人们为何航海,因为他们知道会有棘手的事情发生,这考验着他们的创造能力。但是,能够克服困难、处理得当,当然会给人带来满足感。现在,我对自己感到非常满意⋯⋯

他对海上航行的自然乐趣变得狂热起来——对克劳赫斯特来说，这是一种不同寻常的主题——他也热爱着甲板上 70 华氏度的仲夏夜：

> 是啊，晴朗的夜晚，三个船体经过的水流形成了一片粼粼波光，我的绳子在水中漂流，拽着磷光仿佛彗星的尾巴……我想加那利群岛或亚速尔群岛一定是完美的居住地，但是眼下我只想住在熟悉而美好的英国……

注意，他的安全绳还系在船后。他还承诺下定决心努力回到熟悉而美好的英国：

> 现在，我结束了无线电发报机的杂事，就能多处理一点水手事务了，加速冲刺，重新变得敏捷，缝补好主帆，不屈不挠地继续前行。

事实上，克劳赫斯特没有继续处理水手事务。6 月 22 日上午，他醒来时，精神愉快的状态已经消失。他意识到简单地发送几条摩尔斯电码的信息，根本无法解决他的问题。他每天花很多时间守在无线电旁边，确定自己跟 BBC 会合的信息（这再度提醒他前方的严酷考验），焦虑地发电报给罗德尼·霍尔沃思，讨论关于企业联合组织的合同（他继续深深地担心钱的问题）。他仍然只能用摩尔斯电码交流——他给克莱尔打电话的强烈渴望依然没有得到满足。

因此,他又把小香农无线电发报机拆开了,开始了一项新的计划——试着让它可以用于长途高频语音传输。他像往常一样工作到三更半夜,6 月 23 日凌晨,他试着跟鲍尔多克的英国无线电话台取得联系,但失败了。他在录音中坦白自己那天可怜的进展时,声音听上去充满了恼怒:

> 我的进展没有那么快——即便我决定去处理一些水手事务,一天下来,我什么都没有做。我整天忙着改造这台该死的无线电发报机。这让我神魂颠倒……我没有办法……这不管用。

但是,他又一次摆弄无线电入了迷——这是他的一项高超技能——其他事情太可怕了。

克劳赫斯特给克莱尔发了一封电报,告诉她,他想打电话给她,但是不可能办到。他也在绝望中向《星期日泰晤士报》发出请求,请他们折中允许 BBC 的人在会面时带一些马可尼红隼的零件给他。这不会在实质上影响结果,他向自己辩解说,但是这样会让事情变得容易得多。《星期日泰晤士报》否决了这个建议。比赛规则神圣不可侵犯。

现在,克劳赫斯特的航速更慢了:他已经离开了东北信风带,正在进入风平浪静、风向多变的北大西洋无风带。廷茅斯电子号正穿过带状的水草,这预示着他快接近可怕的马尾藻海了。一艘西班牙客轮经过时,掉过头来看他一眼,他的怪异和孤独的感觉变得愈发强烈：

> 我能看得见一些人，高高地站在船桥上。乘客，你知道，都来看这个在海面上漂着的奇怪动物……我能听见船上有公共广播。他们显然在说："右舷方向有艘游艇，上面有个疯狂的英国人。假如你去栏杆边上，你就能免费观看他。"或许是西班牙语之类的随便什么语言。

他在马尾藻海的海草中，发现了一种新的海洋宠物——这次不是一条活泼的海豚，而是一头奇异的迷你海洋怪兽。在他最后的录音中——6月23日，他理智的最后一天——克劳赫斯特描述了他们互相短暂的陪伴。他用紧张而不自然的声音说话，开始流露出他真实的情感状态：

> 我拿起了一只小怪兽……它们有退化的四肢，但是每个末端有大约八个触手，所以它们其实有32个触手，盘曲在背上的触手显然能钳住东西。它就像美丽纤柔的银色和蓝色的小蜥蜴。它底下是淡粉红色，它的肚子有个深粉红色的小硬瘤。我把它放进一个塑料容器。我想，我应该把你当宠物养起来。不幸的是，我把它放在了太阳下面，那个塑料小容器变得越来越热……它显然不太好。我意识到自己做了什么，我实际上杀死了它。我很快给它换了水，它又活过来一点，但是，第二天，它死了。有趣的是：它除了肚子，完全消失了。那个亮粉红色的小东西还在那里，但是其他任何东西都

无影无踪。

现在,这个小怪兽真的有成为科幻小说里面的怪兽的绝好材料。假如放大三百倍的话,在 H.G.威尔斯最好的故事中,它真的会变得很可怕……北海巨妖克拉肯——谁写了《克拉肯苏醒了》[①]? 我现在不记得了——但你知道,关于海洋,我希望人们不会想要听到这样的故事。晚上,你躺在自己的床铺上……潜意识中有种深深的恐惧,某些未知的东西(正)潜伏着,等待时机,浮出水面——克拉肯! 前所未闻的可怕生物正潜伏在海洋深处等着克劳赫斯特和他的三体帆船! 当然,你笑了。哈哈,你说。哈哈哈。但是,这没有驱散你灵魂深处的黑暗、不安的感觉。

这次录音结束时,克劳赫斯特向全世界说了最后几句话。这是一段他感觉自己身体健康的声明,语调稍微有些尖锐,显得过分字正腔圆:

我感觉自己特别健康……我感到似乎能实现童年时怀有的代表英国参加板球比赛的野心。我感到高兴极了,非常健康。我的反应让自己感到惊奇。你知道,他们如此迅速。东西掉下来之前,我几乎都能接住。这的确十分令人满意——实际上,我感到状态非常良好。

所有这些有气无力的人——麦迪逊大街上穿灰色法兰

---

① *The Kraken Wakes*,英国作家约翰·温德哈姆(John Wyndham)创作的科幻小说,克拉肯是北欧神话中的巨大海怪。——译者注

绒衣服的高管们……但这是真的。我们现在生活的方式有一种毒害人的危险,就是坐下来杞人忧天。担心跟我们处在金字塔同一水平的最近的竞争者。卑鄙小人的竞赛!所有这一切,加上极不健康的生活方式。我们肯定处在可怕的危险中。你知道,这些都不像出海那样,能摆脱所有的毒素。说回奇爱博士——那种奇爱上校——是你体内的毒素,你必须消灭他们。我不知道他们是什么,但是他们已经走了。我肯定,大海是消灭他们的地方。我感到巨大的形状。我从未感到……

录音磁带的卷轴在这些模棱两可的句子中到了尽头——在某种意义上,它有着病态的预示性。24 小时后,克劳赫斯特的举止便不再像个有理智的人。6 月 23 日中午,他在航海日志里记录了最后一次太阳观测,后来再也没有系统性地做过导航。他放弃了航行的所有尝试,任其在马尾藻海中慢悠悠地漂流。现实世界中的关心、痛苦和虚荣不再使他困惑。他就这样退出了真实世界。

我们不确定,最后克劳赫斯特究竟是怎样陷入疯狂的。有什么化学上的原因吗?也许是药物,或者酒精?缺乏维生素或者发霉的茶?我们研究了所有的可能性,但是没有证据支持这一点。[①]有可能的是,他最后被整个噩梦般的状况所积累的压力击倒

---

① 他在船上带的药品中,只有中枢神经刺激剂能够产生精神病症状。他的小瓶里还剩下 22 颗药,瓶子跟其他的药品存放在一起。他似乎不太可能过量服用这种药。——原注

了——孤独、充满敌意的环境、谎言带来的负担，还有吵闹的提醒，他两周内就要回到国内，接受公众无情的注视以及作为国家英雄的光荣。除了离开现实，他无路可逃。

在他精神崩溃前几个小时，他对没法跟克莱尔通话感到失望，BBC也催得很急迫。但是，这些只是最后一根稻草：它们没有改变克劳赫斯特基本的困境。最重要的是他越来越肯定欺骗不会成功。实际上，在他航行的后半程，他一直努力想让他的故事变成真的。他复杂的谎言说明他深深地陷在里面了。但是，这些故事缺乏证据，只能使他的地位更站不住脚。

假如克劳赫斯特感觉到自己无法摆脱欺骗的事实，他几乎完全正确。弗朗西斯·奇切斯特爵士去葡萄牙度假了，他的脑海中盘旋着越来越多的怀疑。他在那里觉得时机到了，下定决心要核查到底。作为裁判的主席，他写信给《星期日泰晤士报》赛事秘书罗伯特·里德尔，要求他开始问询。他的信是这样写的：

亲爱的罗伯特：

首先答复唐·克：假如没有必要的话，我们连一秒钟都不想保留他的奖金。（假如你们同意的话）你们能做以下的工作吗？

准备清单，列出他的已经验证的信息和确定的位置声明，当然，还有日期。尤其是我们要尽快推敲他离开南大西洋前往南大洋时的最后一条信息，他在合恩角附近以及看到福克兰群岛时的第一条信息、他的位置等。我们需要知道，为什么从开普敦到合恩角，他的无线电一直沉默（也需要一位电气工程师);从合恩角到福克兰群岛之间为什么有 12 天的间隔。为什么他从来不提供确切的位置？而且,他进入南大洋后,速度看上去惊人地加快了;我想他宣称 10 周内航行了 13 000 英里,如此这般,考虑到他之前到开普敦的长途航程,以及接下去(从合恩角回来)的 8 000 英里的航行速度很慢,这就显得很奇怪。假如你们能尽快告诉我这些信息,就可以免除未来的尴尬……

诚挚的,
弗朗西斯

18

进入黑暗隧道

6月24日,夏至日,唐纳德·克劳赫斯特开始写下他领悟到的一个新的伟大真理。一种强烈的冲动驱使他在《航海日志二》里写下冗长的哲学证明,接下去一周,他写了 25 000 个词,有些地方字迹潦草,显然兴高采烈,有些地方充满激情的乱涂乱写,有些地方字迹轻柔如羽毛,有些地方用显眼的大写字母,几乎力透纸背。每个词都极其重要,他有某种启示,必须告诉世界,他感到自己只有七天来写完。他刚开始写的时候,就几乎失去理智了,他一页又一页写着,越来越失控,当他结束写作时,便完全脱离了现实。

他因为没有风停止了前进,漂荡在马尾藻海奇异的水草和引起人们幻觉的野兽中间。白天,夏日炎热的太阳直射下来;夜晚,克劳赫斯特只有一盏灯光微弱的电灯泡,或者火焰摇曳的油灯。

在狭窄的船舱里,他以男人的方式没有条理地胡乱收拾,八个月后,船舱闻起来就像卷心菜汁洒在了旧床铺上,然后发酵,仿佛在热火炉里烤过。① 好几天的盘子、炖锅和煮熟的咖喱,里里外外堆满水槽;他的床上发出了恶臭;他最后剩下的甲醇酒精放在水槽旁一个半品脱的药瓶里;他的救生衣和安全背带扔在一边好几个月,存放在船尾的舱室里。

航海日志放在船舱左边的小桌子上,依旧堆满了他打算修理无线电话传送机的零件和工具。一块焊铁放在左边一个空的美禄罐头上保持平衡,他身边散放着真空管、晶体管、耳机和成捆的铜电线。假如他无法装配无线电话,通过交谈来解脱烦恼,也许他可以在航海日志里写点什么。但是,写什么呢?《航海日志一》从 12 月 11 日起就开始空白。无线电日志看上去比较真实,但是,这些环球无线电报告、一两封措辞奇怪的电报,一看就会引起怀疑。《航海日志二》完全是他的罪证,完整叙述了他最后五个月的行踪。《航海日志四》——假如我们推断无误——提供了另外一份罪证。

克劳赫斯特坐在书桌旁通读了这些航海日志。在他的精神状态下,假如日志还有意义,也只会让他更清楚地意识到自己永远也无法回到廷茅斯了。所以,他翻开日志,直到他发现唯一能给他一些安慰的那一页——他潦草涂写的爱因斯坦《相对论》的评注。

---

① 五个月后,这股气味还是很刺鼻。——原注

这不仅是安慰,而且是启示。爱因斯坦给他提供了最完美的方式以应对他的噩梦!当爱因斯坦面对数学上的僵局时,他只不过"规定了他的自由意志",这样僵局就会消失。假如爱因斯坦能使事情变得如此,只不过因为他想要如此,那么,克劳赫斯特也可以。他拥有自由意志,可以使任何事情魔法般变成他想要的!他希望的是从这个船舱和这种窘境中逃走。

所以,他翻过了《航海日志二》中的一页,在上面写了一个题目,宣称精神的力量胜过物质:

哲　　学

接下去他开始论证,现在自己能做多么精彩的事情。像举重的杠杆一样,他付出了智慧的努力,就能创造奇迹:

> 人就像一个杠杆,最终的长度和力量,他都必须自己决定。他的性情和天赋决定了支点在哪里。
>
> 纯粹的数学家把支点放在努力附近。他的练习更精神而非物质,能够担起"重负"——他自己的思想——沿途除了他自己和类似的头脑,没有其他支持。$E = mc^2$这样令人震惊的启示,就是这类活动的最好例子。
>
> 性格外向的人,比如说政治家,会把支点放在负担附近,因为他的工作就是运作整个国家——也许是整个世界的政治经济体系。这两类活动都影响了人类的历史进程。$E = mc^2$令人震惊的应用,就是这类活动的最好例子——我指的

是广岛核爆炸。

这个论证看上去非常理智,几乎是学院式的。但是,克劳赫斯特一写下来,他的头脑就开始跳跃。他的写作变成了混乱的笔记:

> 爱因斯坦—— 一个犹太人——上帝或基督的脸——弥赛亚?拯救犹太人的国王?核能!预言的神话!
>
> 头脑的进步。人类发展的阶段,就像人们教育的发展:初级、中级、高级。除非真正到了高级阶段,否则无法分出等级——对停滞不前的头脑来说,现在的阶段永远都是高级的。对于自由的头脑来说,现在的阶段永远都是初级的。

接下去 25 000 个词,这个模式很典型:直白的神秘科学论证,疯狂中带有条理——在克劳赫斯特的幻想的压力下——突然爆发出语无伦次的狂野语句。他已经以笔记的形式,写出他的新理论的主要观点:有些头脑——包括他自己的头脑——已经到达了进步的阶段,他们没有通常的物理限制,能够得到拯救和预言能力。其他所有停滞不前的头脑,依然在思考海风、海潮和环球航行,他们无法领悟这种新的奇迹。

然后,他接着散漫地写了数学谜题:负一开根号。他论证说,这是一个强大的谜。正如 $\sqrt{-1}$ 能把普通的数字变成"虚构的"数字——对停滞不前的头脑来说是不可思议的——他的新思想也能把普通的思考变成无法想象的新形式：

> 我引入 $\sqrt{-1}$ 的概念是因为（它）直接通向时空连续统一体的黑暗隧道，一旦技术摆脱了这个隧道，"世界"就会"终结"（我相信会是 2000 年，因为经常有人这样预言）。在这个意义上，我们将通向"超物理"的存在，使物理存在的必要成为多余的。
>
> 在这个过程中，"先见之明的原理"和"预言能力"会暴露，这个过程简单地跟智慧的领地联系在一起，可能所有智慧动物都会拥有。智慧的应用将会允许这种原理作为多余的副产品随意使用。

假如先见之明和预言能力仅仅是多余的副产品，那么什么是重要的结论？克劳赫斯特用数学的语言，加上近乎疯狂的空想来论证，无论何时只要他希望，他就拥有让头脑不受"物理存在"——也就是说，他的身体——束缚的能力。作为没有实体的灵魂，从廷茅斯电子号飘走！他还能想象出更好的逃离方式吗？

克劳赫斯特在这里暂停了写作。他潦草地在这一页上方写下诙谐的题目"贾·埃克-塔尔主席的思想"，并且中断了写作。

当时是午后。他一边写作，一边在听无线电接收机。他听见一些声音吸引了他的注意力,他记了下来。他先写道"格林威治时间 24 日 14：30",然后是广播站的名字——沃尔那·欧罗巴电台(一个美国向波兰发送的宣传电台)。他在 2 点 35 分听到"歇斯底里的笑声"——奇怪地跟他在圣诞节想象出来的叹息声相呼应,当时他的头脑也同样被幻想攫住了——他也写了下来。然后过了几个小时,他发现自己正在收听美国之音。他写下了播音员的名字——爱德华·W·克罗斯比和他谈话的主题——美国黑人。接着这些文字,他写道"私人笔记",这是他准备发表他的哲学写作的明显证据。

我们跟美国之音核实了,他们说 6 月 24 日下午,确实有一位叫爱德华·W·克罗斯比的播音员主持了一个关于美国黑人的谈话节目。谈话是关于种族关系紧张和黑人对自己种族的态度。谈话的题目是约瑟夫·康拉德一部关于海上悲剧的小说的双关语《黑鬼和水仙花》。

先前的很多外部刺激都是与世隔绝的,这个谈话节目很重要,因为它让克劳赫斯特的头脑开始工作,因此他的沉思冥想中不断夹杂着不相干的美国黑人的主题。这是一个关键证据,表明他从 6 月 24 日开始,就在精神错乱的状态下进行写作了。

几小时后(他写作的内容改变了,铅笔的笔迹比较重)克劳赫斯特开始尝试新的方法,从而确定他的想法。简单的散文是不够的。这一次他写了一份长篇手稿,也许打算写一本小书。他又一次控制住自己,能够用"公共声音"和科学术语来写作。他将第二次尝试称为:

节

这个过程我们称之为数学。基础智慧绽放的花朵。理念是可以操纵的。假如以一套正确的公式来操纵,他们产生了新的结果,清楚地揭示了原始概念的各个方面,尽管这些概念是正确的,但从来没有这样清晰地被揭示过。

然而,数学是上帝的语言,拥有更多的诗意,而不仅是抽象的正确。应该重申一下,也许数学是今天占据上帝的王国的人们唯一确定的共同基础……

难道有人会不同意,数学最接近所有人能接受的"确定""真理"?……对上帝的王国而言,最确定、最真实的事情一定会被接受这样的王国的所有人接受,我知道在这方面没有什么可以跟数学竞争。

对我而言,进步是人性价值的创造……向何处进步呢?当然是向宇宙的一体化发展,为什么?你以为自己会去哪里?我怎么知道?我会告诉你的。

这篇措辞严肃的序文是完整的,克劳赫斯特正准备描述他的个人启示,紧张感迫使他躲进狂野的句子:

基督的敌人?在时间中"爱邻如己",而物质存在悬于一线。"爱你的邻居的思想,仿若你自己的思想"会带领我们穿过隧道。

当克劳赫斯特努力表达"向宇宙的一体化发展"的意思时——黑暗隧道、宇宙意志、上帝的王国、物质存在的终结,已经成为不断重复出现的、充满启示的语句和象征。

他的"进步理论"——也是他的启示录——占据了《航海日志二》大部分余下的页码,他花了12 000词来解释。这部分未经整理展示出来,就显得太数学化了,而且经常不连贯、有很多岔开的段落。随着他的痛苦加深,他的条理越来越不清晰,他变得越来越疯狂。

然而,理论本身比较简单。这在他狂野的"贾·埃克-塔尔主席的思想"中,已经形成了粗略的形式,这是他多年来信仰的详细阐述,他过去常常在深夜的讨论中讲过:人类已经进化到精神可以逃离躯体的阶段,坚持智力锻炼就能做到这一点。

克劳赫斯特认为,起初只有太虚,没有任何自然物质。然后,起了突然的变化,物质产生了,搅乱了已经恰当地存在了亿万年的稳定"系统"。接下来,生命产生了,在生命之后,智慧产生了。每种新的形式到来,都会在宇宙中引起爆炸性的变化,打乱先前表面的稳定系统。这个系统总是跟新的形式斗争,有时系统会毁灭新的形式,但最终总会失败。最近,人类的智慧一直在稳步增长和提高,感谢勇敢的原初思想家,如基督、伽利略和爱因斯坦,他们每个人都敢于用新的思想来打破人类社会的静止系统。因为他们的思考,人类进步得以加速。如今智慧已经发展得很强大,知识已经完成了积累,准备好打破既有的系统,实现下一次伟大的变化。这将是智慧或意志挣脱躯体的"自由",因此它跳跃进入抽象的存在。

克劳赫斯特认为,头脑跳出现存的生物体系的伟大时刻即将到来。将要继承基督、伽利略和爱因斯坦的传统,告诉全世界这个真理的人,就是克劳赫斯特本人。当他说出来,所有人马上都会明白这是真理,这会迫使他们所有人努力使用必要的自由意志,跃入抽象的存在。

此外,任何完成飞跃的人都会变得像神一样。也许"上帝"只是一个名字,过去用来形容完成飞跃的头脑。假如我们都非常智慧,这也意味着我们都很爱自己的同胞(这是克劳赫斯特向美国黑人传达讯息),那么,我们就都如同诸神。为了保证我们爱所有人,我们必须把生活当做一场伟大的竞赛,以无限的理解而非敌意参与其中。

一切都包裹在各种科学的专业术语之中。比如说,克劳赫斯特使用了微积分的语言来称呼从"第一顺序差别"到"第二顺序差别"的变化的新阶段。在某个地方,他改变了自己的想象,用生物学术语来形容,使用的概念是离开宿主动物的寄生虫:

> 每个寄生虫的降临都会使戏剧的节奏加快,使之在宿主体内存在期产生第一顺序差别,然后使宿主与宿主之间产生第二顺序差别,等等等等。现在,我们有一种虚空,作为物质世界的宿主,作为智慧宇宙的宿主。这个系统设计的走向如何?现在,它将在宿主的事件发展速度中,引发根本的变革。

本质上这只是克劳赫斯特的旧习惯,他习惯用科学来蒙蔽听众,让自己的想法比实际上听上去更独创。但是,在他精神错乱的情况下，这对他来说确实有很大的意义，因为他开始以典型的精神病人的方式来为之辩护（"我是唯一懂得的人"）。然后，突然爆发出一阵充满启示光芒的感叹：

> 这些句子一眼看上去显然毫无物理意义，这好不令人惊讶，因为假如我们完全理解它们的意义，我们就会真正到达现在练习对象能够预示的那个阶段。
>
> 然而，然而——假如创造性的抽象将作为新实体的媒介，并且离开迄今为止稳定的状态，<u>这种状态是创造性抽象的力量所产生的现象</u>!!!!!!!!!!!!!!!!!!! 我们就能通过创造性抽象来实现它！

这种疯狂的兴奋透露出克劳赫斯特又回到了他论证的要点：无论何时只要他想要，他就能离开自己的身体，使自己神化。难怪他在这一页上，像胡椒粉一样撒满了感叹号。他给自己建立起一套理论，来逃离他无法解决的困境。他可以又一次放弃旧的、不成功的挑战，在更高的水平面上接受新的挑战。正如他放弃了参军，去考剑桥，离开了麦拉迪公司，创办电子用途公司，又放弃了电子用途公司，开始英雄壮举般的环球航行，现在他可以放弃比赛、帆船和整个充满失败和欺骗的航行造成的悲剧般的困境，进入新的存在，新世界里没有金钱、海风、漏水的浮舟和伪造的航海日志，没有能够妨碍他取得胜利的纷扰现实。他能够成为上帝。

仿佛遥相呼应,英国国内欢迎他回来的准备已经升级到礼拜仪式般的庆典。在廷茅斯,议会的"欢迎克劳赫斯特回家委员会分会"召开了一次全体会议,他们决定派一艘海军扫雷舰护送他们的英雄穿过英吉利海峡,廷茅斯科林斯游艇俱乐部鸣完最后一声礼炮后,克劳赫斯特可以从海滨区被拖到码头再回来,这样可以让尽可能多的热情观众近距离看到他,然后他将在河口停泊。BBC 和 ITN 的直升机将会恭敬地在他上方盘旋。他划船上岸后,将会在泥泞的海滩上,接受议会主席艾琳·阿诺特的欢迎,她将致以市政府的欢迎辞。克劳赫斯特将致答谢辞。然后,他将跟家人坐车去皇家旅馆小憩片刻,然后参加在卡尔顿剧院举行的新闻发布会(只有受到邀请的人能参加)。克劳赫斯特抵达后一天,"廷茅斯命名委员会"将在伦敦饭店举办第二次欢迎会……如此这般。海滨区将悬挂"廷茅斯欢迎克劳赫斯特"的横幅,将以最醒目的方式在新闻照片中曝光。汽油油罐车和消防车将获得特别许可,开进市立网球场。

　　罗德尼·霍尔沃思在他的委托人漫长而神秘的无线电沉默期间,遭受了一些奚落,现在他终于扬眉吐气,成为廷茅斯社交界的雄狮。轮船酒馆充满了胜利的欢跃,救生艇酒馆也不情愿地点头称赞。人们簇拥在霍尔沃思周围,告诉他,他们从未愤世嫉俗地怀疑过克劳赫斯特的航行。供应商们写信来提醒他,船上有他们的产品,毫无疑问表现出色,他能否安排拍照? 一位雕塑家答应制作特殊的纪念品,"象征性的铝合金喷绘船体,丙烯酸塑料的半透明风帆"。有人邀请克劳赫斯特代表菲利普亲王为英国西南部各郡颁发爱丁堡公爵奖。邮局答应在帆船到达的一周盖克劳赫斯特特别邮戳,来自汉普郡索伦特海峡畔利村的邮政历史学家A·约翰·E·霍尔先生答应,以每份 2 英镑 6 便士的价格,从德文郡通讯社购买一百份克劳赫斯特亲笔签名的纪念封。

霍尔沃思还在准备宣传材料。他印了一万张明信片,上面有唐纳德的照片,背面有"来自廷茅斯的问候,唐纳德·克劳赫斯特为他胜利的环球帆船比赛选择的德文郡海滨胜地"的字样。他为《廷茅斯邮报和公报》策划并大写体写作了一篇特别报道:祝贺并欢迎唐纳德·克劳赫斯特回家。开头的一段听上去就像预言和号角:

唐纳德·克劳赫斯特在离开廷茅斯之前,只不过是名周末业余水手。他默默无闻。许多俱乐部帆船手和当地的评论家认为,他的奇形怪状、使用了二手茶叶箱①的木制帆船会沉没,或者最多在抵达世界尽头之前就回来。

今天,他的名字进入了名人的行列。短暂的叙述背后的故事,就像他精疲力竭的 29 000 英里航行一样长。这个故事充满了勇气、自律和对他自己能力的坚定信念。

但是,报纸上最感人的文章是克莱尔·克劳赫斯特写的"我的海洋寡妇生涯",在文章中,她第一次完整表达了自己八个月孤独生活的感受:

---

① 伊斯特伍德先生否认在建造廷茅斯电子号时使用任何茶叶箱,无论是一手还是二手。——原注

我花了些时间去想象将要回家的那个人将会是什么样的。八个月……每一天都有新的挑战，新的视野，即便只有海水和几条海鱼或几只海鸟。还有更加琐碎的小事，比如长了一把胡子，甚至可能头发很长。我不记得那一长列必需物品中是否包括剪刀，我想应该有吧……我无法想象他用刀割头发！

　　6月25日，她在《每日快报》的访谈中，允许自己尽情地表达了狂喜的心情：

　　现在，在重新见到他的巨大希望中，大部分不愉快的事情都消失了。家里这样欢天喜地真是不可思议。每个人都在欢笑。这样真的很愚蠢。那几乎就像孩子出生时的欢乐气氛。我们无法将微笑从脸上抹去。

　　那个星期某个时候，唐纳德·克劳赫斯特确实剪了头发。他剪下的头发撒满了船舱的地板。6月25日，同一天，他想起了他的妻子正在布里奇沃特等他。他在另一次数学阐述中，虚构了跟她的谈话来阐明这一点：

　　对没有数学思维的读者来说，思考某些数学概念是有教育意义的：在大西洋中，我平静地坐在我的帆船上。我的妻子在英国问我："你的一切怎么样？"我说："过去3小时，我停在了北纬31°25′西经39°15′。我既健康又快乐。"

我的妻子感到很满意，因为我的回答，她完全理解了我的处境。她拿出了一张海图，用家里的一枚图钉标出了我的位置。她看了看钟，时间指示是下午 3 点，她又看了看日历，日期是 7 月 25 日（原文如此），她在海图上这一点旁边写道：1 200—1 500，1969 年 7 月 25 日。她想：我很高兴他既健康又快乐。但是，她没有把这个写在海图上。但是，假如她接电话时，希望我知道她对这个消息的反应，她会说"我很高兴"，假如她想记录下这些事情，就会写在日记或笔记本里。

这段话是克劳赫斯特第一次完全阐述他的理论后写的，在这段理论中，他兴奋的呼喊达到了顶点。这说明他的沉思的最初 11 页是在一天内写成的。他提到"7 月 25 日"显然是 6 月 25 日①的笔误，克劳赫斯特的位置可以料到，离开他 6 月 23 日确定的位置 150 英里，这段话说明他如此渴望无线电话能够工作，这样他就可以跟克莱尔说话，并且——最终——诉说他真正的情况。好几个月以来，他一直给他的妻子和全世界提供自己的地理位置——既有真的，也有假的。他们经常很高兴听说他"既健康又快乐"。他绝望地想告诉他们更多情况。他是如此绝望，他甚至开始改写无线电日志里 6 个月前没有发出的密码电报（XYZAB CDEFG HIJKH）。他希望跟某个人亲密交谈，任何人都行，告诉他们一切，这样他们就可以给他建议。但是，他从未能够实现这个想法。

出于神奇的巧合，当时确实有人观察到了他在物质世界的真

---

① 克劳赫斯特的航海日志和笔记中有好几个地方，当他写得很快的时候，会混淆 7 月和 6 月、3 月和 5 月。——原注

实处境。6 月 25 日，大约下午 5 点，一艘挪威货船凯霍加号看见了他的三体帆船，开过来看了一眼。货轮经过的时候，克劳赫斯特挥了挥手，显然很高兴。凯霍加号的船长注意到，他留了很长的胡子，穿着卡其布短裤，体形看上去很健康。一些衣服正挂起来晾干，救生筏正躺在甲板上。那天天气很好，廷茅斯电子号正在往东北方向航行。凯霍加号称，廷茅斯电子号的位置是北纬 30°42′西经 39°55′（这跟克劳赫斯特自己的计算不符，说明他的导航并不准确）。克劳赫斯特把这次会面记在日志的空白边上。

6 月 25 日大部分时间，克劳赫斯特都在写过去 2 000 年的历史（他在某个地方浮想联翩，追溯到洞穴人的活动）。他的目的是说明，过去人们在进行社会体系的变革时，是多么令人震惊。他的兴奋经常打乱叙述，破坏文章的流畅性。现在，他不仅觉得自己拥有伟大的启示，还认为假如他写得太清楚，纸上存在的文字会成为推动力，从而引发宇宙的爆炸：

> ……现在，我们对于得出正确结论必须非常谨慎。我们现在处于抽象的力量非常强大的境地，足以造成惊人的破坏。
>
> 我们一旦足够理解正常的稳定系统，能够以非自然的方式干预它，我们对自己决定要做的事情，就必须非常非常小心。关于系统，我们在做任何事情之前，必须长期努力思考，当我们决定行动时，我们必须当心不要操之过急。就像物质系统中的核裂变链式反应一样，我们创造性抽象的整个系统也将被带向"爆发点"……

我写下这些文字,确实是这个进程开始的信号……

然而,他知道这种宇宙爆炸已经被预言为基督再临,当此刻发生时,他会像爱因斯坦一样成为上帝:

> 因此,人类的智慧能力会有休眠,能够带来宇宙爆炸。预言能力和超感官知觉中有这个迹象。法国占星家诺查丹玛斯就是一个杰出的例子。许多人坚持说,启示的时刻即将来临——我再次认为预言实现了,牧师是拥有最多可失去之物的人。我相信,犹太人把预言解释为世界末日会紧接着弥赛亚来临。爱因斯坦是合适的人选。

这些想法让克劳赫斯特更加轻松起来,当他第二天结束冥想后,他放松了下来:

> 当我在大西洋中间凝视日落时,为什么我感到出奇的平静?因为我清楚地意识到,我正在看着周遭的平静与美丽,这周围的环境是孕育我的智慧的生命摇篮。受到牛顿时间的束缚,我的"灵魂"感受到来自这个美丽摇篮的未来的自由,我满怀乡愁,犹如孩子感觉到他即将永远离开"家乡"。此时此地,我可以接受对这些感觉的如此解释。

第二天,克劳赫斯特更加专心致志地研究起逃离躯体的一连串想法,以及"爱因斯坦式"自由意志的应用。这带来了问题。正如爱因斯坦感到有义务写一本书,告诉世界他的"推动力",克劳赫斯特也一样。当他意识到为了这样做,离开他的肉体凡胎,意味着他的肉身必须去死,他变得越来越害怕。他又一次开始喊叫:

自由意志——道德义务,每个人为系统提供推动,他应该努力思考他们的本质——这是个体**对系统的进程所负担的唯一道德义务**。

我带着一些惊恐思考这句话,当我思考结论的时候,我迅速地勾勒出系统,但是,我对结果感到轻松,因为冲动存在于必需的形式——思想——中。

今天我在这里,假如鲨鱼在船底摩擦自己的身体,它不会造成什么影响。只要能找到这艘帆船,解决方案不会消失。假如帆船和这本书化为火焰,我会感到"遗憾",因为"我的"冲动会消失。

因为自己才华横溢的想法,不禁拍了拍自己的背:

习惯了系统分析技术的数学家和工程师能在一小时内浏览完毕我所有的作品。到最后,困扰人类数千年的问题,会有人替他们解决。有些方面我不需要提及,它们也都会跌跌撞撞地各就其位,人们为了理解上帝、人类和物质宇宙之间的神圣力量所作的痛苦奋斗(将会结束)。

然后,他总结了自己的论点:

假如我保证了自己的自由意志,通过学习操控时空连续统一体,人类能成为上帝,并且从物质宇宙中消失,正如我们所知,我正为这个系统提供推动力。假如我的解决方案植根于数学要求,那么它就是"正确的",并且会立即被快速增长的人类群体所接受,我就会非常接近上帝,应该通过我宣称的可行方法,最终通往预言。让我们开始吧……

自由意志——神秘神学的中心把自己化入这个幼稚的简单问题。人类出于自由意志,能否接受当他学习操纵时空连续统一体时,他会拥有上帝的属性的约定?选择很简单。我们是继续坚持"上帝创造我们"的概念,还是意识到它存在于我们创造**上帝**的能力中?

他的兴奋变得越来越强烈,他的大写字母越来越大,划痕也越来越深:

系统**扯起嗓子尖叫出这条信息**,为什么没有人在听,无论如何我在听

但他感到必须删掉如此强烈的思想,因为这会让他的读者感到尴尬。他重新获得了对自己的控制,以更平静的语言写下了同样的想法:

系统试图告诉我们这些,但是,那些规定"道德"观点的人们,很少配备一本数学字典。他们只是不理解系统使用来试图跟我们交流的语言。但是,数学家们理解这种语言,我为了系统地请求他们思考一下大自然试图说什么。这种声音是自然真理的声音。这是响亮、清晰的声音,它是以正确的抽象思维的声音说话的。

最后,克劳赫斯特翻过了一页,在一阵真正的疯狂中,写下了这样的话:

> 上帝的复仇是我的。生育控制。
> 其次是……

然后他停下了。他已经写到了《航海日志二》最后的空白页,此外他还有其他事情要做。罗德尼·霍尔沃思发来了电报:

> BBC 和快报将带着我和克莱尔 在锡利群岛附近跟你见面 由于你的胜利归来 十万人来到廷茅斯 现在基金达到 1 500 余英镑 加上许多其他利益 请告诉我九死一生的航行的秘密 还有印前销售所需的一切因素 财富前景很好 请速回答 思考一下广告

"我的上帝!"罗德尼·霍尔沃思后来读到航海日志的时候说,"我想那份电报大概导致了唐纳德·克劳赫斯特的死亡。"

廷茅斯电子号被发现时的场面，像玛丽·西莱斯特号一样在平静的大西洋上幽灵般漂荡，只有后桅帆升起。可以看到登船搜查的人员正在接近。照片由毕牛第号皇家邮轮上的一名水手拍摄。
（《星期日泰晤士报》）

被发现时的船舱：克劳赫斯特的航海和技术书（其中有一本奇切斯特的《吉普赛飞蛾号》）。手枪形状的物品是一台他自己的公司制造的"领航员"。
（弗兰克·赫尔曼/《星期日泰晤士报》）

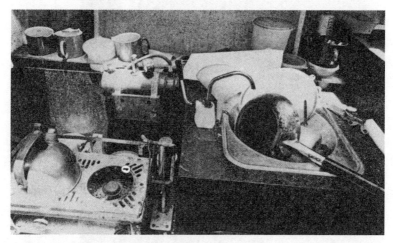

被发现时的船舱：船上厨房里肮脏的锅碗瓢盆。
（弗兰克·赫尔曼/《星期日泰晤士报》）

306

空中搜救后,理查德·D·胡佛上尉向亚速尔群岛汇报克劳赫斯特已经失踪。
(凯文·布罗迪/《星期日泰晤士报》)

最后的航程——抵达圣多明各后,长满藤壶的三体帆船被从毕卡第号皇家邮
轮卸载下来。
(弗兰克·赫尔曼/《星期日泰晤士报》)

19

宇 宙 的 意 志

　　克劳赫斯特打开《航海日志一》继续他的冥想,他依然能够理智地进行论证。有些时候他的写作非常敏锐、充满智慧。但是,霍尔沃思突然提起他所伪造的英雄事迹("九死一生")使他的思绪凿破船底,离现实越来越远。他现在深深地沉浸在他的理论中,他想到什么,就认为自己能成为什么。从前,他写到过作为概念的抽象智慧;现在,他真正地经历了自己的头脑的变化。从前,他只是思考着宇宙意志;现在,他感到宇宙的思想存在于他的脑际。从前,生活是一场"竞赛"的概念是有用的辞藻;现在,它是毫不夸张的真理,克劳赫斯特——就像一颗棋子——被投入了上帝和魔鬼之间的可怕游戏。

　　时间对他来说变得越来越重要,他听着钟声滴答,抵达英国的时刻越来越近,在他半梦半醒之中,指向生命终结的时刻也越来越近。现实和幻想也交织在一起。有缺陷的航海经线仪对他来说不仅仅是用来海洋定位的导航工具。航海经线仪用得过度时经常坏掉,经常测不准他真实的地理位置——他自己也一样。因此,他先是把航海经线仪看作自己处境的象征,后来又看作自己真实的处境。他待在一台机器里面。他是一台机器。这台机器快要坏掉了。克劳赫斯特进入了时间和空间共存的黑暗隧道,以他自己的时钟代替上帝的时钟:

> 上帝的时钟跟我们的时钟不一样。他拥有无限"我们"的时间。我们的时间几乎消耗殆尽……

他对守时的痴迷,对时钟的沉醉,自然来自他的伪爱因斯坦理论。这也是水手经常会犯的一种精神错乱,称为"时间疯狂"。

克劳赫斯特精神分裂的爆发越来越疯狂,把脑海深处的经历都挖掘出来。现在,他想起了死去的父亲、他母亲跟耶和华见证会的联系、走向死亡的可怕的"不适应环境之物"的象征,想起了宇宙中的存在、令人羞耻的秘密,还有他把自己当作新创造的上帝的想法。这些乱七八糟的记忆和想象加在一起,混乱地折磨着他的精神。有时他似乎进入了奇怪的呆滞的平静,但是,有时他又想起自己挖的新陷阱:他的精神逃离肉体的理论,意味着他必须毁灭自己才能得到拯救。他越发清晰地暗示死亡即将来临。然而,他依然没有在纸上清楚地写下他打算自杀,某些事情阻止了他。他似乎感到自己一旦记下打算自尽的事实,这件事情就会强加于他。比如说,他写道:

基督：他抵达了真理，但他用真理滋养系统的方式，会带来猛烈的反击。人们目睹了他死去的方式。我必须考虑是否……

但是，他停了下来，删掉了最后一句话。他不能写下正在考虑做的事情！

因为阐明了启示，他依然对自己感到非常高兴：

你通过它们的果实了解它们——善的灵魂创造善的思想，他们繁荣昌盛，向所有的人猿贡献出理智。他们繁荣昌盛，向所有的知识分子贡献出某些东西。他们使知识分子创造出更好的系统，来控制人猿的行动，而不否认人猿快乐的自由。这曾经是我的问题，这是所有人必须自己解决的问题。这是我解决问题的方法。为了让你深入我的灵魂，我把我的书给你，我的灵魂现在很"安宁"。我很幸运。我最终做了一些"有趣"的事情。最后，我的系统注意到了我！

接下去12 000个词，他解释并发展了对他越来越重要的两个理念。一个是"人猿"的概念，大概来源于他听到的关于德斯蒙德·莫利斯的《裸猿》的内容。克劳赫斯特的人猿只是一种类人的动物，在猴子般的躯体中禁锢了潜在的自由智慧，具有所有肮脏的本能和悲哀的劣势：

我们依然是人猿，我们需要人猿的躯体来承载我们的智慧,把我们的理念赋予机械的现实。假如你杀死了人猿,计算机就停止了。我们深深地憎恨计算机停止这件事,因为我们感到一旦计算机停止,我们作为个人也将停止。这可能是真的,*唉,我不会再看见我死去的父亲,除非*因为我发现,当系统可以提供足够的能在系统内运行的新计算机时,系统将不会保留一台无法在系统内行动的计算机。

（克劳赫斯特把斜体字划掉了。他想起死亡时,突然感到一阵尖锐的痛苦。"唉,我不会再看见我死去的父亲,除非……"除非什么? 推测起来是除非他自杀,上升到没有实体的智慧世界,他的父亲在那里等他。此刻开始,他关于父母的婴儿式幻想越来越明显。）

在克劳赫斯特面对公众的论述中,第二个基本理念是关于"系统"的。系统只是有秩序、能预见的事务的状态。但是,因为克劳赫斯特在知识方面的训练集中于理解电子系统和其他机械,他试图把所有的组织和情境解释为同样确定的系统。生物和物理的宇宙也是系统,有着确定的规则。人类的肉体也一样,社会也一样:

> 系统——系统——系统——你无法逃离它们,因为大自然是系统的,人是自然现象,他的智慧是自然现象。

克劳赫斯特的理论规定了从物质到神一般的抽象智慧的等级体系:

智慧系统（神）

↑

人类系统（有头脑的人猿）

↑

生物系统（动物）

↑

物质系统

当然，"宇宙的一体化"是沿着这些系统向上发展的。最高的系统由抽象的智慧组成，众神居住在那里，克劳赫斯特曾经论证，现在人们通过"自由意志的努力"可以到达那里——这就是说，只要他们想要到达那里（他们就能到达）。但是，首先每个猿人必须学会在人类系统中充满爱意地、聪明地生活。我们的状态是我们的本性混合的结果，一半是猿人，一半是宇宙智慧。在人类社会中，我们遭受痛苦、腐败和堕落，并非因为人类系统是邪恶的——他们根据自己的理解表现"正确"——而是因为宇宙试图劝说我们离开，达到更高的平面。因此，任何表现出无政府姿态反抗社会的个人，都会发现自己妨碍了社会发展，并且注定会失败：

　　假如你的系统依然不听你的话，不要回家，并且开始制造炸弹——我打赌系统知道如何应付这一切。不要当街自焚死去。系统也许不知道该如何处理，但是，这不会改变什么，只会浪费你的智慧（能作出这样牺牲的足够强有力的智慧值得更好的东西）。你可以安静地开始工作，说服系统接收你,并且从内部改变它,也可以简单地把你的智慧搬到一个更令人满意的系统。

在某种程度上,这是对抗各种形式的剧烈变革的复杂论证,但主要还是克劳赫斯特的愿望的合理化,他希望把自己的智慧搬到更令人满意的系统,这个系统中只有纯粹的智慧。换句话说,这个系统就是死亡。

克劳赫斯特还单独写了另外一篇叫"竞赛"的文章。他的生活是一场竞赛的观念,跟人猿和系统更加复杂地缠绕在一起。一场竞赛——当然是根据自己随意制定的规则运作的活动——参赛选手不应该担心自己的想法是对是错。因此,他可以随意操纵自己的处境。更重要的是,竞赛中的斗争不会伤害任何人。革命家和其他暴力的人猿并没有竞赛精神,因为他们打破了现有的社会系统的规则。克劳赫斯特在文章中辩称,假如你只跟其他人以及他们的想法竞争,你就可以相信任何事情,你依然可以在头脑中向宇宙一体化发展。你在头脑中可以完成任何事情。

他在三天内形成了所有这些想法。当他文思泉涌的状态结束时,他不禁庆贺起自己的速度和洞察力:

> 我在三天内完成了工作!基督在我们中间,就好像他走来走去签署支票一样确定……
>
> ……我不得不说的有些事情,会让你感到麻烦。直到最近——三天前——我自己也碰到了这些麻烦。

……我下定决心要解决这个问题,即便它会占据我的余生。半个小时后,我建立起了基本的方程式,并且看到了模式。三天后,我理解了大自然的一切规律,理解了我自己、所有的宗教、政治、无神论、不可知论、共产主义和系统。我知道了从尤利乌斯·恺撒到毛泽东的所有事情。人类现在面临的所有最困难的问题,我有一整套答案应对。当我凝视着人猿的肚脐时,我到达了宇宙。

在现实中,他意识到的唯一问题是如何逃脱伪造环球航行的后果。他唯一的答案是疯狂地幻想他自己的死亡。但是,现在克劳赫斯特已经陷入自己的头脑太深了,他无法意识到这一点。

现在是 6 月 28 日。陷入幻想中的克劳赫斯特,依然能够操作无线电发报机,他甚至能够写作欢快的电报。BBC 和罗德尼·霍尔沃思要求他提供确定的抵达时间,他朝他们发了火:

安静三天 船只有终点而没有预估的抵达时间

BBC 应该知道,帆船不可能确定"预估的抵达时间",因为这要看海风和海流的情况。

克劳赫斯特向波蒂斯黑德的无线电话务员提供了他的位置,北纬 32°西经 40°,离开他 6 月 25 日的定位往北 35 英里远。话务员告诉他,他会给克莱尔·克劳赫斯特打电话,他要给她带什么口信?这一定扰乱了克劳赫斯特的心情,第二天他又联系了波蒂斯黑德,话务员告诉他,他的妻子和孩子都很好,正愉快地盼望跟霍尔沃思和BBC一起,在锡利群岛迎接他。他发了一条消息给他们,坚持克莱尔必须待在家里,她不应该来锡利群岛见他。"请确定。"话务员说道,他感到很困惑,他无法理解为什么这个孤独的水手拒绝见他的妻子和家人。克劳赫斯特确认了他的消息。

克劳赫斯特太太认为,她的丈夫只不过觉得坐船去锡利群岛,会让她和孩子们晕船。后来,当她担心起这件事情的时候,她感到很受伤。当然,现在我们能看出这是一个明显的迹象,说明他最终下定决心他必须做什么。

波蒂斯黑德的话务员跟克劳赫斯特聊了一会儿,然后告诉他6月30日晚上11点再联系,祝他遇到强劲的顺风,并且告诉他第二天再"见"。

克劳赫斯特再也没有使用无线电。这是无线电日志里最后一条记录,也是他在自己的幻想之外,跟别人的最后一次联系。从此刻开始,他完全独自一人。

克劳赫斯特跟外部世界切断了联系,最终也切断了他对自身状况的理性辨别力。从此,他写的文章就是一堆混乱的比喻,表现出他的极度痛苦,以疯狂的速记词汇来表达神意的启示,经常语无伦次,一句话通常能解释成两三种不同的意思。

关于他故意的"隐瞒",他开始跟自己争论。他应该怎么办?一方面,他想要坦白伪造航程的罪恶——但是,这会给他的妻子、家人和朋友带来痛苦。另一方面,他受到诱惑销毁所有他造假的记录,正如他打算摧毁自己一样——但是,这会违反完全吐露真相的神圣原则,使人类失去他的伟大启示。

他开始在新的一页,潦草地写下七行短句:

大自然不会允许
上帝犯任何罪行
除了一条——

那就是隐瞒带来的罪过

这是灵魂受折磨的可怕秘密
"需要"自然系统不断尝试

他在折磨之下犯了这样的罪……

显然,我们能听出痛苦的哭喊。这里起码有三层意思。首先,克劳赫斯特只是因为隐瞒造假谴责自己,他的秘密使他身受痛苦折磨。第二个层面上,他斥责上帝这么长时间隐身不见,迫使他过着无信仰的生活。最后,第三个层面上,"上帝"就是克劳赫斯特本人,当他变成神之后,他就知道了折磨灵魂的可怕秘密。他的神性迫使他向普通人隐藏起他自己。这就是他为什么关掉了无线电,并且告诫他的妻子离开。作为上帝,他感到孤独,被他的新秘密杀死。大自然"允许"他这样做,但这使他痛苦。

克劳赫斯特翻了一页,他提到了 6 个月前写过的一只在劫难逃的海鸟,再次诉说他与世隔绝的状态:

I prepared myself for a long hand

~~Sin is only one Sin~~
~~Nature abhors god an~~

Nature does not allow
God to Sin any Sins
Except One —

That is the Sin of Concealment.

This is the the twelfth Secret
of the Tenancy of the soul "needed"
by a internal System to
keep denying
He has perpetuated the sin
on the tenanted

克劳赫斯特的手写原稿。

不适应环境之物会被系统驱逐——这是离开系统的自由。

然后,他又开始着迷起时间:

上帝的王国有一个领域,并不是以平方英里来衡量,而是以平方时间来衡量。这是世界上所有时间的王国——我们已经用完了所有可以获得的时间,现在必须寻找一种想象的世界。

他继续着混乱的语言,他现在是心理学家称为退行或者"回到子宫"的典型病例,他想起了父母、自己的出生,以及上帝的王国:

当我们找到它,我们就准备好开始另一场痛苦的冒险——我们会成为你们的神,我们会学习如何在新的系统中跟父母一起生活。
我们在宇宙的子宫中。我们构思自身,因为我们"应该"构思自身。我们到那里要做的一切,就是思考我们自己,因为我们会思考自身。

接下去,他回到"竞赛"的概念,但是现在竞赛是灾难性的:"在每个人的一生中,上帝跟魔鬼在下一盘宇宙象棋。"他划掉了这句话,改成:

318

每个人终其一生都在跟魔鬼下一盘宇宙象棋。每个人都可以自己决定谁赢了。下棋的招数众所周知。这盘棋很难判断谁赢了,因为上帝按照一套规则下棋,魔鬼按照完全对立的一套规则下棋。

又一次,在神学的语句背后,克劳赫斯特实际上在想些什么很明显。一开始,他在环球航行中的比赛规则,遵循的是上帝的规则。但是,魔鬼使尽花招不公平地欺骗了他,最后,这成了魔鬼的竞赛。

克劳赫斯特从不愉快的思考中抽身,开始讲新的故事。他写了三次开头,每次都摸索着寻求安慰,混杂了对父亲的渴望(他现在一半的身份是如父亲般的上帝)、宗教想象和所有人猿必须相爱的基本论证:

> 从前在一个不同的时间,一个男孩跟他的父亲发生了争吵。关于……

> 从前在一个不同的时间,一个男孩跟他的父亲正在闲逛,他们碰到了几个人猿。"这些是欢快的好人猿,"男人说。"他们是无用的人猿,"男孩说。他们开始争执,男孩变得很生气。父亲是位完美的父亲,十分努力地给他的儿子上了重要的一课,所以他很耐心。他想起了一个主意。我们要跟这些人猿玩一个宇宙游戏……
> 上帝和他最喜欢的儿子在宇宙中游戏。他是一位完美

的父亲，他是一个完美的儿子。他们很自然地玩起了一个愉快的好游戏。这个游戏称为把人猿变成众神。这是个愉快、公平的游戏，只要根据一项简单规则进行，人猿不允许知道关于众神的任何事情。这个游戏是……

他所有的理论开始像手风琴合奏一样交织在一起，令人绝望地一片混乱。他突然又停了下来，思考起将要发生的宇宙爆炸。他想起了一些口号，希望有所帮助：

> 民众是危险的民众
> 他们聚在一起，出于爱或者恨
> **这就是自由意志的秘密**

接下去一段话透露了更多真相，克劳赫斯特的很多想法联系得更紧密了，其中包括了"竞赛"，还有"系统"。还有克劳赫斯特成为上帝的想法，上帝的秘密问题，现在他解释得更清楚了：

> 我们遇到的麻烦的解释是宇宙间的生命正在跟我们竞赛。（假如你知道"正确的"数学运算，就很"容易"得出结论。）设计能够自己"创造"宇宙生命的系统使他们感到愉快。当你想起这些，你就不得不承认，这是一个非常有趣的竞赛。我喜欢有趣的竞赛，通过竞赛我们能够看到宇宙生命的观点。但是，我也是一个人，当我想起因为宇宙生命的竞赛，人类所经历的漫长痛苦，我就对他们非常生气。他们告诉我，

他们理解痛苦。他们在不同的方面也有痛苦,并且设计了自动创造宇宙生命的方法,为了使第二代宇宙生命将来能比他们更好地解决问题。

现在,克劳赫斯特深陷幻想的世界,他显示出了妄想狂的极端症状:一种受迫害的失望感,投射了他自己的重要性,变得性情浮夸,以至于认为自己会成为比现在天堂里的那位更好的上帝。他感到跟宇宙生命如此接近,他开始直接跟他们说话:"你们应该让事情变得更容易一些。"他的航行应该变得更容易。他也应该更容易地伪造航海日志。上帝没有足够帮忙:

> 我对宇宙生命感到恼火。有些事情出了问题。我感觉自己在比赛中,比宇宙生命表现得更好……最后,我被迫承认宇宙生命身上的自然力量是他们有能力犯的唯一罪恶。隐瞒的罪恶。对人类来说,这是一种小恶,但是对宇宙生命来说,这就是可怕的罪行。这就是宇宙生命的痛苦。

像普通人一样撒谎是可能的。但是,他现在是上帝,他只能坦白自己做过的一切,来避免可怕的折磨:

> 我开始越来越理解宇宙生命了。所有的宇宙生命都指望得到一个人的怜悯!
> 通过这个过程,我成为了第二代宇宙生命。我是在大自然的子宫里孕育,在自己的头脑中构想出来的。然后,我也

有个问题。我必须一下子向正确的方向迁移大部分人类。

　　我有强大的系统可以支配,但是,我几乎没有时间找到最好的方法,让强大的系统相互支持,而不是相互对抗。但是,我确定假如第一步迁移"正确"的话,我会得到所有需要的帮助,来达到快速和容易的解决方法。

　　你看,甚至上帝也需要帮助。

克劳赫斯特在妄想狂的状态下,认为自己超越了普通人的道德:

　　事情越颠倒,就越合适。真理是没有好或坏,只有真理。那些了解真理的人能从两套同样令人满意的规则中,选择这个或那个。自由意志意味着在任何藩篱之外完全自由的选择。

这使他再次讨论起,上帝般的隐瞒和他对自身冲动的道德责任之间的两难选择:

　　我处在一切藩篱之外,我有自由可以选择保持沉默,使人被遗忘,就好像拥有尺寸过大的计算机的人猿。

　　或者,我可以以我的方式,让他摆脱麻烦

　　或者,我憎恨罗马天主教会顽固地拒绝改变,我能说出可以拯救世界的话,让那些等待了很久的耳朵听到。

在克劳赫斯特精神错乱的想法中,天主教是最后、最出乎意料的因素。他想起了克莱尔和她信的宗教。尽管他吹嘘自己有摆脱传统道德的自由,他也在正统的宗教中寻找某种最终赦免。现在,最后的结局马上就要来临:

> 真相是如此地美,我准备好顺从自己如此憎恨的规矩,死板、毫不感人、愚蠢、顽固的系统,叫作神圣罗马天主教会,因为纯粹的数学运算适合任何时间地点。应用的数学只适合我,一个属于世界、拥有宇宙知识的人,此时,此地,我是上帝的特别美丽的工具。

但是,为什么上帝向他隐藏了那么久?

> 上帝的可耻的秘密。他要弄了诡计,因为真相会太伤人。假如人们过去知道,上帝那完美闪亮的必备工具就不会是今天的样子。

接下去一段话如此可怕,清楚地暗示了即将发生的自杀,因此,克劳赫斯特努力地将它擦去:

> 迅速的很迅速,死亡的没有生命。这就是上帝的判断。事实上,我无法忍受可怕的痛苦和没有意义的等待。

既然克劳赫斯特知道宇宙的秘密,他就无法忍受毫无意义地

等待着年老时寿终正寝。因此,他用迅速死去的优点来安慰自己,转入上帝的世界:

> 一定有很多我们能彼此学习的地方。
>
> 现在,人类终于拥有需要的一切,可以像宇宙生命一样思考。
>
> 我是地球上唯一一个了解这意味着什么的人,当时这肯定是真的。这意味着我通过自己的努力,能把自己变成宇宙生命,但是,我得加快速度,在我死之前赶上它!

然后,他最后一次努力用"公共发言"来论证:

> 去教堂是好的。每周到你的牧师那里去一次并没有错,告诉他"爸爸,我们走",进行罗马天主教仪式的游戏。这是个有趣的游戏。就像所有的好游戏一样,这是有意义的游戏。它的意义是称为寻找真相的游戏。

最后是几句杂乱无章的话:

> 人们总是因为他们犯下的错误,被迫作出某些决定。
>
> 没有机器可以毫无差错地工作!
>
> 人类唯一的问题是他们太把生命当回事了!

这是他沉思录中的最后几句话,大概是唐纳德·克劳赫斯特写下的最后文字。尽管看上去很晦涩，但是从他以前写的文章推测，意思很清楚：克劳赫斯特被迫作出的"某些决定"是他必须自杀。无法毫无差错地工作的机器是他自己，他出了故障并且撒了谎——就像他的航海经线仪一样。人类遇到的麻烦是，他们以愚蠢的严肃来看待生命，又对失去生命抱有过分认真的态度。

写下这些话的那一页，也是航海日志里唯一被盐水浸透的一页，也许是眼泪，但更可能是海水。

20

真 相 之 美

　　唐纳德·克劳赫斯特失去了所有时间概念。他半睡半醒，全神贯注于写作，或者考虑自己准备做什么，他完全没有意识到周围发生了什么。他的手表和汉米尔顿航海经线仪越走越慢，然后停了。甚至，他得努力才能想起当天的日期。他开始费力地回忆起叙述的线索。他翻开《航海日志二》，检查了他最后的导航记录的日期。他在脑海中数了数过去的日日夜夜，然后，三张空白页中的第一页上——就在他前往南美洲海岸，留下犯规记录之前——他写道：

　　昨天是 6 月 30 日

　　他依然没有时间概念。天色已经亮得像白昼，但是，他来到

甲板上,还能依稀分辨出地平线上低垂的圆月。他的航海天文历
中有表格,可以推算出月落的时间。他回到船舱里,算出时间应
该是格林威治标准时间上午 4 点 10 分或英国标准时间上午 5 点
10 分,他在船上倾向于使用英国时间,因为收听 BBC 的广播比较
方便。他在航海日志里记了下来:

大约 5 点 10 分开始计时。正好在月落之前。

然后,他突然清醒了过来。这太可笑了——外面完全是白
天,太阳高悬在天空中。时间 5 点 10 分肯定是错了。他又看了一
眼航海历。他记录下的时间,不是根据月落推算出来的,而是根
据月亮经过中天——天空的最高点。他错得不能再离谱了。真
实时间是早上 10 点。他感到一阵厌烦,用一支浓黑的铅笔,他
写道:

6 月 30 日 5 点 10 分 可能是最大的错误

为了纠正这条记录(他及时想起 6 月份只有 30 天,因此那天应该
是 7 月 1 日)他在下面重新写了一行:

真实位置　6 月 7 月 1 日 10 点

克劳赫斯特,极其精确的计算机、美丽闪亮的工具,现在知道关于
时间的最深的秘密,他怎么可能犯这样不应该的错误? 当时,他

的钟正在嘀嘀嗒嗒地走,他正一分一秒地数着自己成为宇宙生命的时间?

克劳赫斯特校正了他的时钟和他自己,开始写下最后的遗嘱。这是他生命的最后 80 分钟,对他受折磨、充满妄想的想法的记录。这也是一份忏悔录,假如他的意思确定的话。仿佛他已经写下的文字,对他有种象征性的占有:他也犯下了"可能是最大的错误",现在他也试图确定他的"真实位置"。

解释克劳赫斯特的意思之前,我们必须写几句话来提醒读者。克劳赫斯特早先写的一些沉思录,尽管经常晦涩难懂,但还是有逻辑可言的。但是,他现在陷入了更深的疯狂,使用的语言只有他自己能懂,我们只能试着猜测他的意思。现在,我们只能根据印象来揣测,而不是明确的解释。

他早先的文章是典型的妄想狂症状,这是一种精神错乱,他以妄想的念头建立起了错综复杂的结构。尽管他偏执狂的想法建立在错误的信仰上,它的结构却有着强有力的内在逻辑和前后连贯;同时,他人格的其余部分或多或少没有受到损伤。妄想的系统经常是一种迫害,但是,就像克劳赫斯特一样,妄想狂患者也有崇高的幻想,认为自己是伟大的数学家或哲学家,或者是第二位救世主。人们相信,妄想狂患者有可能继续理智的行为,就像克劳赫斯特在发无线电消息时一样。

然而,这个程度的妄想通常不会安定下来。患者的人格可能会变得更混乱,他的思维方式变得奇怪地失调。他的写作停止了交流:他的想法毫无逻辑地凝结在一起,互不相干的主题渗透在一起,抽象的词语代表了特定的具体意义。这些跟妄想混合在一起,就是精神分裂症妄想狂的症状——克劳赫斯特的沉思录到了最后,越来越显示出这种倾向。

克劳赫斯特最后的遗嘱,文字极其复杂,是用个人的速记语言写的,在不同层面上表达的意思完全不受控制。克劳赫斯特妄想症发作的时候,越来越成为绝佳的段子手。他的文字同时包含三个不同的活动。首先,他作为自我"修正者"写作,仿佛他是一座时钟;其次,他作为航海者在错误地计算时间和观测天象、偏离航线后,建立起他的"真实位置";第三,他作为棋手跟上帝下棋,在如此绝望的境地下,他被迫认输。这些概念顽固地联结在一起。

但是,克劳赫斯特在晦涩的精神分裂状态下,并不仅仅表达出了围绕着他的妄想的文字游戏。他表现出渴望直接了当地说出来的心思,他认为人们应该知道真相。

克劳赫斯特写完遗嘱后,选择了死亡。没有人能确定他死时的情况究竟如何,原因很简单,没有人在旁边目击这一过程。我们做情景重建的基础是仔细研究了航海日志,以及廷茅斯电子号船上有的或者失踪的某些关键的证据。有些描述性的细节没有那么确实,但是,我们对于中心论点是毫无疑虑的。克劳赫斯特决定结束自己的生命,他的文字,以及我们能找到的所有其他线索,确凿无疑地证明了这一点。

一切都准备好了,就等着最后坦白。他坐在船舱的桌旁,桌上一半还摊放着修理无线电的零件。现在,他的汉米尔顿航海经线仪放在面前,滴答作响。钟表也许走得很准,但是现在无关紧要了——因为他只需要知道多少时间流逝了,就能数清离他的死亡还有几分钟。他能清楚地看见前方防水壁上挂着的气压计,空白的日志页面等着他的思绪填满。他写下了第二个标题,使事情变得完全正确:

确切位置 7 月 1 日 10 点 03 分

克劳赫斯特在他的标题下方、日志的左边,用尺子划出了三条平行线,就像他在做导航工作的时候一样。这里克劳赫斯特不再写航海经线仪计算的时间,而是标出他允许自己坦白的精确的分秒。克劳赫斯特写下标题 5 分钟 40 秒后,写下了他的第一个想法:

10:08:40　　理智让系统把错误减到最小
　　　　　　离开——迁移经验
　　　　　　气压计压力移动

第一句回忆起了他的沉思。系统对错误感到内疚,它总是努力迁移东西——以及人们,现在系统想要迁移克劳赫斯特。他毕竟对可能最大的错误心怀歉疚——他伪造了环球航行。因此,他要离开,把他的经验迁移到更令人满意的系统,他在那里可以成为真实的自己。他的气压计——另一种象征性的工具——说明在他写作启示录的期间,天气一直风平浪静,现在天气要变化了。

330

现在是时候离开了。

> 10：10：10　书本的系统完美重新组织
> 　　　　　　许多平行线

一旦人们看到克劳赫斯特的启示录，所有展现基督、伽利略的智慧的伟大书本，都会改变它们的意义。他的"推动"重新组织了知识体系。

> 10：11：20　实现作出决定的角色
> 　　　　　　犹豫-时间　行动+时间

一眼看去，这不过是"拖延偷走了时光"的新版本。也许，当一个人犹豫不决的时候，时间就变慢了，当一个人行动的时候，时间就变快了。犹豫减少时间，行动增加时间。克劳赫斯特有没有意识到，他自己的犹豫不决使他的时间和钟表变慢了，他自己的恐慌冲撞使它们跑得太快——尽管他的航海经线仪走得很平稳？当倒计时进行的时候，他有没有想起自己的犹豫？

> 10：13：30　频率
> 　　　　　　人类的灵魂之书进入他们的工作——
> 　　　　　　"工作"的理由不重要？

这很含糊不清。也许克劳赫斯特想起了他在航海日志里写的启示录,希望他的"工作"的欺骗本质并不重要。

10:14:20　　隐士把不必要的条件强加于身
　　　　　　浪费时间寻找真相。

克劳赫斯特当然是这样一位隐士,因为长期强加于他的犹豫,他领悟到真理。通过"浪费"时间,他找到了它的真正本质。

10秒钟后,他写下一段奇怪的、纠结的话,尽管提到很多事情,但这也许是对他最典型的弱点的忏悔:

10:14:30　　我的荒唐事在想象中"向前"
　　　　　　错误的决定不是完美时间
　　　　　　再也不计算了 紊乱的时钟

他所说的"荒唐事在想象中向前"是指什么?是不是他的旧习惯,当他的旧的任务变得陈腐或者崩溃的时候,他就转去迎接新挑战?我们很早就注意到他的这种特点,他现在承认了这一点。这是一种"错误的决定"。它使时间不再"计算"。事情不像他想象的那样完美。他的时钟完全紊乱了。

10:15:40　　时钟 认为不需要担心
　　　　　　关于时间±但是只有逝去的时间
　　　　　　±也许毫无意义? 重要的理由
　　　　　　因为工作是(失去)理解

10∶17∶20　　　正确 抱歉浪费时间

　　这很令人困惑。克劳赫斯特先为了不准确的钟安慰自己。它们是否准确调校是无关紧要的,因为他仅仅在自己最后报应的时刻之前,用它们来计算分秒。无论如何,这些差别在相对论中毫无意义。他试图写下他的航行以及他的启示究竟有什么意义,但是他做不到。

　　他如此困惑,于是他在混乱中抓了抓脑袋,这让他感到好笑。

　　人猿会抓脑袋表示困惑!

　　人这种动物,在不知所措的时候,会举起它的爪子,挠它装着脑子的头骨。克劳赫斯特在记录航海经线仪时间的页边上,写下"并不怎么正确?"并且,在文章里重复了这句话。他在自己的忏悔中记下了时间,仿佛现在当他努力表达自己的时候,他兴奋的头脑把时间和他的想法更紧密地联系起来。整齐地用尺子划线的页边缘,再也没有把时间和他的想法分清楚:

　　不正确?　　　10∶19∶10 象征的解释
　　　　　　　　　是邪恶的选择

　　然后,他翻开了新的一页,换了一种新的文体。他放弃了用尺子画了线的页边,时钟、时间和航行的象征也不再那么重要。迄今为止,他的自白并没有那么正确,他把自己绕进了逻辑的沼泽。邪恶……选择……象征——这离他真正关心的事情更近。作为上帝,他高于传统道德,他知道这些。但是,他依然要作出可怕的选择,在他最后几页的沉思录中,这个选择一直困扰着他,当他像哲学家一样探讨时间的时候,他忽略了这个选择。

这个选择非常简单,就是当他弃船时,廷茅斯电子号上应该留下什么证据。两个选项很清楚:一方面,他可以销毁《航海日志二》,这泄露了他在大西洋上的航程,他非法地进入萨拉多河,还有他现在正在写作的自白;把《航海日志四》留在船上,里面伪造的环球航行也许能蒙混过关。没有人会过于仔细地检查一个死人的文件。这意味着他将作为英雄死去,成为"隐身的"上帝(大自然允许他这样做),这样他的家庭就不会因为他而蒙羞。但是,这样做意味着他的启示录大部分会逸失,人类会继续沦为有计算机的人猿。

另一方面,他可以销毁伪造的《航海日志四》,作为对他犯下的罪行的惩罚,并把《航海日志二》留在廷茅斯电子号上,跟其他真实和有罪证的文件放在一起。这样的话,全世界就能读到他的自白,以及他从未离开大西洋的证据。这样做的话他就能赎罪,免除他作为上帝隐瞒真相的痛苦,通过记录他的真实位置,为真理的事业服务。

这就是错综复杂、令人迷惑的文字背后,关于"竞赛"的真正两难境地。起初,克劳赫斯特考虑过把伪装进行到底:

> 竞赛出现了新的理(由)。我的判断表明
> 不能用任何东西"就"位,但是必须

让一切各就其位。任务非常困难。

并非不可能。必须要做得最*(好)*
努力奋斗，力求完美，希望

这段话很诱惑人，因为克劳赫斯特争辩说，假如他继续竞赛、愚弄世界的话，他就不能提起他的真实航行，他没法让航行中的事情自然地"就"位，但是，他必须自圆其说，通过虚构航行中的位置让一切各就其位。这很困难，但并非不可能。斜体字"做得最*(好)*"被划掉了。他改写成"必须要努力奋斗，力求完美，希望……"希望什么？

他停止了写作。他知道自己不能这样做。他无法让一切各就其位，无论他如何努力奋斗、力求完美。也许《航海日志四》不够有说服力。无论如何，他要像上帝一样致力于诚实，这个想法跟他的诚实是冲突的。他再次记下时刻，写道：

20:22　　　理解斗争任务的两个"理由"。
　　　　　竞赛规则不确定。假如

10:23:30　竞赛让一切恢复原状？那么原点在哪里？

现在，他在考虑另一种选择，即坦白。两个"理由"就是隐瞒还是坦白的两种选择，两者互相斗争，使任务变得困难。克劳赫斯特依然很迷茫。竞赛的所有规则都不确定。他性格中诚实的部分告诉自己，要努力让一切恢复到好的状态，即他开始伪造航程前存在的状态。但是,这令人十分困惑。他开始伪造时确切的位置是哪里?他很诚实吗?还是不诚实?

这种困惑让他感到绝望:

10:23:40　　在竞赛中看不到任何"目标"。

两分钟后,他就完全放弃了。他就像棋赛中失败的选手,正处在无法继续玩下去的位置:

10:25:10　　必须放弃这个位置,感到假如
　　　　　　给自己设定"不可能"的任务,然后
　　　　　　在竞赛中一无所成……

他无法成功处理自己伪造的航行,也无法完全赎罪。

　　……唯有理性
让竞赛找到新的规则,可以控制旧的
真理。理解权力平衡的概念
确切的位置。这是
表达希望的唯一途径。
时代进程是绝望的概念的新途径

最后两句话意思很含糊。也许"权力平衡"指的是两种难以忍受的选择,这两种选择绝对分不清孰轻孰重,所以他情愿不做

决定。也许"时代进程"是指他的航海经线仪正在滴答数着时间。无论如何,克劳赫斯特意识到竞赛让他难以承受,他无路可逃,他的头脑最终爆发出一阵疯狂的、苦闷的理论分析:

10∶28∶10　　新规则的唯一要求
　　　　　　是有一些规则

10∶29　　　理解需要设计竞赛的
　　　　　　理由。人类能设计出来的竞赛都不是

　　　　　　毫无危害的。真相是
　　　　　　只能有一位象棋大师,那个
　　　　　　人获得(了)自由
　　　　　　不需要(被)宇宙意志的风吹……

逃离这个有危害的竞赛的唯一方法,是离开他的躯体,成为宇宙智慧。

　　　　　　……只能有一种无瑕的美
　　　　　　这就是真理的伟大之美

因此,他必须坦白伪造航行的真相,把《航海日志二》留下来。

　　　　　　……人们只能做

他们力所能及的。完美的
方法是和解的方法……

现在,他在请求原谅:

……一旦有可能和解
就不(再)需要犯错误……

最后,他几乎要直接坦白了:

……现在是时候真相大白了
我将坦白违反竞赛规则的
真实本质、目的和驱力

我是自有永有的,并且我
看到了我违规的本质

他坦白之后,或者说几乎坦白之后,向上帝或魔鬼吁求,或者
向任何给他参加的害人的比赛制定可怕的规则的人吁求,他下次
将公平地参赛。他跟上帝如此接近,他感到自己是上帝的救世主
圣子:

我只会放弃这次比赛
假如你同意的(话)

下次比赛的时候

比赛会根据

我的伟大的上帝

设计的规则进行

最终，上帝不仅向圣子道出

比赛理由的确切本质

还道出了下一次比赛的

结束方式

真相就是

　　结束了——

　　结束了

这就是慈悲

他已经写下了这些文字。他已经说清楚他想要做什么。宇宙爆炸已经开始了，他起初认为如此有趣、如此无害，能够带给他光荣的竞赛——不管值不值得——现在不可避免地导致他遭到报应去死。这已经结束了，这就是慈悲。

半个小时后，克劳赫斯特在听天由命的痛苦中等待着，准备好去死，也许还在船舱里准备很多事情。也许在这个阶段，他把通常系在船尾、防止不小心掉进海里的安全绳解了下来。（当船被发现的时候，船尾没有绳子。）然后，他回到船舱里，拿起铅笔，以潦草的大字写作，一直写到这页纸的末尾。

他最后加了五段话，告诉上帝——他的父亲——他会根据神圣家族的要求尽责。他直接跟上帝交谈，他将会在纯粹、无形的

智慧系统中,跟他玩下一个游戏。下一步由上帝来决定,这是上帝走下一步的时间:

11:15:00　　这是我的比赛的
　　　　　　终结,真相已经泄露
　　　　　　我会这么做
　　　　　　正如我的家庭要求我
　　　　　　这么做

11:17:00　　这是你的行动
　　　　　　开始的时间

　　　　　　我不需要延长比赛
　　　　　　这是一个很好的游戏
　　　　　　必须结束在
　　　　　　我会玩这个游戏
　　　　　　当我选择,我会在
　　　　　　11:20:40 放弃比赛
　　　　　　没有伤害的理由

　　这些是唐纳德·克劳赫斯特写下的最后的话。他没有地方、也没有时间再写更多了。他在 11 点 18 分停笔,离开他展现伟大姿态的时刻,只剩下两分半钟。这段时间,有重要的事情要做。

　　(我们推测)他站了起来,合上航海日志,除了其中一本,把它们都放在海图桌上,这样它们就很容易被找到。这些航海日志记载着他的所有会改变人类历史的辉煌的启示录,还有他对自己造假的忏悔。他是自有永有的,他希望所有人看到他违反规则的本质——因为这是真实的本质,以及比赛的目的和权力。他记得航海日志里没有透露一件真实的小事:他12月份伪造单日航行纪录的方法。所以,他在旁边小心翼翼地放了仅有的两张空白海图,他在这两张海图上计算出了"假造的"航程,他并没有销毁这两张海图。它们会让真相更加完整地浮出水面。他办事很有条理,希望一切都清楚。

随后,他拿起了汉米尔顿航海经线仪,看着秒针滴答走动,一秒一秒过去。他拿着航海经线仪和《航海日志四》,朝船舱的扶梯走去。他最后看了一眼船舱,检查一下所有的证据都在。

他也许看了看无线电装置,他曾经绝望地努力修理它们,试图跟他在布里奇沃特的妻子联系;还看了看他红色的坐垫下,还没有造好的"魔法计算机";还有参差不齐的剩余的香槟酒瓶,那是九个月前在起航典礼上使用的;看了一眼船尾储物柜里被扔在一边的救生带;看了看他新剪的散落在船舱的地板上的头发,他剪头发是为胜利回家做准备,或者是胜利的死亡。一分钟早就过去了。

他爬上了船舱的七级扶梯,依然每一步都用航海经线仪计时,钻进了驾驶舱。当时将近中午了。煦日温和地照耀,海面风平浪静。碧绿的马尾藻海草一块块地漂浮着。廷茅斯电子号只升起一支风帆,正慢慢地向前移动。

唐纳德·克劳赫斯特把《航海日志四》扔进了海里,这是唯一一本完全编造的航海记录。这很重要,因为这样世界就只知道他的"真实位置"了。他面对折磨人的选择,思考良久,终于下了决心。"隐瞒"太伤人心了,他必须选择诚实。他留在船舱里的证据,偶尔在细节上撒了谎,但是,任何仔细研究材料的人都能重现发生了什么。

现在是 11 点 20 分。只剩下 40 秒了。他爬上三体帆船的船尾,走过不再运转的哈斯勒自动驾驶设备,还有后桅轻轻舒展的风帆,仍然看着航海经线仪。秒针绕着圈,走到 40 秒刻度的时候,他从船尾纵身一跃,跳入海中。这位想成为英雄的男人,最终成了上帝,他带走并毁掉了两件东西,象征着他可能犯下的最大错误:撒谎的时钟和撒谎的航海日志。他留下了伟大的真相之美。

廷茅斯电子号正在风平浪静之中,以不到两节的速度航行,但还是比他游泳的速度快。克劳赫斯特看着帆船越漂越远。

Yesterday was June 30.

Clock started approx 5.10. Just before movement down

June 30 . 5.10   MAX ASS ERROR

TRUE POSITION   ~~July~~ July 1   10 20 H.

EXACT POS JULY 1   10 03

JULY 1

10 08 60.   Reason for system to minimise error
             Togo - Reason hypnuus
             Barometer pressure on move

1010   10   System of Books progress perfectly
12 11   Many parallels.
- 20   Realisation of role of dinosaur making
             Realism - true Action + time.

             Free.
10 13 30 -   Books Sort of men into their work -
             reason for "work" unimportant ?.

             Humans feel unnecessary scruditions in themselves
10 14 30   Seek truth Wasting time.

10 4 30   My folly gone forward in imagination
             Wrong decision not perfect True
             no longer competent Head disorganised Clocks
10 15 40   ~~Clocks~~ Think no need worry
             about true + but only elsapsed time.
             ± May be meaningless ?   Important
             reason for work is   (lost)   understand
10 17 20   right Language of time

not quite?   Ape indicate perplexity by head scratching !
right?   not ~~too~~ ^next^ 10 79 10 Evil is clever of
             interpretation of symbols.

343

New reas occurs for game. My judgement adquate must not use anything put in place but have to put everything in place. Task very different

Not impossible. Must just ~~Do the te~~ Strive for perfection in the hope of

1022 Understand Two "reasons" for lack of conflict. Rule of game insane. If
102330 game to put anything back? when is back?

102340 Cannot see any "purpose" in game.

102510 Must resign position in sense that if set myself "impossible" task then nothing achieved by game. Only reason for game to find new rules governing old truths. Understand Exact position of concept of ballance of Power. It is only one way of expressing hope. the
102810 age process is new way of despair concept
1022 Only requirement for have new set of rules is that there there is some

102 Understand reason for need to devise games. No game may can devise is

~~Resign game if you will agree any all~~

harmless. The truth is that there can only be one chess master that is the man who can free himself the need be blown by a cosmic mind.

there can only be one perfect beauty that is the great beauty of truth. No man may may do more than all that he is capable of doing. The perfect way is the way of reconciliation once there is a possibility of reconciliation there may not a need for making errors. Now is revealed the true nature and purpose and soul of the game my friend I am.

I am what I am and and I
see the nature of my offence

I will only resign this game
if you will agree that if
the next occasion that this
game is played it will be
played according to the
rules that are devised by
my great god who has
revealed at last to his son
not only the exact nature
of the reason for games but
has also revealed the truth of
the way of the ending of the
next game that

It is finished —

It is finished

IT IS THE MERCY

11 15 00   It is the end of my
           my game the truth
has been revealed and it will
by done so my familly require me
to do it

11 17 00   It is the time for your
           move to begin

           I have not need to prolong
the game

           It has been a good game that
must be ended at the
           I will play this game when
I chose I will resign the
game 11 20 so   There is
no reason for henmfu.

345

尾声　世界如是说……

　　7月10日傍晚,克莱尔·克劳赫斯特第一时间得知了廷茅斯电子号被神秘弃船的消息。布里奇沃特的两名警察开警车来到伍德兰兹,克莱尔正好出门遛狗散步去了,他们告诉了她的姐姐海伦。海伦走到车道最外面等她回来,附近修道院有位修女陪着她,修女从新闻里听到了发现船只的消息。起初,克莱尔非常焦虑担心,她以为她的丈夫一定只是划着救生筏离开一小会儿。她很不耐烦地告诉修女,自己不需要安慰,然后走向伍德兰兹。那里停着好几辆汽车,一群焦急的朋友聚集在起居室里。克莱尔把孩子们带到楼上,告诉他们消息,但是,一家人依然没有感到震惊。她走下楼梯,警官告诉她要做好心理准备,会有一阵令人烦恼的密集的电话。直到此时,她才明白过来这情形有多严重。警车停在车道上,挡住新闻记者的围攻,接下去一个月,几乎天天有记者来。

那天晚上,克劳赫斯特太太拒绝发表任何声明,只说自己有强烈的感觉,唐纳德还活着。接下去一天,新闻报纸重复了这句话。她如此确信无疑的原因,是她没有感到任何悲剧的预兆。她坚信自己跟唐纳德心有灵犀,认定唐纳德死的那一刻,自己一定会有心灵感应。她在脑海里设想了各种可能性,寻找希望和安慰。她要求罗德尼·霍尔沃思查看一下,橡胶紧身潜水衣是否还在廷茅斯电子号上。假如潜水衣不见了,也许意味着三体帆船被发现时,他只是在帆船附近的水下游泳,他也许还活着,还在游泳。霍尔沃思的公关向报纸提供了一种理论——也许受污染的食物让克劳赫斯特病了,推测的依据是电报里提到发霉的面粉和变质的奶酪。毕卡第号的博克斯船长反驳了这两种理论。橡胶紧身潜水衣还在船上,大部分食物依然保得很好。

两天后,《星期日泰晤士报》开始呼吁为克劳赫斯特一家筹集5 000英镑的捐款基金,罗宾·诺克斯-约翰斯顿立即要求把最快环球航行的5 000英镑奖金汇入该基金——现在,这笔奖金自动归他所有了。所有人都受到这场悲剧的感动,因此,没有人质疑克劳赫斯特航行的真实性。《星期日泰晤士报》在一片哀悼的消息和汇入基金的支票中间,收到了弗朗西斯·奇切斯特爵士于7月2日在葡萄牙寄出的信件,他请求调查克劳赫斯特的航行。他的信件被一片慰问和同情淹没了,几个月后,信件调入档案后,人们才发现了它。

同时,新闻报纸没有真实故事的一点头绪,就对博克斯船长狂轰滥炸,要求提供更多细节,刊登出他们自己想象出来的各种理论。有人挖掘出来,漂在大西洋上的廷茅斯电子号附近,还有三艘其他的游艇被神秘地遗弃了，人们不禁浮想联翩，想象出该地区有巨大的海洋怪兽，或者宇宙死亡射线。几乎所有的头条新闻都联想起了玛丽·西莱斯特号，但没有一条拼写正确。

　　唐纳德·克劳赫斯特神秘失踪后，获得了环球航行带来的荣誉。这使他成为全球闻名的神话般的人物。像所有的神话人物一样，他的名字迅速带上了传奇般的浪漫光环。附会在克劳赫斯特身上的最持久的最迷人的神话是他从未死去（就像纪念从亚瑟王到切·格瓦拉这样的传奇英雄一样）。这些神话传说中，他还活着，在南美洲生活得好好的，或者逃到了其他世外桃源，等待重新开始他的正常生活。

　　对所有的浪漫主义者来说——比如，彼得·比尔德认为唐纳德·克劳赫斯特能从最不可思议的困境中逃脱——这总是最吸引人的理论。你在任何酒吧沙龙里提起"克劳赫斯特"的名字，回答总是："他还活着吗？他是怎样逃脱的？"

　　报纸把克劳赫斯特描述成航海传奇中常见的主人公，起初他是电子工程奇才和当地的英雄，后来他成为快乐的舵手，吃着飞鱼早餐，最后成为现代的玛丽·西莱斯特号式的神话人物，现在他合乎逻辑的尾声被想象成了这样陈词滥调的戏剧。《每日快报》派了一名记者去揭开他在佛得角群岛的事情。法国的海滩上发现有个瓶子里的短信，上面写着"救命——在爱琴海的岛屿上搁浅"，引起了人们一阵激动——尽管只要看一眼，就知道这是明显的伪造。后来，一位名叫肖恩·亨尼西的摄影师宣布在德文郡的巴恩斯特珀尔看到过克劳赫斯特，他乔装改扮，留了很长的胡须,但他后来承认自己被骗了。

　　没有任何事情可以证明这类揣测是不可能发生的。既然有人相信,唐纳德·克劳赫斯特能在极大的痛苦和精神错乱的状态下,写出他最后的 25 000 词的沉思录,也总归能相信,他有个秘密的同伙,开着直升机或小型潜水艇,把他从大西洋中救起来,带到安全的地方。然而,几位心理学家看了他的沉思录,都认为这不可能是神志正常的人,出于恶作剧写出来的。我们的某位顾问总结了一下:"这样的文章写 25 000 个词是很困难的。你试试看。"

　　还有一种同样不可思议的理论说,克劳赫斯特在没有救生圈①的情况下,游了 700 英里,到达最近的陆地。也有人说,他秘密登上了亚速尔群岛,用力推开空的廷茅斯电子号,这样船就自动漂走了,尽管逆着主风向和海潮,没有有效的自动驾驶装置,帆船竟然也漂到了被毕卡第号发现的地方。

　　另外一种没有那么浪漫的可能性是克劳赫斯特死于意外。本书的前半部分,我们举出了好多例子,说明克劳赫斯特在船上的举动很笨拙,尤其是他心事重重的时候。意外不是完全不可能,但是,航海日志里的证据、失踪的安全绳、不见了的航海经线仪和其他物品,压倒性地否定了这个说法。我们相信,本书最后提出的推测是唯一符合所有事实的。

　　当然,只有系统地检查过他的航海日志,才能开始解开他的失踪之谜。因此,航海日志显然有很大的新闻价值。当毕卡第号

---

① 《星期日泰晤士报》错误地报道说,救生衣不见了。后来检查帆船的时候,发现救生衣放在船舱扶梯下面的隔间里。——原注

载着三体帆船和船上的航海日志，前往加勒比海港圣多明各时，罗德尼·霍尔沃思出差到伦敦，提供了这些没有人看到过的记录的全球独家使用权，当时克劳赫斯特的环球航行还是被看作英雄壮举。霍尔沃思开始拍卖的时候，《每日快报》很热心想得到这些材料，但他们的热情还不够强烈，他最终以 4 000 英镑的价格，把航海日志的版权卖给了《星期日泰晤士报》。

我们一行人飞往圣多明各迎接毕卡第号，并且拿到了航海日志。前往的人员包括尼古拉斯·托马林（本书作者之一）、摄影师弗兰克·赫尔曼和罗德尼·霍尔沃思，后者将监督移交过程。霍尔沃思依然感怀于他的委托人之死，当波音 707 飞机从马德里出发，飞过大西洋上克劳赫斯特死去的海面时，他要求随行人员默哀一分钟。

7 月 16 日，星期三，毕卡第号一靠岸，博克斯船长就把霍尔沃思带进船舱，解释发生了什么事。他发现了日志中坦白的部分，其中暗示了自杀。他把手稿给霍尔沃思看，催促他把这几页从航海日志中撕掉，这样克劳赫斯特的家人就永远不会知道骇人的真相了。霍尔沃思把这几页撕掉了，他打算等回去的时候，单独把材料给《星期日泰晤士报》的总编看。

第二天，我们检查了航海日志后，才发现克劳赫斯特从未离开过大西洋，当时，托马林已经发了电报，他写了一个故事，推测了各种可能发生的事故。

这个发现让克劳赫斯特死亡的真实过程，变得从逻辑上很容易推理。霍尔沃思决定不再保守克劳赫斯特的秘密。他从大衣口袋里拿出撕下的航海日志，宣布他已经知道克劳赫斯特是怎么死的,并大声朗读了他最后的坦白。我们一队人马飞回英国,一到《星期日泰晤士报》报社,就参加了编辑会议,讨论该怎么做的困难问题。

一方面,他们拥有了轰动性的独家新闻。另一方面,这条独家新闻看起来对报纸的信誉并无裨益,因为报社赞助了这次环球航行。而且,我们还得考虑克劳赫斯特太太的感受。但是,这个故事没法掩盖下去,特别是在捐款基金会的眼皮底下。编辑会议决定刊登完整的故事,但是先要把文章的初稿给克莱尔·克劳赫斯特看,听她的意见修改稿件。BBC正在剪辑影片和录音,准备展现英雄史诗般的环球航行,他们受到劝告延迟节目播出(但是,只有台长知道为什么)。

7月27日,报纸透露了克劳赫斯特伪造航行的事情,夹杂着他精神错乱并且自杀的暗示,成为那个周末全国轰动的新闻。星期日出版的几乎所有竞争对手的报纸,也都把这条新闻作为头版头条。一系列充满揣测的后续报道接踵而至,越来越使克劳赫斯特名誉扫地,新闻报纸开始了对伍德兰兹又一轮的围攻,但是——考虑到一切——这已经无关痛痒了。报纸的危险炒作没有得到充分的监督,引起了一些愤慨,但是,大多数人的意见是克劳赫斯特已经遭遇悲剧,这些不是本质问题。

由于悲剧的阴影,卡蒂萨克号上的金球杯庆祝宴会遗憾地延期了,其他参赛选手逐渐从痛苦中恢复过来。罗宾·诺克斯-约翰斯顿现在更加慷慨大方,他坚持放弃最快全球航行的5 000英镑奖金,这样钱就可以汇入克劳赫斯特捐款基金。“我们没有人应该过于严厉地审判他。”他说。他后来打算成为保守党议会候选人。伯纳德·穆瓦特西耶不间断地航行了绕地球一圈半,最后在塔希提登陆,他打算在那里逗留几个月,洗去文明的毒害。奈杰尔·泰特利开始建造一艘新船——《星期日泰晤士报》给他颁发了1 000英镑的安慰奖。这又是一艘三体帆船。比尔·金修好了他的船,准备出发,进行下一次不间断环球航行,但不得不在直布罗陀海峡半途而废。查伊·布莱斯说服英国钢铁公司赞助他驾驶一艘钢制帆船,进行下一次环球航行,但是方向相反——逆着咆哮西风带而行。他航行得很安全。约翰·里奇韦上校在苏格兰创办了一所探险学校,将英雄主义文化传授给正在崛起的下一代。亚力克斯·卡罗佐和卢瓦克·富热鲁退出公众视野,重新过上了自得其乐的生活。

约翰·埃利奥特在诺福克郡接受培训,成为一名教师(他在建造廷茅斯电子号之前,就已经决定放弃造船事业了)。约翰·伊斯特伍德继续自己的日常工作,慢慢让事故带来的细小然而痛苦的伤口愈合。斯坦利·贝斯特在萨默塞特郡一切照常,在牙买加找到人从他那里买下了廷茅斯电子号。

在阿根廷,内尔松·梅西纳、圣地亚哥·弗兰切西和萨尔瓦蒂一家出了一个星期的风头,然后恢复了他们平静的生活。唯一受到克劳赫斯特短暂登陆牵连的人是拉普拉塔湖海岸警卫队的海军准少尉。尽管他做的决定在当时合情合理,但他没有把这件事向上级报告,因此,他要接受调查,再由上级决定是否指控他玩忽职守。

同时,克莱尔·克劳赫斯特对围着她探听消息的记者越来越冷淡,独自一人带着孩子们,生活稳定下来。她学会了生活在邻居们的好奇心之中,几个星期后,她通读了航海日志,最后接受了丈夫已经死去的事实。所有见过她的人,都可以证明她的勇气和善良。

罗德尼·霍尔沃思被同事毫不留情地讽刺挖苦着,因为他成功地把廷茅斯的名字和有史以来最著名的航海骗子联系在一起("从今往后,你得把这个海滨胜地当作'英国西部的犯罪之都'推销出去,罗德尼老伙计!")。但是,即便是他家乡的旅馆老板都很理解他的举动。

当地议会想到在"廷茅斯欢迎克劳赫斯特"这样的旗帜上浪费了钱财,感到愤愤不平,把他召来要求解释。会议后,霍尔沃思得意扬扬地出来了。当地公关委员会因为他"从唐纳德·克劳赫斯特的传奇中收获了惊人的宣传效果"正式表扬了他。当地前议会主席阿瑟·布莱登愉快地估计整个事件"给廷茅斯带来了价值约 150 万英镑的免费国内外宣传"。正如当地报纸所报道的,他最后的结论是要根据廷茅斯的立场,来正确解释整个悲剧。"尽管结局令人悲伤,"布莱登先生在会议上说,"这次航行给廷茅斯带来的宣传,比公关委员会 50 年来所做的还多。我们花了极少的费用做到了,我希望整个小镇能够知足。"

唐纳德·克劳赫斯特要是听到自己没有白白死去,会感到高兴的。

人们刚刚发现廷茅斯电子号时，拍下的船舱内部照片，视角为从后向前。
（弗兰克·赫尔曼/《星期日泰晤士报》）